# Michael Rusch
# Der Engel Thoralf
## Gespräche mit Gott

# Michael Rusch

# Der Engel Thoralf
## Gespräche mit Gott

## Roman

Bibliografische Information der Deutschen Nationalbibliothek: Die Deutsche Nationalbibliothek verzeichnet diese Publikation in der Deutschen Nationalbibliografie; detaillierte bibliografische Daten sind im Internet über dnb.dnb.de abrufbar.

© 2024 Michael Rusch
Neuauflage 2024
Covergestaltung: Daniela von deincoverdesign.de
Coverbild: Daniela von deincoverdesign.de
Printed in Germany
ISBN: 9783758369056
Herstellung und Verlag: BoD – Books on Demand, Norderstedt

Für
Sven Hansen

# Die Flutwelle

Die Familie Gruber lebte seit vielen Generationen in Groß-bergen, einer kleinen Stadt in den Alpen, die sich in der Nähe von Garmisch-Partenkirchen und Oberammergau befand. Man kann mit Recht behaupten, dass die Grubers zu den angese-hensten Familien in dieser Stadt gehörten. Ihre Angehörigen traten den Menschen in ihrer Umgebung offen und ehrlich ge-genüber und waren stets freundliche und hilfsbereite Leute. Teilweise arbeiteten sie in sozialen Berufen und konnten somit ihren Mitmenschen auf ihrem Fachgebiet professionell helfen. Insbesondere Thoralf Gruber genoss großes Ansehen in Groß-bergen, da er als Bergretter vielen Menschen das Leben gerettet hatte, und dabei handelte es sich nicht nur um Touristen. Meist waren es einheimische Bewohner, die sich immer wieder in den Bergen leichtsinnig verhalten hatten, denen er mit seinen Kolle-gen zur Hilfe geeilt war.

Auf dem Grundstück der Familie stand ein großes Haus im alpenländischen Stil, welches zwei Etagen besaß. Als das Haus vor mehreren Jahrzehnten errichtet wurde, ließ das damalige Familienoberhaupt den Dachboden gleich mit ausbauen. In den dortigen unbeheizten Kammern hausten in früheren Zeiten die Mägde und Knechte, die darin im Winter elendig froren und sich im Sommer beinahe zu Tode schwitzten. Außerdem wurde auch ein Trockenboden angelegt, der natürlich nur bei Regen-wetter oder Schneefall gebraucht wurde. Dort mussten die Frauen die feuchte Wäsche zum Trocknen aufhängen. Noch in der heutigen Zeit wird der Boden dafür genutzt, doch die Dach-kammern dienen den alten Grubers als Abstellräume für nicht gebrauchte Möbel und viele andere Dinge. Wer sollte jetzt auch noch darin leben, schließlich konnten diese Kammern nicht ge-heizt werden. Aber damals besaßen die Eltern Erwin Grubers dicke Bettdecken aus Gänsedaunen, unter denen sich die Mägde und Knechte nachts warmhalten konnten. Am Tage mussten sie arbeiten und niemand hätte ihnen einen Raum zugestanden, in dem sie sich während ihrer Arbeitszeit hätten zurückziehen können. Für eine kurze Zeit durften sie sich in der Küche aufwärmen, wenn draußen klirrender Frost herrschte. Ohnehin mussten die Bediensteten den ganzen Tag lang arbeiten.

Das gesamte Haus, das von den Großeltern Erwin Grubers entworfen und errichtet wurde, hatte ein großes Kellergeschoss, in dem eine Werkstatt und eine Waschküche angelegt worden waren. Doch dann wurde das Auto erfunden und im Laufe der Jahre benötigten die Menschen einen fahrbaren Untersatz, mit dem sie zur Arbeit kommen konnten. Auch die Familie Gruber kaufte sich solch ein Vehikel, für das eine Garage benötigt wurde.

Diese hatte der alte Gruber in das Kellergeschoss eingebaut. Zunächst hatte er die Werkstatt mit einer Wand halbiert, die danach immer noch für handwerkliche Tätigkeiten groß genug war. Anschließend hatte er die Außenwand aufgebrochen und sie mit einem Balken abgestützt. Danach hatte er eine Auffahrt für das Auto angelegt und in den Wanddurchbruch ein Tor eingebaut. Und schon war die Garage fertig. Nun gut, die gesamte Elektrik und Wasserver- und Entsorgung hatte er auch noch hineingelegt.

Die weißen Außenwände des Hauses wurden von lustigen, bunten Bildern verziert. Das nennt man Lüftlmalerei. Das zweite Geschoss bestand aus Holz und wurde auf dem ersten aufgesetzt. Um diese Etage herum befand sich ursprünglich ein Balkon, auf dem man ums gesamte Haus gehen konnte. Die zweite Etage war also ein Vollgeschoss und der Traufüberhang begann erst darüber.

Doch heute konnte niemand mehr auf dem Balkon – wie es früher möglich war – um das Haus gehen. Denn wie es so oft der Fall war, wuchs die Familie und allmählich wurde es zu klein. Da Wohnraum knapp war, musste das Gebäude erweitert werden. Also ergänzte der alte Gruber das Haupthaus um einen weiteren, etwas kleineren Anbau. Dafür musste ein Teil des Balkons weichen, der nun aber den Neubau verziert. Die Menschen der kleinen Stadt und vor allem die Touristen, die beim Spazierengehen an dem schönen Haus der Familie Gruber vorbeikamen, blieben oft davorstehen, um es zu bewundern.

In der großen Wohnküche saßen fünf Generationen täglich zum Abendessen und zum Frühstück an einem großen Esstisch zusammen. Die Familie hatte bereits zu früheren Zeiten großen Wert daraufgelegt, dass alle ihre Mitglieder zu den Mahlzeiten anwesend waren. Aber eine Ausnahme gab es, nämlich das Mittagessen an den Wochentagen, an dem nicht alle Erwachsenen aufgrund ihrer Arbeitszeiten teilnehmen konnten, denn die wenigsten von ihnen arbeiteten wie Thoralf Gruber nicht auf dem eigenen Hof, sondern in einer Werkstatt der Gemeinde oder in einer anderen Firma. Jedes Familienmitglied hatte seinen festen Platz am Tisch, somit wurde jeder Streit um die Sitzordnung von Beginn an vermieden und die Kinder konnten von ihren Eltern besser unter Kontrolle gehalten werden, als hätten sie sich hinsetzen können, wann, wo und wie sie es wollten.

An der Stirnseite saß das Oberhaupt der Familie Gruber. Das war der Vater mit dem Namen Erwin. An der rechten Seite des langen Tisches hatte seine Frau Frieda ihren Platz, an der linken Seite saß der Großvater Karl, der Vater Erwin Grubers. Neben Karl hatte die Urgroßmutter – Karls Mutter – ihren angestammten Platz, eine alte, aber noch rüstige Frau. Mit ihren 92 Jahren stand Lieselotte immer noch in der Küche und freute sich jeden Tag darüber, sich in ihrem Alter immer noch nützlich machen zu können. Eine besondere Freude war es ihr, wenn die gesamte Familie zu den Mahlzeiten um den großen Esstisch herumsaß. Jedoch hatte sie bei der Küchenarbeit eine große Hilfe, denn ihre angeheiratete Enkelin Frieda, die Frau Erwins, half ihr beim Kochen, schon von dem Tag an, als diese zur Familie Gruber gezogen war. So lernte Frieda zur großen Freude der Familie und der alten Dame von ihr viele außergewöhnliche Künste, die es der jüngeren Frau ermöglichten, genauso gut zu kochen, wie die alte Dame es konnte.

Die vierte Generation war vor einigen Jahren der Grund für die Erweiterung des Hauses gewesen. Erwin Grubers Sohn, also Lieselottes Urenkel Thoralf, heiratete Anneliese Brezel, die somit zu einer Gruber wurde. Diese beiden saßen dem Hausherrn gegenüber. Zwischen Lieselotte und Thoralf hatte der vierzehnjährige Tobias seinen Platz zugewiesen bekommen. Sein Vater wollte seinen Sohn in seiner Nähe wissen, weil der Junge oft ein vorlautes Mundwerk besaß. Überhaupt war Tobias ein sehr listenreicher und lebenslustiger Junge, der viele Streiche in seinem Kopf ausheckte und sie danach nicht immer zur Freude seiner Opfer umsetzte. Deshalb musste er während der Mahlzeiten neben seinem Vater sitzen. Damit wurde garantiert, dass es während des Essens ruhig und friedlich blieb. Jedoch hatte Thoralf nicht vergessen, dass er in Tobias Alter genauso ein freches Verhalten an den Tag gelegt hatte wie dieser heute. Deshalb entwickelte er viel Verständnis für seinen Großen und ließ seine Streiche nach einer Moralpredigt meist ungeahndet.

Neben Frieda hatten Tobias Zwillingsbrüder ihren Platz gefunden, die zwölfjährigen Finn und Luca.

In der Familie wurden schon seit vielen Generationen nur männliche Nachkommen geboren. Deshalb sagte Vater Erwin einmal im Scherz: „Wir können nur Jungs machen, deshalb müssen wir uns die Frauen ins Haus holen und sie heiraten."

Heute war Sonntag und die gesamte Familie saß zur Brotzeit um den großen Esstisch herum. Nur die Urgroßmutter Lieselotte fehlte noch an ihrem Platz. Die alte Frau hatte ein leckeres Sauerfleisch gekocht, das bereits in der Mitte des Tisches aufgeschnitten auf einem Teller lag. Es sah sehr köstlich aus, sodass einigen Anwesenden bei seinem Anblick das Wasser im Mund zusammenlief. Nun trug sie auch noch eine große Pfanne mit

Bratkartoffeln zu ihren Kindern herüber. Diese rochen herrlich nach Speck und Zwiebeln, sodass beinahe alle Anwesende die Kontrolle über ihren Speichelhaushalt verloren. Thoralf wollte etwas erzählen und als die Uroma Lieselotte die Pfanne neben das Sauerfleisch abstellte, tropfte ihm der Sabber von seinem Mund und benetzte dabei sein Hemd. Ein großer feuchter Fleck blieb darauf zurück. Schadenfroh mussten die Kinder lachen, aber auch die Erwachsenen fielen in ihr Lachen ein.

Thoralf wischte den sich selbstständig gemachten Speichel von seinem Mund ab. „Da habt ihr wieder einen Grund zum Lachen, ihr Rasselbande", sagte er gutmütig. Er und seine Frau arbeiteten in der Bergrettung. Oft erzählten sie, wie unverantwortlich sich manchmal einige Touristen in den hohen Bergen der Alpen verhielten. Davon wollte er gerade berichten, denn insbesondere seine Jungen lernten aus seinen Erzählungen und denen seiner Frau, was sie beim Bergwandern oder Bergsteigen unbedingt beachten sollten.

Nachdem sich die Familie beruhigt hatte, erzählte Thoralf weiter, während Lieselotte Gruber gemeinsam mit seiner Frau Anneliese die Teller füllte. „Ihr könnt euch nicht denken, was ich heute erlebt habe. Wie leichtsinnig manche Touristen doch sind, ist absolut unverständlich. Auf dem Wanderweg zum Krottenkopf begegnete ich einem Ehepaar mit ihren zwei Kindern. Der Junge musste etwa vierzehn Jahre alt gewesen sein und das Mädchen war wohl zehn. Die Familie wollte zum Gipfel hoch und der Mann fragte mich, wie lange sie bis dahin noch gehen müssten. Sie seien von Oberau schon vier Stunden unterwegs gewesen. Ich glaube, der Weg ist für ungeübte Wanderer recht schwierig. Teilweise geht es steil bergauf und über dem Weg liegen viele umgestürzte Bäume, über die man klettern muss. Ich sah mir diese Leute etwas genauer an. Sie hatten Sandalen an den Füßen und kurze Hosen angezogen. Das Mädchen war mit einem dünnen Kleidchen bekleidet. Das müsst ihr euch mal vorstellen! Auf diesem steilen Weg wanderten die mit Sandalen. Sie hatten nichts weiter dabei, nichts zu trinken und kein Essen. Einfach nichts, keine Ausrüstung, nicht ein bisschen. Keine Wanderschuhe, keine Wanderstöcke, einfach nichts. Als würden sie in der Stadt spazieren gehen." Die Familie bemerkte, dass sich Thoralf in dieses Thema hineinsteigerte.

Erwin Gruber versuchte, seinen Sohn zu beruhigen. „Nun rege dich mal nicht so sehr auf. Erstens schadet es deinem Blutdruck und zweitens wollen wir doch in Ruhe essen."

„Du hast ja recht, Vater. Aber wie leichtsinnig kann man denn sein? Die haben gegenüber ihren Kindern doch eine Verantwortung. Na, ja, ich sah sie mir also genau an und sagte: „So, wie Sie ausgerüstet sind, brauchen Sie noch einmal vier Stunden.""

„Wie kann man nur so unvernünftig sein. Mit Kindern in den hohen Bergen ohne Ausrüstung herumlaufen!" Erwin Gruber schüttelte den Kopf.

„Ihr könnt euch gar nicht vorstellen, wie dumm die geguckt haben. Das Mädchen jammerte erbärmlich und der Junge sagte, dass er nicht mehr weiterkönne und keinen einzigen Schritt mehr gehen wollte. Der Vater stimmte ihnen zu und meinte, dass sie dann lieber umkehren wollten. Ich glaube, das war die beste Entscheidung, die er treffen konnte, denn es war diesig und etwas regnerisch."

Thoralf schaufelte sich Bratkartoffeln in den Mund. Dabei sah er Lieselotte ins Gesicht und nuschelte mit vollem Mund: „Oma, deine Bratkartoffeln sind doch immer wieder die besten. Und das Sauerfleisch erst, das ist spitze! Niemand kann so gut kochen wie du!"

Die alte Dame freute sich. Sie lächelte ihrem Enkel zu. „Danke für das Kompliment, mein Junge, aber deine Mutter macht sie genauso gut wie ich."

Erwin Gruber nutzte die Gelegenheit, Tobias, Finn und Luca zu ermahnen: „Ihr müsst stets Wasser und wenigstens Müsliriegel zum Wandern mitnehmen und überhaupt: Wenn ihr euch in den Bergen aufhaltet, dann immer nur mit ordentlicher Ausrüstung! Bergschuhe und Stöcker!"

„Natürlich, Opa!", antwortete Tobias und grinste seine Brüder an, weil sein Opa keine Gelegenheit ausließ, um ihnen nahezulegen, wie sie sich während ihrer heimatlichen Wanderungen in den Bergen zu verhalten hätten.

„Da musst du deine Brüder gar nicht angrinsen, Tobias." Erwin Grubers Worte klangen bestimmt, aber nicht unfreundlich. Auch sein Gesicht nahm einen freundlichen, aber bestimmten Ausdruck an, als er seinen Enkel ansah.

Tobias erwiderte den Blick seines Großvaters. Jedoch verschwand dabei das Grinsen aus seinem Gesicht. Der ältere Mann wusste, dass der Junge ihn respektierte. Auch wenn Tobias viele Dummheiten im Kopf hatte, so handelte er nie verantwortungslos, auch nicht dann, wenn er jemandem einen Streich spielen wollte. Tatsächlich hatten diese Albernheiten nichts mit Gehässigkeit zu tun, eher etwas mit Situationskomik. Selbst die Leidtragenden seiner Späße konnten darüber lachen, nachdem sie in seine Fallen getappt waren. „Aber Opa, das hört sich an, als wenn du nachher mit uns einen Spaziergang in die Berge machen willst. Kann ich mich schon darauf freuen?" Ein ehrliches freudiges Lächeln entstand auf dem Gesicht des Kindes, denn tatsächlich wanderte es gerne mit seinem Großvater in den Bergen und Wäldern seiner Heimat oder ging oft auch mit ihm spazieren. Erwin Gruber besaß viele botanische Kenntnisse und kannte sich in den Bergen und in der Tierwelt gut aus. Er verstand es gut, sein Wissen an seine Enkelkinder mithilfe vieler interessanter Erzählungen und Berichte weiterzugeben und somit die Jungen für die Natur zu begeistern und zu interessieren. Seine Geschichten, die er ihnen auf den vielen gemeinsamen Unternehmungen erzählt hatte, enthielten stets spannende

Details. Scheinbar konnte er den Kindern von jeder Pflanze und jedem Tier die Entstehungsgeschichte und aus ihrem Leben berichten. Damit trug auch er dazu bei, dass sich die Jungen zu guten Schülern entwickelt hatten, die sehr wissbegierig geworden waren. Erwin Gruber verbrachte sehr viel Zeit mit seinen Enkelkindern, die ihn dafür liebten. Obwohl er sie geschickt auch zu vielen handwerklichen Arbeiten heranzog, denn er forderte selten etwas von ihnen. Meist brachte er den Kindern spielend bei, wie welche Aufgaben erledigt werden konnten.

Erwin Gruber antwortete: „Das hatte ich tatsächlich vor, Tobias. Aber daraus wird leider nichts. In spätestens zwei Stunden wird uns ein heftiges Gewitter daran hindern."

Finn und Luca lachten über die Aussage ihres Großvaters. Mit einem Grinsen im Gesicht fragte Finn: „Aber Opa, du weißt schon, dass draußen die Sonne scheint?"

„Oh ja, selbstverständlich weiß ich das. Aber du wirst sehen, dass ich recht habe."

*****

Anneliese Gruber befand sich mit ihren Söhnen auf dem Hof, als sich der Himmel zu bewölken begann. Schnell zogen dicke schwarze Wolken auf, die nur die eine Erkenntnis zuließen: Bis es zu regnen beginnt, vergehen nur noch wenige Minuten. Verständnislos fragte Luca seine Mutter: „Wie macht Opa das bloß immer? Wie kann er schon wissen, dass es regnen wird, obwohl die Sonne noch scheint? Vorhin war noch kein einziges Wölkchen am Himmel zu sehen und jetzt sieht es tatsächlich so aus, dass es bald anfängt zu regnen. Ich verstehe das nicht!" Nachdem er den Kopf geschüttelt hatte und seine Mutter ungläubig anschaute, wiederholte er seine Frage: „Wie macht Opa das bloß immer?"

Staunende Anerkennung lag in der Stimme des Kindes. Luca liebte und bewunderte seinen Großvater, weil er stets für ihn da war, wenn er ihn brauchte und ihm fast immer eine Antwort auf seine Fragen geben konnte. Aber wenn Erwin Gruber eine Frage seiner Enkelkinder nicht sofort beantworten konnte, gab er das ihnen gegenüber zu und erkundigte sich danach nach der richtigen Antwort, um den Wissensdurst der Jungen zu stillen. Aber manchmal wollte er auch den Nachwuchs seines Sohnes mit seinem Wissen und Können beeindrucken. Doch würde er das nicht zugeben.

Tobias, der bei seinen Brüdern stand, kam der Antwort seiner Mutter zuvor. „Opa ist ein Naturmensch, er kennt sich mit dem Wetter in den Bergen und Wäldern richtig gut aus. Er hat schon so viel erlebt, dass er auf fast alles eine Antwort weiß."

„Ich möchte auch einmal so viel wissen wie der Opa!" Das war Finn. Auch er liebte seinen Großvater für das viele Wissen, das sich dieser in seinem langen Leben angeeignet hatte und eiferte ihm nach. Dadurch wirkte der Junge manchmal etwas altklug.

„Das wirst du, mein Junge, wenn du in der Schule immer aufpasst und fleißig lernst", antwortete Anneliese Gruber und schaute dabei ihren Sohn Luca freundlich lächelnd an.

Nach wenigen Minuten begann es zu regnen, wie es Erwin Gruber seiner Familie vorausgesagt hatte. Zunächst nieselte es und die Straßen wurden nass. Doch allmählich verdichteten sich die Wolken und es wurde merklich dunkler in den Straßen der Stadt. Plötzlich fielen dicke Regentropfen auf die Erde und drohten mit ihrer Stärke zarte Pflanzen zu zerstören. Wind kam auf, heftige Böen rissen an den Blumen, Bäumen und Gräsern, als wollte der Wind den Regen in seinem bösen Treiben unterstützen. Ein Blitz zuckte über den Himmel und für einen Augenblick wurde es so hell, als würde die Sonne scheinen. Kurz darauf krachte es laut. Innerhalb weniger Sekunden donnerte es mehrmals, als wollte eine höhere Macht den Menschen eine Warnung überbringen. Nur langsam verebbte das Donnergrollen. Die Tropfen verdichteten sich zu vielen riesigen Wasserbatzen, überall entstanden Pfützen, die schnell größer wurden und sich nach wenigen Sekunden miteinander zu kleinen Bächen vereinigten. Schnell stand der Hof unter Wasser. Als die Familie ins Haus flüchtete, um sich vor dem Regen und den Sturmböen zu schützen, begann die Sirene Großbergens ihr nervtötendes Signal über den Ort auszuschütten.

„Oh, je, jetzt muss Papa auch noch bei diesem blöden Wetter zu einem Einsatz raus!" Luca sorgte sich um seinen Vater. Hätte er gewusst, wie berechtigt seine Sorgen waren, hätte der Junge an diesem Tag keine ruhige Minute mehr gehabt.

Tobias erging es wie seinem Bruder. „Hoffentlich muss Papa bei diesem Scheißwetter nicht in die Berge!"

Kaum hatte Tobias seine Worte ausgesprochen, eilte sein Vater auch schon an ihnen vorbei. Während er zu seinem Auto lief, rief er den Kindern zu: „Wenn ich zurückkomme, gehen wir in die Eisdiele und werden dort ein großes Eis essen. Seid schön brav, Kinder, ich bin bald wieder zu Hause." Er ahnte nicht, dass er an diesem Tage nicht mehr nach Hause kommen sollte und mit seinen Kindern kein Eis essen gehen würde.

*****

Thoralf Gruber beeilte sich, um mit seinem Auto zur Wache der Bergrettung seiner Stadt zu fahren. Als verantwortungsvoller Fahrer achtete er auf den starken niederprasselnden Regen, der ihm die Sicht stark einschränkte. Außerdem erfassten Böen immer wieder sein Auto. Entsprechend vorsichtig lenkte er seinen Volvo durch die Straßen Großbergens. Er hatte an diesem Tag Bereitschaftsdienst und musste, wenn es zu einem Notfall kam, mit seinen Kollegen zum Einsatzort ausrücken. Deshalb durfte er das Signal der Sirene nicht unbeachtet lassen. Außerdem wurde er über einen Pieper über einen Notfall informiert.

Dieser Pieper war ein Gerät, das so groß wie eine Streichholzschachtel war. Wenn er zum Bereitschaftsdienst eingeteilt wurde, trug er es ständig bei sich, um kein Signal zu verpassen, das ankündigte, dass sich ein Mensch in Not befand und dringend Hilfe benötigte. Für Thoralf bedeutete das dann, dass er sich beeilen musste, um zu einem Einsatz zu seiner Rettungswache zu fahren. Als er dort eintraf, warteten seine Kollegen bereits ungeduldig auf ihn.

„Los beeil dich, du hast dir heute ja besonders viel Zeit gelassen!", bemerkte der Leiter der Bergrettung, als er Thoralf erblickte.

Dieser lief in den Umkleideraum und antwortete: „Wenn du wüsstest, was auf den Straßen los ist, überall Land unter! Die Straßen sind überschwemmt, weil die Gullys es nicht schaffen, das viele Wasser aufzunehmen. Es regnet sintflutartig. Schnelles Fahren ist nicht drin."

Während ihn sein Chef über den Einsatz informierte, zog sich Thoralf um. „Ein Mann ist in der Höllentalklamm vor der Zugspitze abgestürzt und hat sich schwer verletzt. Jetzt liegt er irgendwo unten in der Schlucht. Wir müssen sehen, was wir bei diesem Scheißwetter für ihn tun können."

Thoralf Gruber verzog sein Gesicht, als er erwiderte: „So eine Scheiße! Kann kein Hubschrauber dort hin und einen Helfer abseilen? Wir sind doch viel zu lange unterwegs. Vom Parkplatz in Hammersbach müssen wir zu Fuß weiter. Und so etwas bei diesem Scheißwetter. Wo liegt der arme Kerl überhaupt?" Thoralf schloss schnell seinen Schrank ab, in dem nun seine privaten Sachen hingen. Die hatte er mit einer Uniform der Bergrettung ausgetauscht.

„Nein, für den Hubschrauber ist das Wetter viel zu schlecht. Die Sicht ist nicht gut und außerdem ist es zu windig. Bei diesen stürmischen Böen kann es passieren, dass der Hubschrauber abgetrieben wird und gegen eine Felswand prallt. Wir müssen durch die Höllentalklamm in Richtung Höllentalangerhütte bis zum Klettersteig laufen. Dort irgendwo ist er abgestürzt. Wir müssen eben die Augen aufhalten."

„Auch das noch. Dann lass uns keine Zeit verlieren!" Thoralf Gruber machte sich Sorgen. Einen Notfall ohne genauen Einsatzort und das auch noch bei solch schlechten Wetterbedingungen hatten sie schon seit langer Zeit nicht mehr gehabt. Dieser Einsatz gehörte zu denen, auf die jeder Retter gerne verzichten würde. Selbst mit einer Regenjacke, die atmungsaktiv sein sollte, wurden die Männer bei solch einem Wetter nass. Denn darin schwitzten die Männer so sehr, dass sich in den Ärmeln das Wasser sammelte, weil deren Bündchen sich am Handgelenk eng anlegten. Das war äußerst unangenehm, sodass die meisten Retter auf Regenjacken verzichteten und es in Kauf nahmen, nass zu werden. Wenigstens bekam der Körper dann noch frische Luft.

Vier Männer der Bergrettung fuhren mit ihrem Rettungswagen nach Hammersbach. Von dort aus brachen sie zur Höllentalangerhütte auf. Obwohl sie sich bemühten, keine Zeit zu verlieren, waren sie schon seit ungefähr zweieinhalb Stunden unterwegs. Immer wieder mussten sie Hindernisse überwinden, die ihnen den Weg versperrten. In dieser Zeit musste Thoralf immer wieder an den verunfallten Mann denken. Für einen gesunden Menschen war das momentane Wetter bereits sehr unangenehm. Niemand würde jetzt freiwillig in den Bergen wandern gehen. Wie schrecklich musste sich der abgestürzte Mann in diesen Augenblicken fühlen? War er überhaupt noch am Leben? Diese und ähnliche Fragen gingen dem jungen Vater durch den Kopf. Doch dann bemerkte er, dass es besser wäre, sich auf den Weg zu konzentrieren, der sie durch die Höllentalklamm ständig bergauf führte. Von ihrem Ausgangspunkt bis zu ihrem wahrscheinlichen Ziel mussten sie etwa 750 Höhenmeter überwinden.

Der Wildbach, der durch die Klamm floss und an dem sie sich befanden, war zu einem reißenden Strom geworden. Die tosenden Wassermassen des sonst so friedlich dahinfließenden Baches drohten, die ihn überquerenden Brücken innerhalb und außerhalb der Klamm wegzureißen. Die Männer blieben stehen, um sich zu beraten. Ihr Chef sah ihnen nacheinander in ihre Gesichter, die von der Anstrengung der letzten Stunden gezeichnet waren. „Ich kann nicht von euch verlangen, diesen Einsatz weiter zu betreiben. Niemand von euch soll und muss sich in Gefahr begeben. Euer Leben ist mir wichtiger als das des abgestürzten Bergsteigers. Deshalb müssen wir uns entscheiden, ob wir weitergehen und den Mann retten oder den Einsatz hier abbrechen wollen. Aber ich weise euch darauf hin, dass wir, wenn wir weitermachen, unser Leben in Gefahr bringen. Und das kann niemand von uns verlangen. Wer will diesen Einsatz abbrechen und den Mann später suchen, wenn sich das Wetter gebessert hat? Ich persönlich wäre dafür."

„Wenn wir warten, ist der Mann vielleicht schon tot, bis wir bei ihm sein können!", sagte einer der Bergretter.

„Dann lasst uns weitergehen, bevor wir nicht mehr durch die Klamm kommen!" Thoralf Gruber kannte sich in dieser Gegend gut aus und glaubte, dass es noch möglich sei, den verunfallten Bergsteiger zu erreichen.

Das Wasser des Wildbaches schlug gegen die Felswände. Es toste so laut, dass sich die Bergretter kaum noch miteinander verständigen konnten. Sie beschlossen trotz der widrigen Umstände weiterzugehen. Nach einigen Minuten erreichten sie in der Höllentalklamm eine Holzbrücke, die sie überqueren mussten. Sie wurde immer wieder von den laut tosenden Wassermassen überschwemmt. Die Retter erkannten, dass der Weg auf der anderen Seite des Baches ständig beschwerlicher wurde. Thoralf und seine Kollegen waren bis auf die Haut durchnässt und der Wind peitschte ihnen den Regen schmerzvoll ins Gesicht. Er ging voran. Als er über die Brücke gehen wollte, hielt ihn sein Chef zurück, indem er ihm von hinten auf die Schulter klopfte. Der junge Mann drehte sich zu ihm um und sah, dass sein Chef seinen Kopf schüttelte. „Nein, da gehen wir nicht rüber!", wollte der Chef ihm sagen.

Aber Thoralf Gruber glaubte, dass er dem Verletzten helfen musste und sie deshalb den Weg durch die Klamm fortsetzen sollten. Einen anderen Weg gab es nicht. Er ging weiter und betrat die Brücke. Dabei bemerkte er nicht, dass in diesem Moment eine große Flutwelle auf sie zu rauschte. Sie erfasste die Brücke und mit ihr den darauf gehenden Vater von drei Kindern.

Thoralf Grubers Kollegen hielten sich an den Handläufen des Weges fest, um nicht von den Wassermassen fortgespült zu werden. Für einige Momente wurden die Männer von der Flutwelle erfasst. Sie gerieten unter Wasser. Es drang ihnen in Mund, Nase und Ohren ein. Sie drohten zu ertrinken. Aber dann gab die Flutwelle sie doch wieder frei. Hustend spuckten sie das Wasser aus, das in ihre Lungen eingedrungen war, als sie endlich wieder atmen konnten. Sie benötigten einige Augenblicke, bis sie ihre Körper wieder kontrollieren konnten und sich der Brücke zuwandten. Jeder der drei Männer musste entsetzt feststellen, dass diese sich nicht mehr an ihrem Platz befand. Jede Spur von der Brücke fehlte. Es schien beinahe, als wollte die Natur ihnen weismachen, dass es an diesem Ort noch nie eine Brücke gegeben hatte. Und dann begriffen sie die Katastrophe: Auch von Thoralf Gruber fehlte jede Spur.

*****

Die Familie Gruber war bestürzt, aber auch traurig und wütend. Thoralfs Chef hatte ihnen die Nachricht überbracht, dass ihr Familienmitglied vermisst wurde. Eine Brücke in der Höllentalklamm, die sich schon seit Jahrzehnten an ihrem angestammten Platz befand, wurde von einer gewaltigen Flutwelle hinweg gerissen. Diese Flutwelle hatte sich durch den Starkregen im Wildbach gebildet. Ausgerechnet zu diesem Zeitpunkt, als sie mit ihrer unbändigen Kraft die Brücke wegspülte, hatte sich Thoralf auf ihr aufgehalten. Als die Mitglieder der Rettungscrew, zu der auch Thoralf gehörte, von ihren eigenen Kollegen gerettet worden waren, wusste niemand, was mit ihm geschehen war. Ohne Zeitverzug wurden Suchtrupps losgeschickt, die ohne ein positives Ergebnis die Suche nach Thoralf Gruber nach mehreren Stunden abbrechen mussten. Mehrere Tage wurde die Suche fortgeführt, immer in der Hoffnung, ihn zu finden. Doch von Tag zu Tag verringerten sich die Hoffnungen seiner Familie und seiner Kollegen, ihn noch lebend zu finden. Zwei Wochen nach dem Unglück wurde die Suche nach dem verunfallten Bergretter abgebrochen. Niemand hatte noch eine Hoffnung, den vermissten Thoralf Gruber zu finden.

Trauer ergriff die Familie des verantwortungsbewussten jungen Vaters, Sohnes und Mannes und alle anderen Menschen, die ihn kannten, mit zunehmender Zeit intensiver, denn von Tag zu Tag wurde ihnen immer mehr bewusst, dass sie ihn nicht mehr lebend wiedersehen würden. Sein viel zu früher Tod machte insbesondere seine Eltern, seine Frau und seine Kinder, aber auch alle anderen Menschen wütend, die ihn gekannt hatten. Sie fragten sich wieder und wieder, warum Thoralf sie verlassen musste. Aber er konnte noch nicht für Tod erklärt werden, da seine Leiche nicht gefunden wurde. Juristische Fragen taten sich auf, die geklärt werden mussten. Zum Glück hatten die Grubers ihre Familienverhältnisse schon seit langer Zeit geregelt, sodass es bei der Erfüllung der gesetzlichen Vorgaben keine Probleme gab. Sie lebten weiterhin auf ihrem Grundstück in ihrem Haus. Anneliese Gruber wohnte auch zukünftig mit ihren Kindern bei ihren Schwiegereltern, die sich darüber sehr freuten und sie wie eine Tochter behandelten. Vor allem freuten sich Erwin und Frieda Gruber darüber, ihre Enkelkinder auch in Zukunft aufwachsen sehen zu können.

# Der Chef

Als Thoralf Gruber zu sich kam, befand er sich in einem weißen Raum. Vorsichtig, aber auch neugierig sah er sich um und erblickte überall das Gleiche. Überrascht fragte er sich, ob es tatsächlich ein Raum war, in dem er sich befand. Er hatte keine Ecken und war auch nicht rund. Außerdem konnte Thoralf auch keine einzige Wand erkennen. Aber seine Umgebung beherrschte eine milchige weiße Farbe, die beinahe wie ein dichter Nebel hin und her waberte. Nur war er sich sicher, dass er sich in keinem Nebel befand. Er schaute sich um, und hatte eine klare Sicht bis dorthin, wo ihn die milchig weiße Brühe umgab und die sich hin und her bewegte.

Deutlich erkennbar stand in seinem Gesicht die Überraschung, als wäre sie darin eingemeißelt worden. Thoralf fragte sich, wo er sich wohl befinden mochte. Solch einen seltsamen Ort hatte er in seinem ganzen Leben noch nicht gesehen. Ratlos sah er zum Boden herunter und staunte über das, was er nun wahrnehmen musste. Unter seinen Füßen existierte kein Boden. Aber auf irgendetwas musste er doch stehen. Fassungslos glaubte er, dass er nicht in einem Raum schweben konnte, der keine Wände, keinen Boden und keine Fenster hatte. Jedoch hatte er das Gefühl, dass seine Füße auf einem festen Material standen. Sein Verstand weigerte sich, zu erkennen, was geschehen war und wo er sich befand. Wo sich der Fußboden hätte befinden müssen, erschien ihm wieder diese milchig weiße Masse. Es sah dort genauso aus wie der Rest in seiner Umgebung. Voller Staunen dachte der junge Mann: „Ich könnte beinahe glauben, dass ich mitten in einer Wolke stehe. Aber das ist doch unmöglich." Thoralf fragte sich, was das zu bedeuten hatte. Noch einmal sah er an sich herunter. Erneut wollte er wissen, worauf er stand. Auf irgendetwas mussten seine Füße doch ihren Halt gefunden haben. Was konnte das wohl sein. Jedenfalls fühlte es sich an, als stünde er auf warmes weiches Holz, das mit Watte abgepolstert worden war. Alles an diesem Ort erschien ihm komisch. Dass hier etwas nicht stimmte, spürte er genau. Aber was war das wohl?

Er ging einige Schritte, um zu prüfen, ob sich etwas veränderte. Er musste feststellen, dass es das nicht tat. Ihn umgab ein klarer weißer Raum, nach oben und nach unten und sogar nach allen Seiten hin. Dieser Raum schien endlos zu sein und er befand sich allein darin. Niemand konnte ihm erklären, warum das so war und wo er sich befand, was das hier für ein Raum war. Vorsichtig rief er leise: „Hallo!" Doch eine Antwort bekam er nicht. Also rief er etwas lauter und bekam wieder keine Antwort. Aber er stellte fest, dass seine Rufe wie ein Echo zu ihm zurückgeworfen wurden.

Thoralf Gruber sah noch einmal an sich herab und stellte fest, dass sich seine Sachen, mit denen er bekleidet war, in einem erbärmlichen Zustand befanden. Er trug immer noch die Uniform der Bergrettung, in der sich mehrere große Risse befanden. Die Ränder dieser Risse waren ausgefranst. Erst jetzt bemerkte er, dass er bis auf die Haut durchnässt war. Wasser tropfte aus seinen Sachen heraus. Wo er stand, bildete sich unter ihm eine Pfütze. Als würde ein Blitz einschlagen, kamen ihm plötzlich die Erinnerungen an das, was geschehen war. Er erinnerte sich daran, dass er in der Höllentalklamm über eine Brücke ging. In diesem Augenblick sah er sogar das Wasser des Wildbaches auf sich zukommen. Aber dass er darin eingetaucht war, daran konnte er sich nicht mehr erinnern.

Plötzlich veränderte sich der Raum. Was Thoralf nun zu sehen bekam, raubte ihm den Atem. Wie aus dem Nichts erschien ein Mann mittleren Alters vor ihm. Diesem Mann fehlte ein Arm und der Stumpf blutete noch. Sein Gesicht war schmerzverzerrt. Danach kam wie aus dem Nebel eine Frau und gesellte sich zu ihm. Auch sie sah sehr mitgenommen aus. Ihre Haare standen wirr vom Kopf ab, aus denen Rauch entwich. Ihr Gesicht war rußverschmiert und ihr Kleid zerrissen. Ihre Beine waren von Brandblasen bedeckt. Auch ihr Gesicht drückte aus, dass sie ein von Schmerzen geplagter Mensch war. Thoralf sah sie fragend an. Immer noch lief er mit einem erstaunten, aber auch erschreckten Gesichtsausdruck in diesem komischen weißen Raum umher, in dem er nun einen wahren Strom von Menschen erblickte, die alles andere als gesund aussahen. Ein Mann rückte in Thoralfs Blickfeld, dessen Oberkörper Brandblasen in allen Größen aufwies, die man sich vorstellen konnte. Einem anderen steckte ein Messer im Rücken, noch einem anderen fehlte der Kopf, den er wie einen Ball in seinen Händen trug. Man hätte glauben können, dass der Mann ihn verloren und nun aufgehoben hatte, um ihn mitzunehmen. Und immer mehr Menschen wurden sichtbar, viele mit schrecklichen Verletzungen, aber auch äußerlich unverletzte Menschen, von denen Thoralf glaubte, dass alles Blut aus ihnen gewichen sei. Ihre Gesichter erschienen Thoralf sehr blass zu sein, aber einige von ihnen hatten auch eine gelbe Hautfarbe, von denen der Bergretter glaubte, dass sie an einer Leberkrankheit litten.

Thoralf Gruber fühlte sich nicht wohl in seiner Haut. Ihm wurde bewusst, dass die Menschen, die er erblickte, alle aussahen, als seien sie tot. Und doch standen sie vor ihm und bewegten sich hin und her. Einige standen beieinander und unterhielten sich, als seien sie alte Freunde, die sich sehr lange Zeit nicht gesehen hatten.

„Was ist bloß geschehen und wo bin ich hier?" Diese Frage hatte sich Thoralf selbst gestellt. Aber er musste sie wohl laut ausgesprochen haben, denn er bekam von jemandem eine Antwort. Er drehte sich um und schaute den Mann an, der zu ihm sprach. Es war der Kerl mit einem Messer im Rücken.

„Wir befinden uns hier im Himmel und warten auf den Einlass ins Paradies. Alle Menschen, die du hier siehst, sind tot. Entweder sind sie an einer Krankheit gestorben oder durch einen Unfall ums Leben gekommen. Du scheinst ertrunken zu sein." Überrascht schwieg der Mann und sah ihn ungläubig an.

„Aber das musst du doch wissen. Hat mit dir noch niemand gesprochen?"

Entsetzt blickte Thoralf Gruber dem Mann ins Gesicht. Nervös knetete er an seinen Händen. Was er soeben gehört hatte, konnte er nicht glauben. Das alles war so unfassbar für ihn. Er konnte doch nicht einfach tot sein! Er wagte es nicht, dem Mann die Fragen zu stellen, die ihn in diesem Augenblick am meisten beschäftigten. „Du sagst, wir sind tot? Wir alle? Wie tot sind wir denn? Bin ich etwa auch tot? Warum sind hier alle tot?" Thoralf spürte in sich Panik aufsteigen. Er konnte doch nicht tot sein! Das war doch nicht möglich! Er lief in diesem Raum umher und sprach mit anderen Menschen, da konnte er doch nicht tot sein!

Der Mann mit dem Messer im Rücken sah Thoralf mitleidig an. „Doch, du bist tot, so tot man nur sein kann. Es tut mir leid, dir das sagen zu müssen. In deinem Fall ist wohl etwas schiefgelaufen. Bevor du in diesen Raum kommst, soll ein Engel mit dir reden, der dir erklärt, warum du hier bist und wie es mit dir weitergehen soll. In deinem Fall hat wohl irgendetwas nicht richtig funktioniert. Aber das wundert mich nicht. Die scheinen hier alle total überlastet zu sein."

Verzweifelt stand Thoralf vor dem Mann. „Du sprichst in Rätseln. Ich verstehe das alles nicht. Warum bin ich tot?"

„Mann, du kannst Fragen stellen! Woher soll ich das wissen? Aber wie es aussieht, bist du ertrunken und so tot, wie hier in diesem Raum alle tot sind. Toter geht es eben nicht. Ich zum Beispiel wurde ermordet. Von einem meiner Angestellten. Ich habe ihn erwischt, als er dabei war, meine Kasse auszurauben. Ich war nämlich Chef in einem Haushaltsladen, der ziemlich gut lief. Er hat wohl keinen Ausweg gesehen, um sich anders aus der Affäre zu ziehen. Soweit ich weiß, ist die Polizei noch auf der Suche nach ihm. Aber ich hoffe, dass sie vielleicht von jemanden einen Tipp bekommt. Der Kerl kann mich doch nicht so einfach umbringen und dann auch noch straffrei davonkommen!"

Ratlos stand der Vater von drei Jungen vor dem Mordopfer und konnte nicht mehr klar denken. Eine Weile schwieg er. Dann fragte er doch noch: „Und warum ist es kein Wunder, dass hier alle überlastet sind?"

„Das wird hier nicht anders als bei uns auf der Erde sein. Gutes Personal findet man selten."

Mit solch einer lapidaren Antwort hatte Thoralf nicht gerechnet. „Ich verstehe immer noch nichts!" Er war verzweifelt und wusste sich nicht mehr zu helfen.

Der Ermordete sah ihn wieder voller Mitgefühl an. „Ach, Kumpel, es tut mir leid für dich. Sicherlich wird noch jemand mit dir reden." Er machte eine kurze Pause und sprach dann weiter. „Aber dass die hier kein gutes Personal finden, wird die gleichen Gründe haben wie bei uns auf der Erde. Außerdem wächst die Menschheit ständig weiter. Und wenn es in einem vergleichbaren Zeitraum zu früher immer mehr Menschen gibt, also immer mehr Menschen geboren werden, werden natürlich auch im gleichen Zeitraum immer mehr Menschen sterben. Und natürlich sterben viele Menschen, die dumm sind und vielleicht auch nicht arbeiten wollen. Aber wenn die hier kein qualifiziertes Personal für die Abteilung finden, die dafür verantwortlich ist, den Toten zu erklären, was ihnen zugestoßen ist und warum sie hier warten müssen, um ins Paradies eingelassen zu werden, schaffen die Engel es nicht, mit allen Toten rechtzeitig zu reden, wie es in deinem Fall passiert ist. Zu wenig Personal für zu viele Tote."

Thoralf schwirrte der Kopf. Wollte der Kerl denn gar nicht mehr aufhören zu schwatzen? Endlich wurde der Redefluss des ermordeten Mannes von einer Stimme unterbrochen, die seinen Namen rief. Er nickte dem Mann schnell, aber trotzdem dankbar zu und wandte sich in die Richtung, aus der er seinen Namen gehört hatte. Er ging einige Schritte und erblickte einen weißhaarigen alten Mann, der einen langen Bart in der gleichen Farbe seiner Haare hatte und ihm bis auf die Brust herunter reichte. Um seinen Kopf herum leuchtete ein Lichtschein. Bekleidet war er mit einer weißen Tunika. An den Füßen trug er Sandalen, die aus Stroh gefertigt waren.

Thoralf Gruber ging auf ihn zu. „Sie haben mich gerufen?"

„Wenn du Thoralf Gruber bist, dann habe ich das."

„Der bin ich."

„Dann folge mir bitte."

„Wer sind Sie denn?"

„Ich bin der, den du kennst, aber an den zu glauben, du dich mit allen Mitteln wehrst."

Der alte Mann ging voraus und Thoralf Gruber ging erstaunt hinter ihm her. Der Raum um ihn herum änderte sich erneut. Alles blieb weiß, aber die Menschen verschwanden, die sich darin befanden. Dafür erschien ein riesiger Schreibtisch, der, wie es der junge Vater empfand, unaufgeräumt war. Viele Akten lagen scheinbar unsortiert auf ihm herum, teilweise waren sie auch zu einem Stapel aufeinandergelegt. Neben dem Schreibtisch stand ein Computer, und davor stand ein Stuhl. Der weißhaarige Mann mit dem Lichtschein um seinen Kopf setzte sich hinter den Schreibtisch auf einen bequemen Drehsessel. Dabei nahm der Schreibtisch wie von Geisterhand eine normale Größe an. Der Alte schaute Thoralf interessiert an. „Du ziehst ja immer noch eine Wasserspur hinter dir her. Aber klar, du bist ja im Bach ganz nass geworden." Er stand auf und wurde dabei so riesig, wie vorher der Schreibtisch war. Dann zog er seine rechte Hand einmal von links nach rechts an Thoralf vorbei und der junge Mann fühlte, wie seine Sachen wie durch ein Wunder in diesem Moment trockneten. „Setz dich!", forderte der Alte.

Erstaunt setzte sich Thoralf auf den Stuhl, der vor dem Schreibtisch stand. Wie hat der Alte das bloß gemacht? Das war doch Zauberei gewesen. Aber jedes Kind wusste, dass es keine Zauberei gab. Was die Magier in einer Show während ihres Auftrittes taten, war auch keine Zauberei, sondern Illusion. Doch musste er zugeben, dass diese Illusionen durch schöne und vor allem gekonnte Tricks entstanden, die den Künstlern viel Geld kosteten. Doch was der Alte eben tat, war keine Illusion. Auch dieser nahm erneut auf seinem Drehsessel Platz und nahm wieder eine normale Größe an. Thoralf bemerkte das mit einem erstaunten Gesichtsausdruck.

„Du musst mich nicht so erstaunt ansehen. Ja, ich bin der, an den du nicht glauben willst. Aber doch gibt es mich. Einige nennen mich Gott, andere Allah oder einfach nur einen guten alten Mann. Es ist egal, wie ich von euch genannt werde." Er unterbrach sich und sprach nach einigen Augenblicken weiter. Dabei hatte er ein überraschtes Gesicht angenommen. „Ich sehe gerade, dass mit dir noch niemand gesprochen hat. Dafür entschuldige ich mich. Es gibt einfach viel zu wenig gutes Personal. Die Menschen werden immer mehr und sterben wie die Fliegen. Meine wenigen Engel haben nicht einmal mehr die Zeit, mit allen Toten zu reden, oft muss ich das selbst tun. Das ist nicht immer angenehm."

Mit großen Augen sah Thoralf dem Mann verständnislos an. Doch der Kerl, der sich vor einem Moment selbst Gott nannte, schien das nicht zu bemerken. Er zog eine Akte zu sich heran und begann, in ihr zu blättern. Dabei las er hier etwas und dann wieder etwas anderes auf einem der nächsten Blätter. „Also, auf jeden Fall solltest du wissen, dass ich hier der Chef bin. Alles andere ist egal, solange du dich hier in meinem Machtbereich aufhältst. Natürlich musst du auch wissen, dass du tot bist."

Thoralf sah den gefühllosen Alten mit einem vor Wut hochroten Gesicht an. Seine Gefühle spielten verrückt. Er spürte Angst in sich aufkommen. Auch dieser Kerl mit seinem Heiligenschein um den Kopf behauptete, dass er tot sei. Wie war das bloß möglich? Das konnte Thoralf immer noch nicht verstehen.

Doch der Alte sprach ungerührt weiter: „Du kannst dich jetzt von all deinen Strapazen erholen. Du darfst den ganzen Tag spielen oder lesen, oder tun, wonach dir der Sinn steht. Es ist dir bescheinigt worden, dass du ein guter Mensch warst. Wer das bescheinigt hat, kann ich im Moment aus deiner Akte nicht ersehen. Das ist jetzt auch egal.

Aber sollte sich das irgendwann als falsch herausstellen oder du machst hier Ärger, organisierst zum Beispiel eine Meuterei gegen mich oder bestiehlst einen anderen Toten, oder machst andere schlimme Dinge, dann schicke ich dich drei Stockwerke weiter nach unten zu meinem Bruder, dem Teufel. Bei dem wirst du es dann nicht mehr so schön haben wie hier."

Thoralf stutzte. Hatte er richtig gehört? „Sie wollen mich zu Ihrem Bruder in die Hölle schicken, wenn ich kriminell werden sollte?"

Jetzt war es an dem Alten, überrascht zu sein. Er schaute Thoralf verständnislos an. „Habe ich das gesagt?"

„Ja, das haben Sie. Der Teufel ist doch Satan. Zu dem kann man auch Luzifer sagen. Und der ist ein gefallener Engel, aber nicht Ihr Bruder. Oder sind wir hier im Olymp und Sie sind nicht Gott, sondern Zeus und sprechen von Hades?"

„Thoralf Gruber, du bist wohl ein Neunmalkluger! Aber du bist auch ein Lümmel. Weißt du, wie alt ich bin? Schau dir nur mal meinen langen weißen Bart an. In meinem Alter kann man auch mal etwas vergessen! Natürlich bin ich Gott!"

„Ja, ich weiß, Gott der Allwissende, der langsam dement wird!" Als er das ausgesprochen hatte, erschrak Thoralf über seine eigenen Worte.

„He, nicht so frech, sonst werde ich dich gleich zu Hades schicken!"

„Zu wem?"

Jetzt lachte der Alte. „Natürlich zu Luzifer, dem gefallenen Engel, der nicht mein Bruder ist. Der Olymp ist doch schon vor ewigen Zeiten untergegangen. Es gibt keinen Zeus mehr, nur noch mich, den Gott!"

Jetzt wechselte Thoralf das Thema. „Wenn ich tun kann, wonach mir der Sinn steht, dann kann ich doch auch auf die Erde zurückgehen und mich dort etwas nützlich machen." Er sah den Chef hoffnungsvoll an.

„Nein, das geht nicht so einfach. Vergiss nicht, du bist tot, eine Rückkehr zu den Lebenden gibt es für dich nicht mehr."

Enttäuscht schaute der junge Vater zum Boden und rief aufgebracht: „Das ist doch Mist, ich habe mich noch nicht einmal von meiner Familie verabschieden können. Meine Jungs sind bestimmt sehr traurig, dass ich nicht mehr für sie da sein kann. Außerdem habe ich noch ein paar Dinge zu erledigen. In eurem Plan ist bestimmt etwas schiefgelaufen."

„Hör auf zu maulen. Ich kann in diesem Punkt im Moment nichts für dich tun." Damit war für den Chef diese Diskussion beendet. Er sah wieder in die Akte, blätterte darin mehrmals die Seiten um und plötzlich sah er erschrocken auf. „So eine Sch… Wie konnte denn das passieren?"

Thoralf sah ihn an. Der Lichtschein seines Chefs war etwas dunkler geworden. Was das wohl zu bedeuten hatte.

Wutentbrannt rief der Alte: „Sofort kommt jemand von der Sicherheit zu mir!"

Schon im nächsten Augenblick erschien ein Engel. Thoralf erkannte ihn an seinen beiden, großen und weißen Flügeln, die sich auf seinem Rücken befanden. Sein Gesicht strahlte eine erfrischende Jugendlichkeit aus. Er hatte einen gut trainierten Körper und strahlte eine angenehme Ruhe aus. Aber sein Alter konnte Thoralf nur sehr schwer schätzen.

„Immer zu Diensten, Chef, was kann ich für dich tun?", fragte der Engel.

Der alte Mann mit seinen weißen Haaren und dem Lichtschein um den Kopf sah ihn böse an und zeigte mit seinem ausgestreckten Arm auf Thoralf. „Hier ist eben nichts mehr zu tun! Ihr habt den Falschen geholt. Dieser Mann hier sollte noch nicht sterben und nun können wir ihn nicht einfach als lebenden Menschen auf die Erde zurückschicken! Was soll dieser Mist? Ihr müsst aufpassen, wenn ihr solche Dinge erledigt."

Der Engel sah den Chef selbstbewusst an und antwortete: „Das tut mir furchtbar leid, Chef, aber ich habe dir schon mehrmals gesagt, dass wir total überlastet sind. Jeden Tag sterben mehr Menschen, als uns lieb sein kann. Wir schaffen es leider nicht mehr, alle Fälle zu bearbeiten. So ärgerlich es ist, aber da kann ein Fehler schon mal vorkommen. Soll ich den betreffenden Engel, der für diesen furchtbaren Fehler verantwortlich ist, jetzt bestrafen? Er begeht doch nicht mit Absicht einen Fehler. Chef, wir brauchen unbedingt mehr zuverlässiges Personal, vor allem Fachkräfte!"

„Aber woher soll ich die nehmen? Es kommen doch fast nur noch dumme Menschen zu uns, die nichts gelernt haben. Teilweise bleiben sie sogar Analphabeten. Außerdem kommen schon seit Jahren nur noch Kriminelle und die sogenannten Klimaaktivisten zu uns, also dumme Menschen aus der organisierten Kriminalität, dazu Politiker, die zu faul zum Arbeiten sind und als Minister noch nicht mal eine Ahnung von ihren Ressorts haben. Glaubst du, dass die alle arbeiten wollen? Rate mal, warum die schon zu ihren Lebzeiten kriminell oder Politiker geworden sind!

Die Vergewaltiger, Mörder und die, die für Kindesmissbrauch verantwortlich sind, kommen sowieso schon nach unten zu Luzifer! Die nützen uns doch nichts." Wütend schob der Alte Thoralfs Akte von sich weg, sodass sie beinahe vom Schreibtisch gefallen wäre.

„Ich denke, die Kleinkriminellen und dummen Politiker gehen alle drei Stockwerke weiter nach unten!" Der Engel hatte ein überraschtes Gesicht, das außerdem Unglaube ausdrückte.

„Nein, natürlich nicht. Kleinkriminelle kannst du nicht sofort dorthin schicken. Und die anderen sind nur fehlgeleitetes und verwöhntes Pack. Du kannst doch nicht alle nach unten schicken, nur weil sie faul oder verwöhnt sind. Wenn wir das tun würden, brauchen wir bald gar kein Personal mehr." Der Chef hinterließ auf Thoralf einen ratlosen Eindruck.

„Aber das wäre beinahe besser als so, wie es jetzt ist", wagte der Engel, einzuwerfen.

Nun funkelte der Chef ihn mit einer Zornesfalte auf der Stirn an. „Nein, das wäre überhaupt nicht besser!" Seine Stimme wurde laut und dunkel und hallte im Raum wider. „Sieh' zu, dass solch ein Fehler nicht noch einmal passiert. Sonst werde ich nämlich dich zu Luzifer nach unten schicken! Gehe mir aus den Augen!" Darauf blickte er zu Thoralf hinüber und der Engel verschwand schnell.

Thoralf sah den Chef an und fragte: „Und nun? Ich habe noch einige unerledigte Sachen auf der Erde, was soll damit werden? Weil Ihre Engel Mist bauen, können doch nicht die Menschen darunter leiden."

Jetzt sah der Chef ihn spöttisch an. „Aber du leidest nicht, du bist doch tot."

„Ich sprach auch nicht von mir, sondern von meiner Familie, meinen Freunden und Kollegen."

„Okay, einen Weg gibt es vielleicht, der für dich infrage kommen könnte." Thoralf schöpfte Hoffnung. Der Chef sprach weiter. „Ich bilde dich zu einem Engel aus. Danach darfst du auf die Erde zurück und tust den Menschen als Schutzengel Gutes. Und wenn du genug Gutes getan hast, darfst du vielleicht wieder als Mensch auf die Erde zurückkehren."

„Was heißt, ich soll als Schutzengel Gutes tun?", fragte Thoralf mit Interesse.

„Beschütze die Menschen vor Bösem! Rette sie. Wenn du zwanzig Menschen das Leben gerettet hast, darfst du vielleicht wieder als lebender Mensch zu deiner Familie zurückkehren. Ich weiß zwar noch nicht, auf welche Art es passieren wird, aber da fällt mir schon noch etwas ein. Aber denke daran, dass ich es dir nicht verspreche! Es hängt nur von dir allein ab, wie du deine Aufgabe als Schutzengel der Menschen erfüllst. Bin ich damit zufrieden, schicke ich dich zu deiner Familie zurück."

## Die Ausbildung

In den nächsten Tagen absolvierte der Engel Thoralf eine Ausbildung, die der Mensch Thoralf Gruber nie begonnen und nie abgeschlossen hätte. So musste er lernen, wie er feste Gegenstände von einem Ort an einen anderen tragen konnte. Dafür musste er einen Trick anwenden, den nur ein Engel kennen konnte. Der Chef stand vor ihm und sagte: „Hebe diesen Stein hoch."

Thoralf sah ihn fragend an. „Ich sehe keinen Stein."

„Ach, so, ich vergaß, dass du noch von dem vielen Weiß umgeben bist und nichts anderes wahrnehmen kannst. Ich muss deinen Augen erlauben, zu sehen, was sie eigentlich nicht mehr sehen sollten." Der Alte trat einen Schritt auf Thoralf zu, zog in der Luft mit seiner rechten Hand an den Augen des Engels vorbei und sagte: „Nun kannst du alles sehen."

Tatsächlich erblickte der frischgebackene Schutzengel der Menschen von einem Moment auf den anderen eine Wiese, in deren Mitte er sich befand. Auf ihr wuchs schönes saftiges Gras und dazwischen fand er viele Blumen der verschiedensten Arten. Thoralf sah gelbe, rote, weiße und blaue Blüten, aber auch viele Blumen, deren Blätter eine andere Farbe besaßen. Einige Pflanzen kannte er, andere wiederum nicht. Der Engel sah blauen und gelben Enzian, Alpenrosen, Edelweiß oder auch den gelben Fingerhut. Über die vielen Blumen flogen ebenso viele Insekten hinweg. Unter anderem befanden sich darunter Hummeln, Bienen, Wespen und Libellen. Aber auch andere Insekten, die Thoralf nicht kannte, machten sich diese Wiese zunutze und manchmal musste er sich des Angriffs einer Wespe erwehren. Hin und wieder setzte sich eines der Insekten auf eine Blüte, um sich von ihr zu ernähren. Vor Thoralfs Augen näherte sich mit lautem Gebrumm eine besonders dicke Hummel einer kleinen Butterblume. Sie versuchte, von deren Nektar zu naschen. Aber als sie auf der Blüte landete, knickte die unter dem schweren

Insekt weg. Erschreckt und zornig brummend flog sie weiter und versuchte ihr Glück bei der nächsten Blume mit demselben Ergebnis. Das wiederholte sich mehrere Male und Thoralf hatte viel Spaß an ihrem jedes Mal wachsenden Zorn, bis es der Hummel offenbar zu dumm wurde und sie zu einem blühenden Strauch am Rande der Wiese weiterflog, wo sie sich vermutlich mehr Glück versprach. Gleich darauf setzte sich ein prächtiger Schmetterling auf Thoralfs Hand, der keinerlei Scheu vor ihm zeigte. Der Engel in Ausbildung war von der Artenvielfalt der Pflanzen und kleinen fliegenden Tiere überrascht und hoch erfreut. Über ihm erstreckte sich ein strahlend blauer Himmel, auf dem sich einige kleine weiße Schäfchenwolken tummelten. Die Sonne schien hell und klar und erwärmte mit ihren Strahlen nicht nur die Wiese, sondern auch den Engel und seinen Chef. In der Ferne sah Thoralf viele hohe Berge, deren schneebedeckte Gipfel hell im Sonnenschein leuchteten. Er sah sich weiter um und sog begierig den Anblick der Natur, der sich ihm hier bot, tief in sich auf. Hinter der Wiese plätscherte ein kleiner Fluss, dessen Wasser so klar war, dass Thoralf jeden einzelnen Stein sehen konnte, der sich an seinem Grund befand. Die Vögel sangen alle ihr eigenes Lied, das sich zu einem wilden Gezwitscher vereinigte, weil sie durcheinander sangen. Aber deutlich hörte er aus diesem Gezwitscher eine Amsel heraus. Ein paarungsbereites Männchen suchte für sich eine passende Partnerin. Ob das Amselmännchen mit seiner Balz erfolgreich sein würde? Der junge Engel gönnte das diesem kleinen Kerl, denn Amseln waren seine Lieblingsvögel, eben weil sie so schön zwitschern konnten. Er wusste, dass er diese Gegend noch nie besucht hatte. Noch nie in seinem Leben hatte er solch eine schöne Wiese gesehen. Oder sollte er jetzt denken, noch nie in seinem Tode? Nicht einmal sein Vater hatte ihm so etwas gezeigt. Und der kannte sich in der Umgebung von Großbergen aus wie kein anderer. Fragend sah Thoralf den Chef an. Dieser schien mit seinen Gedanken nicht in der Gegenwart zu sein.

Deshalb räusperte Thoralf sich und fragte: „Wo sind wir hier eigentlich? Dieses Fleckchen Erde ist so schön, wie ich es noch nie erlebt habe!"

Wohlwollend sah der alte Mann ihn mit freundlichen Augen an. „Das ist eine Wiese, auf die noch nie ein Mensch einen Fuß gesetzt hat. Sonst würde sie dir nicht so erscheinen, wie du sie jetzt siehst." Der Chef wischte mit seiner Hand einmal in der Luft über die Wiese hinweg und sofort änderte sich ihr Anblick. Das Gras wuchs in unregelmäßigen Büscheln. Moos hatte sich ausgebreitet und die Blumenvielfalt mit ihrer bunten Blütenpracht fehlte nahezu vollständig. Einige wenige Enzianblüten und etwas Löwenzahn waren noch vorhanden. Vereinzelt standen Butterblumen zwischen den Grasbüscheln, aber das war auch schon alles. Auf den Bergen fehlte der Schnee, nur noch der nackte Fels stand dort, wo er schon tausend Jahre gestanden hatte. Der Fluss führte nur noch schmutziges Wasser, die Steinchen auf seinem Grund konnte der Engel nicht mehr sehen. Ein Mückenschwarm flog über die Reste der Wiese, ohne ein erkennbares Ziel tanzten sie an einem Fleck über der Wiese hin und her. Und die Vögel? Kein einziger Vogel sang noch ein Lied. Thoralf schluckte, denn er empfand ein noch nie da gewesenes Schuldgefühl. Plötzlich wusste er, was er schon immer in seinem tiefsten Innern gewusst hatte. Die vielen Pflanzen, die mit einer beeindruckenden Blütenpracht die Herzen der Menschen viele, viele Jahre erfreut hatten, waren vom Planeten verschwunden. Sie waren, wie viele Tierarten auch, vom Menschen auf die eine oder andere Weise ausgerottet worden. Thoralf hatte schon immer gewusst, dass stets der Mensch die Schuld daran trug, wenn etwas nicht funktionierte. Selbst wenn ein Haustier einen Schaden verursachte, war der Mensch daran schuld, weil er das Tier nicht artgerecht hielt. Bei einem Hund sagte man: „Das Problem befindet sich immer an der anderen Seite der Leine!" Jetzt machte ihn der Anblick der Wiese und seiner gesamten Gegend traurig. Zerknirscht sah er den Alten mit seinem langen weißen Bart an.

Auch dieser hatte ein trauriges, aber auch wütendes Gesicht. Doch zu seinem neuen Engel sprach er in einem ruhigen Ton, während er ihn ansah. „Siehst du, was der Mensch für einen Schaden anrichtet? Er zerstört seine Umwelt, weil er sorglos und unbedarft mit allem umgeht, was ihm zwischen die Finger kommt. Nicht alle Menschen sind so, aber viele. Arrogant und überheblich, als seien sie die Herren der Welt. Dabei verstehen sie nicht, dass auch sie ein Teil der Natur sind und am Ende sich selbst mit ihrem frevelhaften Verhalten umbringen, wenn sie nicht verantwortungsvoller mit der Natur und ihrer Umwelt umgehen. Am schlimmsten sind dabei die, die sich Umweltschützer nennen. Oder die Klimaaktivisten. Die kannst du alle in einen Sack stecken und dann mit einem riesigen Knüppel draufhauen. Egal, wen du triffst, du triffst immer den Richtigen."

Thoralf wagte einzuwenden: „Aber Umwelt- und Klimaschutz muss doch sein!"

„Das ist richtig. Aber ich kann doch nicht das Klima und die Umwelt schützen wollen, dafür auf die Straße gehen, ganze Städte lahmlegen und danach mit dem Flugzeug Tausende Kilometer in den Urlaub fliegen. Alle, die sich „Die letzte Generation" nennen sind nur realitätsfremde Idioten in einer kriminellen Organisation. Ihre Umwelt wollen die retten oder Grün wollen die sein? Das sind sie mitnichten und die retten nichts! Das ich nicht lache."

Thoralf schwieg. Der Chef sah ihn an und fragte: „Warum sagst du nichts dazu?"

„Was soll ich sagen, Chef. Es ist alles richtig, was Sie sagen. Ich sehe es genauso."

„Natürlich ist es richtig." Der Chef stellte mit einer Handbewegung den ursprünglichen Zustand der Wiese wieder her und sagte: „Die Menschen glauben, dass alles, was es in der Natur gibt, für sie da zu sein hat. Elefanten und Wale werden umgebracht, weil gierige Verbrecher das Elfenbein haben wollen. Laichgründe der Fische werden abgefischt und somit werden diese Fischarten ausgerottet. Haien werden die Flossen abgeschnitten und danach werden sie bewegungslos zurück ins Meer geworfen, wo sie qualvoll sterben müssen. Der Regenwald wird vernichtet und viele Tierarten damit auch. Die Raffgier der Menschen kennt keine Grenzen. Für ihr vernichtendes Wirken gibt es Tausende anderer Beispiele. Ich sehe ein, dass der Mensch sich weiterentwickelt, aber muss das auf Kosten anderer Lebewesen sein?

Aber lassen wir das. Du sollst jetzt endlich zu einem Engel ausgebildet werden. Hebe den Stein an, der vor dir liegt." Er zeigte mit seinem ausgestreckten rechten Arm auf einen großen Granitbrocken.

„Das kann ich nicht. Der ist viel zu schwer für mich!" Erschrocken schaute der Engel zum Stein, der ein mannshoher Granitblock war.

„Unsinn, du vergisst, dass du kein Mensch mehr bist, sondern ein Engel. Und Engel können alles, wenn sie es nur wollen." Der Alte zwinkerte ihm zu.

Thoralf ging zum Granitbrocken und beugte sich zu ihm herunter. Als er ihn berühren wollte, verschwand seine Hand darin. Erschrocken richtete er sich wieder auf und stellte fest, dass sich seine Hand wieder dort befand, wo sie hingehörte.

Der Chef lachte und strich sich über seinen Bart. „Siehst du, es ist gar nicht so einfach. Dazu gehört Übung. Du musst Gegenstände oder auch lebende Wesen von einem Ort an einen anderen versetzen können, wenn du Menschen helfen willst, die sich einer Gefahr gegenübersehen oder in eine andere Notsituation geraten sind. Wie willst du jemanden retten, wenn du ihn nicht anfassen kannst?"

„Aber sehen die Menschen mich denn nicht, wenn ich sie anfasse?"

„Nein, sie sehen und spüren dich nicht. Also nun versuche, den Stein noch einmal anzuheben. Konzentriere dich ganz auf ihn. Deine Gedanken und der Stein müssen eins werden. Du musst deine Hände materialisieren. Das tust du, indem du etwas Materie aus deiner nächsten Umgebung durch den Mund aufnimmst. Du saugst sie einfach an. In die Hände gelangt sie dann, indem du ganz fest daran denkst, sie dorthin zu leiten. Dann wird das tatsächlich geschehen und es gelingt dir, den Stein anzufassen und zu versetzen. Aber das funktioniert nur einmal für einen Vorgang. Wenn du mehrere Dinge nacheinander von einem zum anderen Ort versetzen willst, musst du jedes Mal deine Hände neu materialisieren. Das trifft auf alle Dinge und Wesen zu, dabei ist es egal, wie groß und schwer sie sind. Und irgendwann kannst du das automatisch."

Thoralf konzentrierte sich auf den Granitbrocken. Alle seine Sinne richtete er darauf aus, und auch darauf, etwas Materie aus seiner Umgebung aufzunehmen und sie in seine Hände zu leiten. Er stellte sich vor, wie er den Felsen anhob, mit ihm einen Meter weit ging und danach auf den Boden absetzte. Er beugte sich erneut zu dem großen Gesteinsbrocken herunter und legte seine Arme um ihn herum. Dann richtete er sich wieder auf und stellte erfreut fest, dass er den Stein, wie ihn sein Chef bezeichnete, in die Höhe gehoben hatte. Er ging zwei Schritte und war überrascht, dass der Granitbrocken so leicht war, dass er ihn wegtragen konnte. Jedoch wusste er, dass das einem Menschen nicht möglich sein konnte, denn in der Realität musste er bestimmt eine Tonne oder mehr wiegen.

„He, das ging ja besser, als ich es dir zugetraut habe! Das hast du gut gemacht!" Der Alte sprang vor Freude und Begeisterung wie ein Kind mehrmals in die Höhe.

Darüber musste Thoralf lachen, bis der Chef damit aufhörte und ihn verwirrt anschaute. Aber es sah so lustig aus, wie der lange Bart des Alten hin und her flog und er selbst immer wieder bis weit über den Boden sprang. Sofort entschuldigte sich der Engel, der jetzt etwas verschämt dreinblickte. Jedoch freute auch er sich darüber, dass ihm schon der zweite Versuch seiner Übung gelungen war. Er wollte sie gleich noch einmal durchführen und nahm den Stein erneut vom Erdboden auf und trug ihn einige Meter weit, bevor er ihn wieder auf den Boden zurücklegte.

„Nun kommt die zweite Übung. Wirf den Stein fort, wenigstens einhundert Meter weit. Ich weiß, dass du das kannst."

„Aber wie soll ich ihn einhundert Meter weit werfen? So viel Kraft habe ich doch gar nicht!", meinte Thoralf.

Der Chef sah ihn vorwurfsvoll an. „Es ist immer das Gleiche mit den frisch verstorbenen Menschen. Nie können sie etwas. Immer beschweren sie sich!"

„Aber ich beschwere mich doch gar nicht!"

„Doch, das tust du! Du musst Vertrauen zu dir und deinen Kräften haben. Du darfst nicht vergessen, dass du kein Mensch mehr bist, sondern ein Engel. Du musst lernen, dass es nichts gibt, das dir im Wege stehen könnte. Es sei denn, es ist ein weiterer Engel am Werk, der dich hindern will, eine Aufgabe zu erfüllen. Auch das ist möglich. Es ist auch möglich, dass das sogar ein schwarzer Engel tut, der dem Teufel dient."

Thoralf nahm den Brocken auf und hielt ihn mit beiden Armen fest. Dann drehte er sich mehrmals um seine eigene Achse, um dem Wurf mehr Kraft und Geschwindigkeit zu geben, und schleuderte ihn fort.

Kaum hatte er den großen Stein in die Luft geworfen, als der Chef auch schon schmerzgeplagt aufschrie und dem jungen Engel zurief: „Du musst schauen, wohin du wirfst. Sonst triffst du etwas Falsches und das kann fatale Folgen haben."

Thoralf lief aufgeregt zu ihm. „Oh, das wollte ich nicht. Es tut mir leid. Ich wollte Sie nicht treffen. Bitte entschuldigen Sie."

Der Chef lag auf dem Boden und der Granitbrocken auf ihn drauf. Er verzog das Gesicht. „Nun nimm schon das Ding von mir herunter", forderte er.

Thoralf erfüllte ihm den Wunsch. Dabei fragte er: „Ich denke, Sie sind Gott. Warum können Sie Schmerzen erleiden?"

„Mir geht es wie den Menschen auch. Du weißt doch, ich schuf euch nach meinem Vorbild."

„Das hätten Sie mal besser nicht getan, Chef."

Der Gott sah Thoralf böse an. „Warum glaubst du das?"

„Na ja, meist fehlen mir ein paar helfende Hände. Vier Arme wären okay gewesen. Und ist ein Mensch an einem Bein verletzt, kann er nicht mehr gehen. Mindestens drei Beine hätten wir bekommen sollen, damit wir wenigstens noch auf zwei Beinen stehen und gehen können, wenn ein Bein verletzt ist oder sogar amputiert werden muss."

„Du hast vielleicht Vorstellungen!" Der Alte schüttelte verständnislos den Kopf. „Du weißt wohl nicht, wie anstrengend es für mich war, Eva aus Adams Rippe zu bauen. Wie die Weiber so sind, die hat gezetert wie eine Furie, weil sie nicht aus einer Rippe bestehen wollte. Sie wollte sogar so aussehen wie der Adam, aber das ging natürlich nicht. Mann und Frau müssen unterschiedlich gebaut sein. So ein Aas, sage ich dir. Ich bin froh, dass ich sie aus dem Paradies vertrieben habe, sonst hätte ich nie Ruhe vor diesem zänkischen Weib gehabt."

Thoralf sah seinen Chef überrascht und mit großen Augen an. „Das zänkische Weib war doch Xanthippe und nicht Eva", wagte er einzuwerfen.

Der Gott sah seinen Engel spöttisch an und meinte mit einem Grinsen: „Alle Weiber sind zänkisch."

Nachdem Thoralf husten musste, antwortete er: „Ja, und wir müssen es jetzt ausbaden. Adam hast du aber nach dir gestaltet. Hättest du ihn nicht aus einem anderen Material machen können, damit die Männer widerstandsfähiger geworden wären? Vielleicht aus einem Baum?"

Der Chef lachte. „Du kennst wohl die Entstehungsgeschichte nicht! Und außerdem würden die Männer dann aus Holz sein.

Na, ja, einige haben trotzdem einen dicken Holzkopf bekommen! Aber weißt du, was das Schlimmste ist? Dass Mönche auf einer Versammlung vor fast zweitausend Jahren die Frechheit besessen hatten und behauptet haben, dass ich einen Sohn haben soll. Du weißt sicherlich, dass ich von Jesus von Nazareth spreche. Der soll mein Sohn gewesen sein. Das muss man sich mal vorstellen. Und die Mönche, die dagegen waren, wurden einfach ermordet. Morde im Namen der Kirche, deren Mönche glauben, meine Interessen auf der Erde vertreten zu müssen. Die spinnen doch, Thoralf. Ich brauche niemanden, der meine Interessen vertreten muss, das kann ich ganz allein. All die Päpste und Bischöfe haben bis jetzt nur ihre eigenen Interessen vertreten und ihre Taschen gefüllt, angeblich in meinem Interesse. So viel zu den Holzköpfen."

Thoralf sah ihn etwas konsterniert an, worauf der Chef sagte. „Nun, was solls, wir wollen das nicht weiter vertiefen. Du übst jetzt andere Gegenstände zu versetzen. Egal, was es ist, du wirst dich auf dieser Wiese umsehen und was du als Gegenstand erkennst, bewegst du woanders hin. Aber die Pflanzen lässt du dort, wo sie sind, sonst sieht unsere schöne Wiese bald aus, wie eine, auf der die Menschen ihr Unwesen getrieben haben. Und morgen bringe ich dir bei, wie du fliegen kannst."

Thoralf übte fleißig, wie es ihm der Chef aufgetragen hatte. In den nächsten Tagen lernte er alles, was ein Engel können musste. Er war froh, wieder auf die Erde zurückkehren zu dürfen. Obwohl er seine Familie nicht besuchen durfte, wollte er doch seine Chance nutzen, um seiner Frau, seinen drei Jungs, den Eltern und Großeltern nahezusein.

## Die Mure

Der vierzehnjährige Tobias saß neben seinem Großvater vor dem Haus auf einer Bank. Erwin Gruber machte sich Sorgen um seinen Enkelsohn. Seitdem Thoralf vermisst wurde, war der Junge nicht mehr er selbst. Der Bub hatte sich um 180 Grad gedreht. Früher hatte Tobias bei einem kleinen Missgeschick eines Familienmitgliedes oft zahlreiche Scherze oder einen lockeren Spruch auf den Lippen gehabt und damit die gesamte Familie zum Lachen gebracht. Nur selten hatte der Unglücksrabe über seine Scherze nicht mit den anderen mitlachen können. Aber heute schaute Tobias meist nur traurig weg. Auch seine vielen Streiche blieben nahezu vollkommen aus. Überhaupt hatte er sich in sich zurückgezogen. Tobias war schweigsam geworden und in sich gekehrt. Seine jüngeren Zwillingsbrüder, von denen Erwin Gruber geglaubt hatte, dass sie diesen unglückseligen Unfall, der ihnen den Vater genommen hatte, kaum verkraften würden, hatten ihn besser weggesteckt als ihr älterer Bruder Tobias.

Dass sein Sohn Thoralf tot war, daran zweifelte Erwin Gruber nicht mehr. Der Tod seines geliebten Sohnes schmerzte den alten Mann und seine Frau sehr, noch nie in seinem Leben hatte er so viel geweint wie in diesen Tagen. Jedoch hatte er sich das bisher nur nachts erlaubt, wenn er glaubte, allein zu sein. Am Tage musste er stark sein, insbesondere die drei Jungen und Anneliese, Thoralfs Frau, benötigten seinen Trost und Zuspruch sowie seine Hilfe bei der Erledigung vieler täglicher Aufgaben. Aber noch mehr als alle anderen der Familie litten Karl und Frieda Gruber unter dem furchtbaren Unglück. Sie hatten ihr Enkelkind beziehungsweise ihren Urenkel verloren. Die Urgroßmutter hatte deshalb den lieben Gott in einem Gebet angeklagt. Sie fragte ihn, warum er ihren Urenkel zu sich geholt hatte, sie sei doch mit ihren 92 Jahren wohl schon längst überfällig gewesen. Gern wollte sie ihr Leben, für das ihres lieben

Thoralf eintauschen, der noch fast sein ganzes Leben vor sich gehabt hätte und der stets ein fleißiger, freundlicher und hilfsbereiter Mensch gewesen war. Aber mit dem lieben Gott und dem Tod konnte sie nicht verhandeln, sie musste weiterleben.

Die Zwillinge waren entsetzt, als die Familie die schreckliche Nachricht über Thoralfs Unfall erfuhr und dass er vermisst wurde. Auch sie wurden sehr ruhig und weinten manchmal, wenn sie sich allein glaubten, aber nach einigen Tagen gelang es Finn und Luca, mit ihrer Trauer zu leben. Doch Tobias wurde introvertiert, aß nur noch sehr wenig und ging nur noch selten an die frische Luft. Er sah krank aus, hatte mehr Gewicht verloren, als für ihn gut gewesen wäre und die Farbe aus seinem Gesicht war ebenso verblasst. Mit seinen Freunden traf er sich seit dem Tode seines Vaters auch nicht mehr. Erwin Gruber wusste, dass er nicht in die Herzen der Jungen sehen konnte, aber er wusste auch, dass Finn und Luca den Tod ihres Vaters besser wegsteckten als Tobias. Besorgt sah er seinen Enkel von der Seite an. „Tobias, mein Junge, du machst dir dein Leben nur unnütz schwer. Früher warst du ein lebenshungriger und lustiger Bursche, hast Streiche und viel Unsinn im Kopf gehabt, aber seitdem dein Vater vermisst wird, bist du wie ausgewechselt."

Tobias kleine Seele schien verletzt zu sein. Nur leise kamen die Worte über seine Lippen, sodass Erwin Gruber sich anstrengen musste, sie zu verstehen. „Papa wird nicht wiederkommen, er ist tot. Das macht mich traurig. Ich kann doch nicht so tun, als wäre nichts geschehen!"

„Das sollst du auch nicht. Weißt du, Tobias, ich verstehe dich besser, als du es dir vorstellen kannst. Immerhin ist oder war dein Vater mein Sohn. Ich glaube auch, dass er tot ist und nicht zu uns zurückkommen wird. Das macht mich genauso traurig wie dich. Aber es macht mich auch sehr wütend. Glaube mir, für mich ist der Tod deines Vaters sehr furchtbar. Etwas Schlimmeres hätte mir und deiner Oma nicht passieren können. Kein

Vater und keine Mutter haben es verdient, ihr eigenes Kind zu Grabe tragen zu müssen."

Tobias bemerkte, dass der Großvater ein Schluchzen unterdrückte und sich eine Träne mit dem Handrücken von der Wange wegwischte. Der Junge legte dem alten Mann tröstend seine Hand auf einen Unterarm.

Dafür nahm Erwin Gruber Tobias in die Arme, drückte ihn sanft an sich und gab ihn danach wieder frei. Jedoch ließ er seinen Arm auf der Schulter des Jungen liegen. Leise sagte er: „Auch wenn dein Vater tot ist, so wirst du in sicheren Verhältnissen und wohl behütet aufwachsen. Deine Mutter, deine Oma selbst Uropa Karl und Uroma Lieselotte werden für dich da sein, solange sie es können. Aber du musst das auch zulassen und uns erlauben, dir zu helfen." Eindringlich sah Erwin Gruber seinem Enkelsohn in die Augen. „Mit dem Tod deines Vaters hast du zwar einen sehr lieben Menschen verloren, aber letztendlich nur einen Teil deiner Vergangenheit. Dir erscheint das selbstverständlich sehr schlimm, und das ist es auch für unsere ganze Familie, aber trotzdem wird sich für dich kaum etwas ändern, außer dass dein Vater nicht mehr für dich da sein kann. Verstehst du, was ich dir damit sagen will?"

Der Junge schaute zum Boden, als er seinem Großvater mit fast tonloser Stimme antwortete. „Ich glaub schon."

„Gut, dann erkläre ich dir jetzt, warum deiner Oma und mir dein Vater genauso fehlt wie dir, vielleicht sogar noch mehr als dir. Er war unser Kind. Für Oma und mich ging unsere Zukunft verloren." Erwin Gruber machte eine kurze Pause, damit sein Enkel seine Worte besser verstehen konnte.

Prompt fragte dieser: „Aber ihr lebt doch noch und ihr habt auch eine Zukunft wie alle anderen auch."

„Ja, das ist richtig. Aber ich meine eine andere Zukunft, die wir verloren haben. Mit deinem Vater starb unser Erbe, der Mann, der sich nach uns um den Hof kümmern sollte. Er war unsere Zukunft so wie ihr, also du und deine Brüder, seine Zukunft gewesen seid. Mit seinem Tod hat sich alles verändert. Jetzt müssen wir warten, bis ihr alt genug geworden seid und ihr euch um alles kümmern könnt. Die Besitzverhältnisse werden sich nun ändern müssen, einfach alles." Er legte eine kurze Pause ein und sprach dann weiter: „Jetzt muss ich mich wieder um das Haus, den Hof und das Grundstück kümmern. Eben um den gesamten Besitz, damit alles sauber und in Ordnung ist. So lange, bis einer von euch, also du oder einer deiner Brüder, alt genug ist, unseren Hof übernehmen zu können, vorausgesetzt, dass ihr das auch wollt."

„Ich glaube, ich weiß, was du meinst, Opa. Aber trotzdem verkraftest du Papas Tod besser als ich. Er fehlt mir so sehr, Opa!" Tränen stiegen in Tobias Augen.

„Ja, ich weiß, mein Junge, mir fehlt er auch." Erwin Gruber legte seinen Arm erneut um die Schultern seines Enkelsohnes und sprach weiter. „Aber ich akzeptiere seinen Tod. Ich kann ihn nicht rückgängig machen. Auch du solltest dich damit abfinden. Dann geht es dir bestimmt bald wieder besser." Erwin Gruber schaute Tobias an und dachte: „Wenn du wüsstest, wie sehr ich nachts manchmal um deinen Vater weinen muss. Aber das kann ich dir nicht erzählen. Ich muss doch für dich und deine Brüder da sein und will es euch nicht noch schwerer machen, als es ohnehin schon ist." Dann wies er auf den Himmel. „Es beginnt schon wieder zu regnen! Lass uns ins Haus gehen, Tobias."

*****

Der Engel Thoralf wurde zu seinem Chef gerufen. Schon nach wenigen Tagen hatte er seine Ausbildung abgeschlossen. Schnell hatte er die Fähigkeiten, die er als Engel besaß und benötigte, kennen und anwenden gelernt. Der Chef war begeistert von seinem neuen Engel. „Endlich mal wieder einer, der weiß, was er tut. Du gehörst zu den intelligenteren Engeln. Du bist jetzt eine richtige Fachkraft. Jetzt kannst du auf die Erde herunter gehen und dort deine Aufgaben erfüllen.

Du darfst aber nicht vergessen, dass die Menschen dich nicht sehen können. Das ist für dich ein Vorteil, den du nutzen kannst. Du kannst tun und lassen, was du für richtig hältst. Schöpfe alle deine Kräfte und Fähigkeiten aus, denn du sollst den Menschen helfen, die in Not geraten sind. Denke daran, dass deine Kräfte unerschöpflich sind. Du musst also nicht mit ihnen haushalten oder sie dir einteilen, wie du das als Mensch gelernt hast. Du schöpfst aus dem Vollen, immer und zu jeder Zeit. Aber dabei ist es sehr wichtig, dass die Menschen nicht bemerken, dass du ihnen hilfst. Also handele klug, Engel Thoralf.

Noch etwas: Ich weiß, dass du dich nach deiner Familie sehnst und dass du dich gerne ihnen zu erkennen geben möchtest. Das weiß ich genau. Aber das darf auf keinen Fall geschehen. Du darfst ihnen keine Hoffnungen machen, die du nicht selbst erfüllen kannst. Du weißt, was ich meine. Hast du mich verstanden?"

Thoralf sah den Chef überrascht an und stammelte: „Ja, Chef!"

*****

Die Familie Hochleitner wohnte in einem schönen kleinen Häuschen in sehr idyllischer Lage. Hinter ihrem Haus floss die Loisach. Der Fluss entspringt westlich von Biberwier und nördlich des Fernpasses in Tirol und fließt über 132 Kilometer mit einem nordöstlichen Verlauf, um schließlich bei Wolfratshausen im Gebiet der Pupplinger Au in die Isar zu münden. Bei ungünstigen Witterungsbedingungen wie zum Beispiel bei lange anhaltendem Starkregen oder auch im Frühjahr während der Schneeschmelze konnte sich die Loisach auch einmal zu einem reißenden Strom entwickeln.

Das Häuschen stand an einem Berghang, am Ende einer grünen Wiese, auf der viele Alpenblumen in verschiedenen Farben wuchsen. Hinter dem Gebäude befanden sich eine Terrasse und ein Garten. Von dort aus hatte die Familie einen herrlichen Ausblick auf das Tal und die gegenüberliegenden Berge, den sie regelmäßig genießen konnten. Das war einer der Gründe, warum sich die Familie Hochleitner beinahe wie im Paradies fühlte. Dieses Gefühl wurde durch eine überdachte Terrasse vervollkommnet, die sie mit gemütlichen Gartenmöbeln aus Rattan eingerichtet hatten. Selbstverständlich gehörte auch die schöne Einrichtung im Haus dazu.

In den letzten Tagen hatte es in dieser Gegend lang anhaltend und stark geregnet. Mehrmals am Tage gingen über viele Stunden heftige Regenfälle mit teilweise hühnereigroßen Hagelkörnern auf die Erde nieder. Viele Menschen mussten um die Dächer ihrer Häuser fürchten. Aber zum Glück war nur wenig Schaden durch den Hagel angerichtet. Überhaupt war der Sommer in diesem Jahr total verregnet. Max Hochleitner - eigentlich war sein Vorname Maximilian – der mit einer blauen Arbeitshose und einer Arbeitsjacke in gleicher Farbe bekleidet war und an den Füßen Gummistiefel trug, kam aus dem Garten zu seiner Frau in die geräumige Küche, wo sie das Abendbrot vorbereitete.

Die Familie bestand aus den Eltern und zwei Kindern, dem zwölfjährigen Andy und der siebenjährigen Silke. An den Arbeitstagen nahmen die Kinder morgens und abends gemeinsam mit ihren Eltern die Mahlzeiten zu Hause ein. Als Mittagessen bereitete Maria Hochleitner Lunchpakete zu, die sie am frühen Morgen zusammenstellte, bevor sie mit ihrem Auto zur Arbeit fuhr. Sie bestanden aus einigen Scheiben Brot, die mit Wurst oder Käse belegt waren. Etwas Obst und Gemüse gehörten auch dazu. Am Abend kochte Maria Hochleitner ein Essen, dass sie in kurzer Zeit zubereiten konnte, da sie nach ihrem Feierabend nicht mehr lange in der Küche stehen wollte. Auf diese Weise konnte sie viel Zeit mit ihrer Familie verbringen.

Andy saß in seinem Zimmer am Schreibtisch und erledigte die Schulaufgaben, die er von seinen Lehrern aufbekommen hatte. Silke spielte in ihrem Zimmer mit ihrem Puppenhaus.

Max Hochleitner blieb am Eingang zur Küche stehen, um den Schmutz an seinem Stiefeln nicht weiter ins Haus zu tragen, und sah seine Frau an. „Maria, ich mache mir Sorgen. Wir wohnen genau am Hang, und der Boden ist nass und aufgeweicht. Er nimmt kaum noch Wasser auf. Ich habe Angst, dass wir von einem Murenabgang überrascht werden."

Maria Hochleitner schmeckte den Eintopf ab, den sie gerade kochte. Dann sah sie kurz zu ihrem Mann auf. „Ich glaube, deine Angst ist unbegründet. Dieses Haus wäre nicht an dieser Stelle gebaut worden, wenn die Gefahr einer Mure hier so groß wäre." Kaum hatte sie ihre Worte ausgesprochen, konzentrierte sie sich wieder auf ihre Tätigkeit.

Max Hochleitners Gesicht verfinsterte sich. „Du bist leichtsinnig, Maria. Die Straße von Grafenaschau nach Eschenlohe ist schon gesperrt, weil dort eine Mure die Straße verschüttet hat. Auch hier könnten wir einen Murenabgang erleben, was ich natürlich nicht möchte." Die Sorge Max Hochleitners war berechtigt, denn in den Alpen musste man bei wochenlangen Regenfällen an Berghängen zu jeder Zeit mit einem Erdrutsch rechnen.

Maria Hochleitner stellte den fertig gekochten Eintopf auf den Tisch. Danach nahm sie die Schürze ab, die sie sich vor dem Kochen vor ihrem dunkelblauen Seidenkleid gebunden hatte, und hängte diese an die Wand an einen Haken, den ihr Mann neben dem Herd angebracht hatte. „Das wird schon nicht passieren, und jetzt schon gar nicht, denn wir wollen endlich essen. Ich habe Hunger! Und nun komm schon und wasch dir die Hände. Vor allem ziehe diese verdreckten Gummistiefel aus! Du machst mir damit den ganzen Boden schmutzig." Mit einem wütenden Gesicht sah sie zu ihrem Mann herüber. Widerwillig folgte er ihren Worten und setzte sich an den Esstisch.

*****

An diesem verregneten Tag traf der Engel Thoralf in Großbergen ein. Es goss in Strömen und er überlegte, was er wohl bei diesem schlechten Wetter tun sollte. Als Mensch hätte ihn der Regen kräftig gestört, aber jetzt war er ein Engel und er machte ihm nichts aus. Das Wasser lief an den Berghängen herunter und überspülte die Straßen, die somit stark vom Erdreich verschmutzt wurden. Wer hier mit seinem Fahrzeug entlangfuhr, musste aufpassen, dass es nicht ins Schleudern geriet. Thoralf ahnte, dass es zu einem Murenabgang kommen könnte, wenn es weiterhin so heftig regnete. Er beobachtete die Gegend und registrierte, dass sich kaum ein Mensch auf der Straße befand. Dabei machte er sich große Sorgen und fragte sich, warum der Chef in solch einem verheerenden Maße Wasser über diese Gegend ergoss. Der Alte musste doch wissen, dass er damit Menschenleben gefährdete. Da er den Auftrag hatte, als Schutzengel Menschenleben zu retten, beschloss er, ihn aufzusuchen, um ihm in einem Gespräch zu erklären, wie gefährlich es schon jetzt für die Menschen diese Gegend sei, von einem Erdrutsch erfasst und unter Schlamm und Gesteinsmassen begraben zu werden. Schon im nächsten Augenblick stand er vor ihm.

Der Gott sah ihn mit einem erstaunten Gesichtsausdruck an. Mit dem Besuch seines Engels Thoralf hatte er nicht gerechnet. „Was machst du denn jetzt schon hier? Hast du deine Aufgabe etwa schon erfüllt?"

„Nein Chef, aber ich bin gerade dabei!"

„Wie dabei? Doch nicht bei mir. Hier gibt es nur die Seelen der Toten! Und ich dachte, du seist intelligenter als die anderen." Der Chef schien enttäuscht zu sein.

„Nein, so meinte ich das auch nicht", antwortete Thoralf. „Aber ich habe eine Frage, Chef. Warum lassen Sie es in einigen Gegenden so viel und vor allem so stark regnen, dass das Leben von vielen Menschen in Gefahr ist und sie dabei sogar zu Tode kommen können?"

Nachdenklich schaute der Chef für einige Augenblicke seinen Engel an, als überlegte er, ob er Thoralf die Wahrheit sagen sollte. Schließlich entschied er sich dafür und gab zu: „Wenn ich ehrlich sein soll, es liegt nicht alles, was geschieht, in meiner Hand. Seitdem es diese verdammte Computertechnik gibt, geht so viel durcheinander. Auch das Wetter wird vom Hauptcomputer gesteuert. Schau mich an, ich bin ein uralter Mann. So alt, dass ich selbst nicht weiß, wie alt ich bin. Es müssen Tausende von Jahren sein, schließlich habe ich die Welt und das Universum geschaffen. Und alles ohne Computer!

Aber heute ist ja nichts mehr so einfach, wie es früher einmal war. Die Welt ist so komplex und kompliziert geworden. Egal, um was es geht, Computer müssen alles simulieren und beeinflussen. Viele junge Menschen kennen sich mit diesen Dingern nicht richtig aus, wie soll ich dann in meinem hohen Alter das noch können. Ein Engel wollte mir die Arbeit mit diesen Scheißcomputern erleichtern, und nun haben wir den Salat. Ich sage dir, Thoralf, die Computertechnik ist ein Segen für die Menschheit, aber auch ein Fluch."

„Heißt das etwa, dass Sie nichts gegen solche Gefahren wie starke Regenmassen tun können?"

Zerknirscht sah der Chef seinen Engel an und mit leiser Stimme sagte er: „So ist es. Deshalb habe ich die Sicherheitsabteilung geschaffen, zu der auch du gehörst. Eure Aufgabe ist es, Menschenleben zu retten. Und nun mach, dass du wieder an deine Arbeit kommst."

*****

Der Engel Thoralf folgte dem Befehl seines Chefs. Trotzdem war er über dessen Aussage mehr als erstaunt. Die bedeutete doch, dass der Allmächtige wenigstens in der heutigen Zeit nicht mehr allmächtig war. Das hatte der Chef soeben mit seinen Worten zugegeben. Er hatte keine Ahnung von Computertechnik und deshalb war er über viele Dinge nicht informiert, die auf der Erde geschahen. Seine von ihm neuerschaffene Sicherheitsabteilung sollte die Schäden abwenden, die dadurch entstanden oder sie wenigstens für die Menschen abmildern. Darüber war Thoralf nicht nur erstaunt, im Gegenteil war er sogar richtiggehend entsetzt.

Eilig begab er sich zu der Straße zurück, von der er befürchtete, dass sie von einem Murenabgang bedroht sei. Dabei fragte er sich, was er tun konnte, um solch eine Katastrophe zu verhindern. Sollte er vielleicht einige Bäume entwurzeln und sie so am Fuße des Berges deponieren, dass eventuell herabstürzende Erdmassen nicht weiter abwärtsrutschen konnten? Aber dann würden die Menschen sich fragen, wer das getan haben mochte und herausfinden, dass sein Schutzwall keinen menschlichen Ursprung hatte. Und schon würden von den vielen heutigen selbst ernannten Experten darüber wilde Theorien aufgestellt und noch wildere Spekulationen in den Raum geworfen werden. Nein, das konnte der neue Engel nicht riskieren. Und außerdem fragte er sich, warum dafür viele Bäume sterben sollten, die man später nur noch als Brennholz gebrauchen konnte. Aber den Regen konnte er auch nicht so einfach abstellen. Dafür war eine andere Abteilung zuständig, die aber wohl auch keinen Einfluss auf das Wetter hatte. Es fehlte eben überall Fachpersonal. Sogar oder erst recht beim Chef.

Aber dann hatte er doch noch eine Idee, wie er der drohenden Katastrophe entgegenwirken konnte. Er untersuchte den Berg und grub mit seinen Händen einige kleine Gräben, die von oben nach unten führten. Das war gar nicht so einfach, denn er musste für jeden einzelnen Arbeitsschritt Materie in seine Hände leiten. Anfangs benötigte er dafür mehr Zeit, als ihm lieb war, aber allmählich gelang ihm das schneller und schneller, bis er nicht mehr überlegen musste, was erforderlich war, um Materie in seinen Händen zu haben.

Eigentlich waren es keine Gräben, sondern eher Rinnen, die mit der Zeit von allein wieder verschwinden sollten. Damit legte Thoralf viele kleine Kanäle an, in denen das Wasser schneller vom Berg abfließen konnte. Am Fuße des Hanges neben der Straße verlief ein Graben, der das abfließende Wasser vom Berg auffing und weiterleitete. Nachdem Thoralf damit fertig war, freute er sich, diese Straße gesichert zu haben. Der Regen hörte endlich auf, und das Wasser floss weiterhin aus dem aufgeweichten Berg über die von Thoralf geschaffenen Rinnen ab.

Er sah sich seine erste Tat an, die er für die Menschen geleistet hatte. Dabei dachte er, dass er als Schutzengel der Menschen nicht überall zur gleichen Zeit sein konnte. Und er übersah, dass er als Engel zwar den Menschen geholfen hatte, eine Katastrophe zu verhindern, aber für sich keinen zählbaren Erfolg vorweisen konnte. Denn er hatte keinem Menschen das Leben gerettet. Sein Konto blieb auf null stehen.

*****

Max Hochleitner saß mit seiner Frau und den Kindern in der Küche am Esstisch. Die Kinder hatten sich im Bad die Hände gewaschen und freuten sich auf den Eintopf. Nur ihre Mutter konnte diese köstlich schmeckenden Eintöpfe und Suppen kochen. Als sie ihre Portionen verzehrten und sich dabei mit ihren Eltern unterhielten, bebte plötzlich die Erde. Für einen kurzen Moment ruckelte das Haus. Von draußen drangen dumpfe Geräusche zu ihnen herein, die sie sich zunächst nicht erklären konnten. Entsetzt sahen sich die vier Menschen gegenseitig an. Plötzlich wusste Max Hochleitner, was das bedeutete. Er hatte seine Frau gewarnt. Der Lärm von herabstürzenden Erdmassen

drang zu ihnen. Sie hatten keine Chance, sich gegen den wütenden Berg zu wehren. Sie hatten noch nicht einmal die Zeit, das
Haus zu verlassen, selbst wenn sie es geschafft hätten, würden
sie von den Schlamm- und Geröllmassen begraben werden.
Fensterscheiben brachen. Eine Mischung aus Wasser-, Sand-
und Gesteinsmassen drang ins Zimmer ein. Die Eltern griffen
instinktiv nach ihren Kindern, sie wollten sie vor der hereinbre-
chenden Katastrophe beschützen. Doch das konnten sie nicht
mehr, denn Steine polterten durch den Raum. Die Erdmassen
begruben die Familie in ihrem eigenen Haus.

*****

Aus der Ferne hörte der Engel Thoralf ein gewaltiges Getöse
und Donnern. Sofort begab er sich zu dem Ort, von dem er den
Lärm wahrnahm. Im letzten Augenblick sah er, dass herabstürzende Erdmassen über ein Einfamilienhaus zusammenbrachen.
Fensterscheiben sprangen und verursachten dabei ein klirren-
des Geräusch. Aber das konnte Thoralf bei diesem Krach nicht
hören. Nachdem sich der Berg beruhigt hatten, beschloss er,
sich ins Gebäude zu begeben. Als Engel konnte ihm nichts Böses geschehen. Wenigstens glaubte er das und wurde später darüber eines Besseren belehrt.

Wie von Geisterhand befand er sich von der einen zur anderen Sekunde im Wohnzimmer der Familie Hochleitner, oder
besser gesagt, was davon noch vorhanden war. Überall lagen
Schlamm und Gesteinsbrocken von unterschiedlicher Größe im
Zimmer. Zum zerbrochenen Fenster hin türmten sich die nassen Schlammmassen auf. Wenn die Familie, die hier wohnte,
von dem Geröll- und Sandgemisch begraben worden war,
konnte auch er als Schutzengel den Menschen nicht mehr helfen.

„Scheiße, was soll denn dieser Mist wieder?" Thoralf fluchte
wie ein schwarzer Engel aus der Hölle. Dabei entwichen ihm

Flüche, die sogar seinem allwissenden Chef noch unbekannt waren.

Plötzlich hörte er dessen mahnende Stimme. „Thoralf, so geht das nicht. Ich staune, welche Flüche du kennst. Du bist ein Engel und darfst nicht fluchen!" Jedoch fügte er nach einer kurzen Pause hinzu: „Aber interessant war es schon, wie du fluchen kannst."

Zunächst war Thoralf überrascht, das sah man seinem Gesicht deutlich an, dass er mit einer solchen Reaktion des alten Mannes nicht gerechnet hatte. Der war doch mehrere Tausend Kilometer von ihm entfernt. „Tut mir leid, Chef, jetzt habe ich keine Zeit, mit Ihnen darüber zu diskutieren. Ich muss wahrscheinlich den Menschen in diesem Haus das Leben retten!"

„Dann begib dich in die Küche!"

Dem Hinweis seines Chefs folgte Thoralf gern. Schon sah er, dass die Familie von der Mure böse überrascht worden war. Er glaubte, dass die Eltern mit ihren Kindern am Esstisch gesessen und ihre Abendmahlzeit eingenommen hatten, als das Unglück in atemberaubendem Tempo seinen Lauf nahm. Die Menschen hatten nicht einmal die Zeit gehabt, den Tisch zu verlassen. Von den Kindern schaute nur noch der Kopf aus dem Schlamm heraus. Sie waren bewusstlos. Auch die Frau saß immer noch am Tisch und hatte, wie ihre Kinder auch, das Bewusstsein verloren. Der Mann versuchte, sich aus den Schlamm- und Erdmassen zu befreien, aber das gelang ihm nicht, weil sie ihn festhielten und er vergeblich versuchte, seine Arme aus dem Schlamm herauszuziehen. Thoralf eilte zu ihm. Ohne zu überlegen, was er tat, zog er ihn aus dem Schlamm heraus. Ungläubig sah Max Hochleitner seinen Retter an. Wenigstens fühlte das der Engel so. Aber Thoralf wusste, dass das unmöglich war.

Überrascht sprach der Mann: „Mich hat doch eben jemand aus diesem Schlamm herausgezogen."

„Du hast dich selbst befreit! Du kannst mich gar nicht sehen", sagte Thoralf darauf.

Erstaunt schaute sich Max Hochleitner in dem verwüsteten Raum um. „Und doch bin ich allein!"

Thoralf wurde nervös. „Du musst deine Kinder und deine Frau retten, Max!"

„Natürlich, ich muss sie retten!", antwortete Max Hochleitner. Nun war es Thoralf, der überrascht war. Hatte der Mann ihn etwa gehört? Das konnte der Engel nicht glauben.

Schon stürzte Max Hochleitner zu seinem Sohn, der sich ihm am nächsten befand und griff in den Schlamm herein und zog den Jungen daraus hervor. Er legte ihn an der Tür zum Wohnzimmer auf den Boden. Dort gab es noch einen Platz, der von den Schlammmassen verschont geblieben war. Er öffnete seinem Kind den Mund. Als er sah, dass der Junge keinen Schlamm darin hatte, schlug er ihm mit seiner flachen Hand sanft ins Gesicht, um ihn aus seiner Bewusstlosigkeit zu befreien, denn er wollte seinem Sohn nicht wehtun. Tatsächlich schlug der Knabe seine Augen auf. Erleichtert registrierte der Mann das.

In der Zwischenzeit holte Thoralf das Mädchen aus den nassen Erdmassen des Murenabgangs heraus. Als sich Max Hochleitner zu seiner Tochter umdrehte, nahm er wahr, dass sie nur noch bis zum Bauch im Schlamm steckte und zu weinen begann. Er versuchte sie zu trösten. „Mein kleines Mäuschen, du musst nicht weinen, alles wird wieder gut."

„Papa, mir tut der Bauch so weh!" Mit großen Augen, aus denen dicke Tränen herausquollen und dem Mädchen übers Gesicht liefen, schaute es seinen Vater an. Mit einem Satz war Max Hochleitner bei seinem zweiten Kind und trug es zu seinem Bruder, der zu keiner Reaktion fähig war. Der Junge befand sich in einem Schockzustand und konnte nicht begreifen, was geschehen war.

„Bub, pass auf deine Schwester auf!" Als der Knabe nicht auf die Worte seines Vaters reagierte, fragte Max Hochleitner mit energischer Stimme: „Junge, hast du mich verstanden?"

Endlich kam Andy zu sich. „Ja, Papa!"

Nun wendete sich Max Hochleitner seiner Frau zu. Was er sah, konnte er nicht verstehen. Als er seine Tochter zu seinem Sohn gebracht hatte, steckte seine Maria noch bis zum Kopf im Schlamm fest. Doch jetzt war sie plötzlich aus dem Schlamm herausgezogen worden. Doch sie konnte sich nicht selbst befreit haben, weil sie immer noch bewusstlos war. Deshalb sah er sich mit einem erstaunten Gesicht um und fragte laut: „Was ist hier eigentlich los? Ist hier jemand?" Max Hochleitner war fassungslos. Er träumte doch nicht! Was geschah hier in diesen Augenblicken? Er war doch nicht verrückt geworden. Er kniff sich in die Brust und spürte den Schmerz, den er sich selbst zugefügt hatte. Also war das hier kein Traum.

Als Thoralf den Mann beobachtete, dachte er belustigt: „So dumm muss ich auch aus der Wäsche geguckt haben, als ich erfuhr, dass ich tot bin!" Doch dann sagte Thoralf eher zu sich selbst als zu Max Hochleitner: „Wer soll schon hier sein. Du bist allein und hast deine Familie gerettet. Sieh zu, dass deine Frau zu sich kommt, den Rest schaffst du dann allein!"

„Komisch, hier ist doch jemand! Ich habe doch jemanden sprechen gehört. Und doch kann ich niemanden sehen!" Aber Max Hochleitner hatte keine Zeit, darüber nachzugrübeln, seine Frau war ihm wichtiger. Sie musste gerettet werden.

Als Thoralf sah, dass auch sie das Bewusstsein wieder erlangte, verschwand er.

*****

Der Chef hatte sich auf dem Bildschirm seines Computers mit angesehen, wie sich Thoralf schlug, und schüttelte ungläubig seinen Kopf. So ging es mit diesem Schutzengel nicht weiter. Der fluchte schlimmer als ein Ungläubiger und half Menschen auf eine Weise, dass sie es bemerkten. Er beschloss, Thoralf augenblicklich zu sich zu befehlen. Deutlich hörte dieser die Worte seines Chefs. „Komm sofort zu mir, ich habe mit dir zu reden."

Der Engel glaubte, dass er bei der Rettung der Familie einen Fehler begangen hatte, und der Chef ihm mitteilen wollte, was er falsch gemacht hatte. Also folgte er dem Befehl seines jetzigen Dienstherrn. Als er zu ihm kam, wurde er sogleich mit harschen Worten empfangen: „Ein fluchender Engel, so etwas hat die Welt noch nicht gesehen! Das geht gar nicht! Und noch weniger geht, dass du Menschen das Leben rettest und sie es bemerken! Hast du gesehen, wie du den Mann verwirrt hast? So kannst du nicht arbeiten, Thoralf!"

Der Engel sah den Chef fragend an. „Soll ich denn die Menschen sterben lassen, wenn ich sie nicht anders retten kann?"

„Natürlich nicht! Aber du musst dir Lösungen einfallen lassen, damit sie nicht bemerken, wenn du ihnen hilfst." Während der alte Mann sprach, beruhigte er sich und als er endete, blickte er seinen Engel freundlich an.

„Aber wie hätte ich sie sonst aus dem Schlamm befreien sollen? Der hat sie doch wie mit einem Unterdruck festgehalten."

„Ich verliere bald die Geduld, Thoralf. Ich glaubte, du bist ein gebildeter Mann und auch sehr clever. Warum hast du den Schlamm nicht weiter im Zimmer verteilt? Es hätte aussehen können, als hätte er nachgegeben und wäre weitergerutscht. Dadurch hätten die Opfer wieder freikommen können."

„Sie haben gut reden, Chef! Wie hätte ich das bei dem vielen Schlamm anstellen sollen?"

„Verflucht, Thoralf! Bist du jetzt total verblödet?" Auf der Stirn des Chefs bildete sich eine Zornesfalte.

„Einen fluchenden Gott hat die Welt auch noch nicht gesehen, Chef!" Zunächst klangen die Worte des Engels sehr streng, als wollte er seinen Dienstherrn maßregeln. Aber dann musste er ungewollt lachen, weil er sich nicht mehr beherrschen konnte. Dabei dachte er, dass die Welt auch noch nicht gesehen hatte, dass der Gott von einem Engel zurechtgewiesen wurde, und das war ihm dann doch peinlich. Doch als er sich entschuldigen wollte, schaute ihn der Allwissende mit einem überraschten Gesichtsausdruck an, von dem Thoralf glaubte, dass dieser entschuldigend wirkte. Doch dann musste auch der Alte mit seinem Lichtschein um den Kopf lachen. „Oh, da hast du wohl recht." Er machte eine kurze Pause, in der er sich wieder beruhigte und sprach danach weiter. „Ich habe dich üben lassen, wie du die verschiedensten Gegenstände von einem Ort an den anderen bewegen kannst. Mit dem Schlamm in dem Haus hättest du es genauso tun können. Ich sagte dir auch, dass du mit deinen Kräften nicht haushalten musst und immer mit voller Kraft arbeiten kannst." Nach einer kurzen Pause sprach er freundlich weiter. „Na, ja, das war dein erster Einsatz heute. Nächstes Mal wird es besser. Trotzdem kannst du dich freuen, ohne dich wären die Hochleitners gestorben. Die ersten vier geretteten Menschen stehen nun schon auf deinem Konto."

## Der Bergwanderer

Theo liebte die Berge, vor allem die hohen in den Alpen. Seine Stimmung war gut, er freute sich, endlich wieder dort Urlaub machen zu können. Immerhin lag seine letzte mehrtägige Bergwanderung in diesem schönen Hochgebirge bereits sechs Jahre zurück. In den vergangenen drei Jahren wanderte er in seinem Sommerurlaub jeweils zwei Wochen durch die Vogesen. Zuerst durch die Nordvogesen, danach durch die Mittel- und schließlich durch die Südvogesen, die sich nach seiner Meinung durchaus mit den Alpen messen konnten, denn sie erschienen ihm sehr alpin. Der Saar-Hunsrück-Steig davor gefiel ihm nicht so gut, obwohl dieser mit einigen spektakulären Bachtälern bestach. Aber teilweise führte der Wanderweg stundenlang über Felder. Und das auch noch in der prallen Sonne. Theo erinnerte sich noch gut daran, wie beschwerlich diese Wege waren und wie sehr er dabei geschwitzt hatte. Nicht dass ihm das etwas ausgemacht hätte, denn er bewegte sich gern und wanderte viel. Aber stundenlang über Feldwege gehen zu müssen, machte ihm nun einmal keinen Spaß. Er wollte in den Wäldern und Bergen wandern, nicht zwischen Getreidehalmen.

Theo war dreiundvierzig Jahre alt und ein leidenschaftlicher Bergwanderer. Er hatte sich in Berchtesgaden ein Zimmer gemietet und brach vor etwa einer Stunde von dort zu einer viertägigen Wanderung durch das Steinerne Meer auf. Zunächst fuhr er mit einem kleinen Passagierschiff über den Königssee nach Sankt Bartholomä. Schon diese Fahrt mitten in der Natur war für ihn ein Hochgenuss. Um den See herum erhoben sich die Berge. An ihren Hängen standen zu einem Wald vereint viele Bäume mit ihren saftigen grünen Blättern. Die Kirche von Sankt Bartholomä, die sich dicht am Ufer des Königssees befand, erhob sich aus der Ferne und wuchs mit jedem Meter, den das Schiff auf sie zufuhr. Ihr Anblick vom Schiff aus war einzigartig und fantastisch. Langsam fuhr es über den friedlichen und spiegelglatten See. Die runden Kuppeln des Kirchengebäudes, der am Ufer liegende Strand, der hinter der Kirche aufragende steinerne Fels und der See bildeten gemeinsam eine der schönsten Landschaften, die Theo jemals in seinem Leben gesehen hatte. Er freute sich über diese wunderschöne Gegend und bekam nun erst recht eine unstillbare Lust auf seine Wanderung durch das steinerne Meer. Mitten auf dem See hielt das kleine Schiff an. Der Schiffsführer kam mit einer Trompete zu den Passagieren und erklärte, dass sie an diesem Platz auf dem See ein Echo genießen könnten, das einzigartig sei. Nirgendwo sonst würde es solch ein schönes Echo geben. Ein Junge von vielleicht 12 Jahren konnte sich nicht halten und rief: „Wer ist der Bürgermeister von Wesel?"

Als das Echo zum Schiff zurückkam, hörten die Passagiere die Stimme des Jungen deutlich sagen: „Esel, Esel, Esel ..." Wobei die Stimme immer leiser wurde. Die Menschen auf dem Schiff waren begeistert. Als der Schiffsführer danach auf seiner Trompete ein Liedchen spielte und das Echo die Melodie zurückbrachte, kannte die Begeisterung der vielen Passagiere keine Grenzen mehr. Auch Theo wurde dadurch noch fröhlicher.

Nachdem das Schiff, das er vor etwa vierzig Minuten bestiegen hatte, Sankt Bartholomä erreichte, ging er an Land. Theo bemerkte sofort, dass er sich in einer Touristenhochburg befand, denn überall um ihn herum tummelten sich viele Menschen. Viele verschiedene Dialekte erkannte er, darunter das Plattdeutsche aus dem Norden und das Sächsische aus der Mitte Deutschlands, auch die sorbische Sprache vernahm er, aber selbstverständlich auch den bayerischen Dialekt. Die Touristen bevölkerten nicht nur die Kirche, sondern auch den in der Nähe befindlichen Biergarten. Auch am Kiosk versammelten sich Unmengen von Menschen.

Eigentlich wollte Theo die Kirche besichtigen, aber die ungeheuren Menschenmassen störten ihn gewaltig. Viel lieber wollte er die frische Luft und die Sonne genießen, die heute ausnahmsweise wieder einmal schien, denn der bisherige Sommer war in diesem Jahr kein Sommer, sondern eher eine Regenzeit. Obwohl Theo kein Einzelgänger war, wollte er den Massentourismus hinter sich lassen und für sich allein die Natur erleben und genießen. Zu lange schon hatte er sich auf diesen Urlaub gefreut und nun wollte er sich ihn nicht von rücksichtslosen Touristen verderben lassen, wie von dieser großen fetten Frau, die vor ihm ging, als er das Schiff verlassen hatte. Sie kannte wahrscheinlich nur das eine Natur-Deo Achselschweiß und belästigte damit nicht nur ihre Umwelt. Mit ihrem äußerst unangenehmen Geruch, den man mit reinem Gewissen als Gestank bezeichnen konnte, machte diese Frau ihre Umwelt sogar unglücklich. Wenigstens hatte sie Theo wütend gemacht, der sie als Schwein bezeichnet hatte, obwohl er wusste, dass diese Bezeichnung für diese gleichnamigen Tiere im Vergleich mit dieser fetten Frau für die Tiere eine Beleidigung war. Theo war nicht der Einzige aus der Menschenmenge, der sich ihretwegen aufregte und die Nase rümpfte. Außerdem trug sie Leggings und ein T-Shirt und beide Kleidungsstücke waren mindestens drei Größen zu klein für sie. Presswurst wollte sich Theo vom Fleischer kaufen, aber keiner hinterherlaufen müssen.

Bis er die erste Station seiner heutigen Tour erreichen würde, nämlich die Berghütte mit dem Namen Kärlingerhaus, hatte er noch gut dreieinhalb Stunden Gehzeit vor sich. Dort wollte er sich etwas ausruhen und danach weiter zum Riemannhaus wandern, wofür er noch einmal zweieinhalb Stunden unterwegs sein sollte. Da der Tag noch jung und das Wetter in diesem Sommer an diesem Tage ausnahmsweise zum Wandern wie geschaffen war, wollte er den Weg von Sankt Bartholomä bis zum Riemannhaus an diesem Tag hinter sich bringen, wo er übernachten wollte und für sich einen Platz im Lager online reservieren ließ.

Schnell ließ Theo die vielen Menschen hinter sich und schon nach wenigen Minuten befand er sich in einem schönen Mischwald, in dem Laubbäume überwogen und seine fröhliche Abenteuerstimmung kehrte zurück. Der Weg führte noch am Ufer des Sees entlang, aber dann machte er eine Rechtskurve, führte vom See weg und wurde allmählich steiler. Als er einen Wasserfall erreichte, harrte er einige Minuten an ihm aus, um mit seiner digitalen Spiegelreflexkamera einige schöne Fotos aufzunehmen. Danach ging der Weg stetig bergauf und der Bergwanderer begann zu schwitzen. Einfach würde die Tour nicht werden, auch deshalb, weil er allein unterwegs war. Trotzdem war Theo zuversichtlich und gut gelaunt. Denn er wusste, dass es auch ein Vorteil sein konnte, allein zu wandern. Er brauchte auf niemanden Rücksicht zu nehmen und konnte seine Tour gestalten, wie er es wollte.

Hinter einem Felsbrocken entdeckte Theo eine Gämse, die sich dort versteckt hatte. Sofort blieb er regungslos stehen. Interessiert beobachtete ihn das scheue Tier. Vorsichtig holte er aus der Tasche die Kamera heraus, in der er diese transportierte. Es gelang ihm, ein Foto von der Gämse zu schießen. Danach setzte er seinen Weg fort. Er wollte zwar nicht bummeln, aber er wusste auch, dass er in einem Hochgebirge in einer Stunde nicht viel mehr als drei Kilometer zurücklegen konnte. Normalerweise ging er fünf Kilometer in einer Stunde, manchmal auch sechs. In extremen Situationen konnte er im Flachland auch bis zu acht Kilometer in einer Stunde laufen. Das Gelände hier ließ im Normalfall ein schnelleres Tempo nicht zu. Außerdem wollte er die Wälder, die Sonne und die frische Luft genießen. Hier und da entdeckte er etwas, das sein Interesse erregte. Hin und wieder nahm er mit seiner Kamera ein Foto auf. Ohne Zwischenfälle erreichte er das Kärlingerhaus, in dem er sich mit einer kleinen Mahlzeit stärkte.

*****

Nachdem Thoralf sich von seinem Chef verabschiedet hatte, begab er sich wieder nach Großbergen. Dort irrte er in der näheren Umgebung der Stadt herum. Er wollte jemandem etwas Gutes tun, aber niemand benötigte seine Hilfe. Also beschloss er, sich nach Berchtesgaden zu begeben. Diese Stadt wollte er schon als Mensch besuchen, insbesondere das Steinerne Meer und den Watzmann. Außerdem war der Engel davon überzeugt, dass sich im Berchtesgadener Land mit seinen hohen Bergen, ein fremder Bergwanderer oder Bergsteiger unabsichtlich in Schwierigkeiten bringen konnte. Wenn das geschehen sollte, wollte Thoralf für ihn da sein. Viele Touristen kannten die Tücken und Gefahren der Berge nicht und unterschätzten oft ihre Risiken. Gerade das Steinerne Meer konnte für Wanderer, die sich dort nicht auskannten, bei Nebel und Regen zu einem gefährlichen Ort werden.

*****

Erschöpft, aber glücklich erreichte Theo das Riemannhaus. Er belegte im Lager einen Platz, um dort seine Nachtruhe verbringen zu können. In diesem sogenannten Lager schlafen gegen ein geringes Entgelt viele Menschen nebeneinander auf einer großen Pritsche. Dort liegen nachts Männer neben Frauen, Jugendliche neben Kinder, also alle verschiedenen Menschen durcheinander. Die Pritsche besteht aus zusammengeschraubten Brettern in Kniehöhe, die von unten gestützt werden, damit niemand auf seinem Schlafplatz plötzlich durchbricht. Es gibt dort kaum Komfort. Nur harte ausgelegte Matratzen und eine Wolldecke. Wenn man Glück hat, ist diese gewaschen. Aber dieses Glück hat man nur selten. Befinden sich Schnarcher unter den Schlafenden, hat man Pech gehabt. Die Rucksäcke, die die Gäste mit sich führen, werden meist vor dem Schlafplatz abgestellt und zur Nacht sind die meisten Menschen mit einem

Freizeitanzug oder etwas Ähnlichem bekleidet. Seine Wertsachen wie die Geldbörse oder das Handy führt man aus Gründen der Sicherheit mit sich, obwohl es selten zu Diebstählen kommt. Wanderer halten in der Regel zusammen und helfen sich gegenseitig, aber ein schwarzes Schaf kann es trotzdem einmal unter ihnen geben. In einer Berghütte kann man duschen, wenn man eine Duschmarke erwirbt und genug Wasser dafür vorhanden ist. Aber das ist nicht immer der Fall.

Nach einem ausgiebigen, aber einfachen Abendessen, trank Theo allein an seinem Tisch ein Weizenbier und beobachtete die fremden Menschen. Er war unter all den vielen Wandergesellen der einzige Mensch, der allein auf Tour gegangen war. Alle anderen reisten in Gruppen oder wenigstens mit einer Freundin oder einem Freund. Deshalb begab er sich schon bald nach dem Abendbrot ins Lager, um zu schlafen. Doch hinderten ihn die anderen Gäste daran. Immer wieder erschienen einige, die sich unterhielten oder etwas aus ihrem Gepäck heraussuchten und dabei Geräusche verursachten, die ihn nicht einschlafen ließen.

Am nächsten Morgen fühlte sich Theo trotzdem gut ausgeruht, denn ab zweiundzwanzig Uhr herrschte Nachtruhe. Die Nacht blieb ruhig, sodass er genug Schlaf bekam. Nach einer gründlichen Körperpflege am nächsten Morgen begab er sich ins Freie, um nach dem Wetter zu schauen und erlebte eine böse Überraschung. Es regnete in Strömen und außerdem war es neblig und kalt. Das Thermometer zeigte sechs Grad über null. Und das im Hochsommer. Für eine Wanderung durch das steinerne Meer waren das keine guten Voraussetzungen. Schnell konnte er bei diesem schlechten Wetter und einer ebensolchen Sicht vom Weg abkommen und sich in Gefahr bringen. Theo war enttäuscht, denn er hatte sich so sehr gefreut, endlich das Steinerne Meer kennenlernen zu können. Aber er tröstete sich damit, dass er bereits einen Teil davon gesehen hatte. Auch heute würde er es weiterhin kennenlernen, selbst dann, wenn

die Sicht schlecht und das Wandern im Regencape nicht besonders angenehm war. Aber was half es, er musste nach dem
Frühstück die Hütte verlassen. Sein nächstes Ziel war das Ingolstädter Haus, das er in etwa zweieinhalb Stunden erreichen
sollte. Dort wollte er ein Mittagsmahl zu sich nehmen, danach
in der näheren Umgebung spazieren gehen und die Nacht verbringen.

Nach einem reichhaltigen Frühstück mit Brötchen, Butter,
verschiedenen Wurstsorten und Käse machte sich Theo auf den
Weg. Über der Wanderkleidung hatte er ein grünes Regencape
gezogen, unter dem auch sein Rucksack Platz hatte und vor allem sein Inhalt trocken blieb. Die Wanderung machte ihm keine Freude. Es regnete ohne Unterbrechung, beinahe sintflutartig. Trotz seines Regenschutzes wurde er nass bis auf die Haut.
Außerdem war es neblig, sodass er nicht viel von seiner Umgebung sehen konnte. Er musste ständig auf den Weg achten, damit er sich nicht verlief und somit womöglich noch in Gefahr
brachte. Als er die Ingolstädter Hütte erreichte, stellte er erfreut
fest, dass ein Ofen im Gastraum angenehme Wärme spendete.
Sein Gepäck stellte er im ungeheizten Trockenraum ab. Dort
wollte er die feuchte Wäsche mit trockener ersetzen. Aber auch
der Rucksack und sein Inhalt waren bei dem schlimmen Regen
unter dem Cape nass geworden. Enttäuscht ging er in den
Schankraum, um etwas Warmes zu essen. Er entschied sich für
eine Suppe, die bei diesem nasskalten Wetter für ihn genau das
Richtige war.

Während des Essens überlegte Theo, ob er die Tour abbrechen sollte. Bei diesem schlechten Wetter konnte er die Gegend
um die Hütte sowieso nicht erkunden. Aber er wollte auch nicht
den ganzen Nachmittag in der Hütte verbringen. Sein ur-
sprünglicher Plan sah vor, dass er am nächsten Tag nach dem
Frühstück zur Wimbachklamm gehen wollte und danach weiter nach Ramsau und Berchtesgaden. Aber mit nasser Kleidung
machte das keinen Spaß. Theo kannte die Wimbachklamm und

Ramsau bereits aus früheren Jahren. Gerne wäre er von der Ingolstädter Hütte dorthin gegangen, zumal die Klamm sehr sehenswert ist. Er ging zum Wirt und fragte: „Bitte sagen Sie mir, wird der Trockenraum noch geheizt, damit ich dort einen Teil meiner Sachen trocknen kann?"

Der Wirt sah ihn bedauernd an. „Tut mir leid, dafür haben wir leider nicht genug Holz. Wir müssen die Duschen vorhalten und an solchen Tagen wie diesen auch den Ofen im Schankraum heizen."

Enttäuscht ging Theo zu seinem Tisch zurück. Trotzdem hatte er Verständnis für die Information des Wirtes. Es musste alles, was zur Versorgung der Touristen in den Berghütten notwendig war, auf die Berge gebracht werden. Auch das Feuerholz. Deshalb war es verständlich, dass die Gastronomie in diesen Hütten relativ eingeschränkt war. Nach einer Tasse Kaffee entschied Theo, nach Sankt Bartholomä zurückzukehren und von dort mit dem Schiff nach Berchtesgaden zu fahren. Während des Marsches würde ihm schon warm werden und im Hotel konnte er seine Sachen trocknen.

Vor der Hütte befand sich eine Informationstafel mit den Abfahrtszeiten der Schiffe von Sankt Bartholomä. Dort stellte er fest, dass das letzte Schiff nach Berchtesgaden in zwei Stunden abfahren sollte. Aber wenn er den kürzesten Rückweg über das Hundstodgatterl wagen wollte, würde er wenigstens zweieinhalb Stunden unterwegs sein. Obwohl er mit Wanderbekleidung und Bergstiefel eine optimale Ausrüstung besaß, konnte er das letzte Schiff nicht mehr erreichen. Auch deshalb nicht, weil er zunächst am Hundstodgatterl eine Felsenwand hinaufsteigen musste, um sie danach auf der anderen Seite wieder herunterzugehen. Das bedeutete, dass er eine Kletterpartie vor sich hatte, die bei dem starken Regen und den eisigen Temperaturen zu einem gefährlichen Wagnis werden konnte, zumal Staub und Regen die Felsen rutschig werden ließen. Theo war in seinem Innern hin- und hergerissen. Er überlegte, ob er das Schiff nicht doch noch erreichen konnte, wenn er einige Strecken des Weges nach Sankt Bartholomä im Laufschritt zurücklegen würde. Schließlich war er ein gut trainierter Sportler und sehr ausdauernd. Obwohl der größte Teil des Weges bergab führte, würde es trotzdem für ihn eine große Herausforderung werden.

Sollte er das Schiff nicht mehr schaffen, gab es in Sankt Bartholomä vom Regen geschützte Plätze, an denen er übernachten konnte. Sicherlich würde das nicht angenehm werden, aber mit nassen Sachen wollte er in der Hütte auch nicht schlafen. Außerdem konnte er, wenn alle Stränge reißen sollten, von Sankt Bartholomä weiter nach Berchtesgaden laufen. Vielleicht fuhr von dort auch noch ein Bus. Aber wenn er das letzte Schiff erreichen wollte, durfte er keine Zeit mehr verlieren. Er wusste, dass er es schaffen konnte. Deshalb machte er sich auf den Weg.

*****

Am Hundstodgatterl kam Thoralf ein Bergwanderer entgegen. Der Mann war sehr vorsichtig, aber trotzdem ziemlich schnell unterwegs. Gekonnt kletterte er die Felsvorsprünge von Absatz zu Absatz herauf. Dabei achtete er darauf, dass er auf den durch den Regen schmierig gewordenen Gesteinsbrocken nicht ausrutschte. Der Engel hatte von dem Mann den Eindruck bekommen, dass er wusste, was er tat. Trotzdem lief er Gefahr, bei diesem Regen eine rutschige Stelle zu erwischen und abzustürzen.

*****

Theo ergriff einen Absatz und schwang sich hoch. Als er sicher darauf stand, ging er zwei Schritte weiter und kletterte auf den nächsten. Danach orientierte er sich und suchte einen Platz, auf dem er einen Fuß sicher abstellen konnte, und einen Fels-vorsprung, an dem er sich mit seinen Händen festhalten wollte. Als er beides gefunden hatte, kletterte er weiter an der Fels-wand des Hundstodgatterl in die Höhe. Auf diese Weise er-klomm er einen Absatz um den anderen. Er wusste, dass er kein Risiko eingehen durfte, aber auch, dass die Zeit gegen ihn ar-beitete. Denn bei diesem Regenwetter und dem Aufstieg an die-sem verdammten, aber unter normalen Umständen schönen Hundstodgatterl, verlor er wertvolle Zeit, die er ohnehin nicht hatte. Er schaute auf seine Armbanduhr und stellte fest, dass er nun schon eine Stunde aufholen musste. Eine ganze verdammte Stunde! Also hatte er bisher am Hundstodgatterl eine weitere wertvolle Halbestunde verloren. Wie viel Zeit würde während seines Kampfes gegen die Uhr noch verschwinden? Konnte er diesen noch gewinnen? Oder war es besser, doch wieder zur Hütte zurückzugehen?

Ausgerechnet in diesem Augenblick sah er in der Ferne, dass ihm vier Fremde entgegenkamen. Als sie sich ihm näherten, er-kannte er, dass es junge Leute waren, sicherlich zwei frisch ver-liebte Pärchen, die Sandalen an den Füßen trugen. Außerdem waren sie nur mit einer Jeans und die jungen Männer mit einem T-Shirt und ihre Freundinnen mit einer Bluse bekleidet. Das war sehr leichtsinnig von ihnen. Deshalb ermahnte er sie: „Was ihr macht, ist sehr gefährlich, gerade bei diesem Wetter. Ihr soll-tet umkehren und aufpassen, dass ihr unten heil ankommt."

„Wie weit ist es noch bis zum Ingolstädter Haus?", wollte einer der beiden jungen Kerle wissen.

„Mit Sandalen ist es von hier äußerst gefährlich dorthin. Ihr solltet umkehren." Beharrte Theo, der sich Sorgen um die vier jungen Leute machte.

„Das geht nicht, wir müssen zum Ingolstädter Haus", ant-wortete der andere junge Mann.

„Dann seid bitte vorsichtig und helft euch gegenseitig. Ihr werdet bestimmt noch neunzig Minuten unterwegs sein."

Die beiden Mädchen verabschiedeten sich höflich, die jungen Männer nickten ihm zu und bedankten sich. Theo ging weiter. Diese Kletterei war sehr anstrengend. Mühsam kam er vorwärts. Schritt für Schritt, Absatz für Absatz. Endlich hatte er den höchsten Punkt erreicht und konnte absteigen. Auch das wurde sehr kräftezehrend und dauerte genauso lange wie der Aufstieg. Als er das Hundstodgatterl hinter sich gelassen hatte, überlegte er, ob er jetzt den Kleinen Watzmann gehen musste. Aber letztendlich war es egal, es gab nur diesen einen Weg, der nach Sankt Bartholomä führte.

Theo hatte wertvolle Zeit verloren und musste sie wieder aufholen. Schon eine halbe Stunde hatte ihm am Ausgangspunkt, dem Ingolstädter Haus, gefehlt. Ein Blick zur Uhr und die Zeitangabe auf einem Hinweisschild verrieten ihm, dass er nun schon beinahe 90 Minuten aufholen musste, wenn er das letzte Schiff nach Schönau und damit nach Berchtesgaden noch rechtzeitig erreichen wollte. Der Weg schien etwas dagegen zu haben, denn er wurde nicht besser, was Theo inständig gehofft hatte. Die Kletterei ging weiter und teilweise musste er über Schotter und Geröll laufen. Trotzdem gab er nicht auf. Er kletterte und lief gegen die Zeit. Endlich erreichte er einen Weg, der einen festen ebenen Untergrund hatte. Weil es nur noch bergab gehen konnte, lief er, als würde er um sein Leben laufen. Doch schon nach wenigen Hundert Metern musste er stoppen. Die Kletterei ging weiter. Danach erreichte er wieder einen Weg ohne nennenswerte Hindernisse. Theo lief erneut los, schnell, beinahe ungestüm. Er musste die Zeit aufholen. Er hatte keine Lust, die Nacht in Sankt Bartholomä im Freien zu verbringen. Er lief und lief um jede einzelne Minute, die er sich zurückholen konnte. Nur so konnte er es schaffen, noch das letzte Schiff nach Schönau zu erreichen. Und das war sein fester Wille. Sicherlich könnte er von Sankt Bartholomä nach Berchtesgaden zu Fuß gehen. Das war ein Weg von etwa sechs Kilometern. Aber ob er den nach diesem Gewaltmarsch nach Sankt Bartholomä noch schaffen konnte? Daran hatte Theo große Zweifel, denn zurzeit verausgabte er sich zu sehr, um sein Ziel zu erreichen. Schon jetzt war er ziemlich am Ende seiner Kräfte.

Plötzlich rutschte es unter seinen Füßen. Theo suchte nach Halt. Doch er fand nichts, woran er sich festhalten konnte. Der Rucksack auf seinem Rücken zog ihn unweigerlich nach hinten und somit auch nach unten. Schmerzvoll krachte er mit seinem Rücken gegen ihn, als er auf den Boden aufschlug. Doch Theo beachtete den Schmerz nicht. Schnell sprang er wieder auf seine Beine. Zum Glück war nichts Schlimmes passiert. Er musste laufen und die Zeit aufholen, die ihm fehlte, um Sankt Bartholomä und damit das letzte Schiff nach Schönau zu erreichen. Er lief weiter.

*****

Thoralf beobachtete, wie Theo gegen die Zeit lief. Auch ahnte er, was geschehen würde. Deshalb blieb er in seiner Nähe. Dieses Mal wusste er, was er tun musste, damit Theo nicht bemerkte, dass er Hilfe von einem Engel bekam. Der Bergwanderer lief ausdauernd und schnell. Thoralf bemerkte, dass der Mann tatsächlich Minute um Minute aufholte. Wenn er die restliche Strecke in diesem Tempo weiterlaufen konnte, würde er mit dem letzten Schiff des Tages von Sankt Bartholomä nach Schönau fahren. Überhaupt glaubte der Engel, dass Theo bisher eine bewundernswerte Leistung erbracht hatte.

*****

„Ich muss es schaffen! Ich muss das letzte Schiff bekommen!", dachte Theo. Er lief Meter um Meter. Jeder einzelne Schritt brachte ihn seinem Ziel ein kleines Stückchen näher. Er bemerkte, dass er rechts Seitenstiche bekam, und verlangsamte das Tempo etwas. Mit der rechten Hand griff er sich in die Seite, um den Schmerz zu lindern. „Ausatmen, tief ausatmen! Luft holst du von allein, also einfach nur ausatmen!", rief er sich selbst im Stillen zu. „Nur nicht sprechen und dadurch die Atmung erschweren." Aber mit wem hätte er sich unterhalten sollen? Es war dafür niemand bei ihm.

Von Zeit zu Zeit ließ der Regen etwas nach, um nach wenigen Minuten erneut heftiger einzusetzen. Theo bedauerte es, keine Zeit zu haben. Zu gerne wäre er das eine oder andere Mal stehen geblieben, um ein Foto von der schönen, sogar atemberaubenden Landschaft zu schießen. Aber er tröstete sich damit, dass er noch einige Tage in der Stadt verweilen würde. Einige Tagesausflüge wollte er schon noch unternehmen. Dann konnte er die majestätischen Berge und Wälder dieser Gegend mit seiner Kamera für spätere Erinnerungsfotos immer noch festhalten.

Der Untergrund des Weges änderte sich. Der sandige Boden, der trotz des Regens immer noch fest war, wurde von Schotter abgelöst. Theo verlangsamte das Tempo auf Schrittgeschwindigkeit. Wenn er hier stürzen würde, konnte das nur sehr schmerzhafte Folgen für ihn haben. Etwa einen halben Kilometer ging er auf diesem unsicheren Untergrund weiter, bis der Boden unter ihm wieder etwas besser wurde. Der Schotter wurde von Sand abgelöst. Doch schon nach wenigen Metern mischte sich Schotter zum sandigen Untergrund, der dadurch fester und damit trittsicherer wurde. Theo fiel wieder in den Laufschritt. Vorsichtig erhöhte er nach und nach das Tempo. Plötzlich begann er auf dem nassen Untergrund zu rutschen. Beinahe wäre er erneut gestürzt, aber im letzten Augenblick fand er sein Gleichgewicht wieder. Er wusste, dass er einen bemitleidenswerten Eindruck auf andere Menschen hinterlassen musste. Vielleicht würden sie ihn auch einen Trottel nennen, der selbst schuld daran war, dass er bei solch einem Sauwetter in den Bergen herumkraxelte. Seine Wanderhose war nicht mehr graugrün, sondern schlammverkrustet. Sein Regencape sah durch den Sturz ziemlich mitgenommen aus. Durch den Aufprall des Rucksacks auf den Boden war er verschmutzt und zerrissen. Seine Aufgabe, Theo vor Regen zu schützen, erfüllte er nicht mehr. Außerdem war der arme Bergwanderer am Ende seiner Kräfte. Doch er kämpfte weiter. Aufgeben kam für ihn nicht infrage. Er musste die verlorene Zeit aufholen. Wenn er das Schiff wirklich noch schaffen sollte, konnte er sich im Hotel erholen. Er malte sich aus, was er zum Abend essen wollte. Ein schönes Steak mit Bratkartoffeln und einen Salat. Doch jetzt gönnte er sich lediglich einige Hundert Meter, die er gehend zurücklegte. Sein Körper musste sich dringend von den zurückliegenden Strapazen erholen. In dieser Zeit trank er einige Schluck Wasser, das er in der Berghütte am Morgen in seine Trinkflasche gefüllt und mit einigen Mineralstofftabletten versetzt hatte. Damit schmeckte es ihm etwas besser. Er schaute auf die Uhr und bemerkte, dass er die verlorene Zeit beinahe aufgeholt hatte. Er wusste, wo er sich befand und wie viel Zeit er noch bis zur Anlegestelle des Schiffes benötigte. Er freute sich, so schnell unterwegs gewesen zu sein. Er würde sein Ziel, das er sich gesteckt hatte, erreichen. Voller Zuversicht, die in ihm neue Kräfte freisetzte, beschleunigte er wieder sein Tempo und lief erneut gegen die restlichen paar Minuten an, die er noch herausholen musste.

Nach einigen Hundert Metern wurde der Weg wieder etwas steiler. Das Wasser lief wie ein Strom am Berg herunter und überschwemmte dabei den Weg. Theo konnte ihn zwar erkennen, aber er sah nicht, wie fest der Boden noch war. Außerdem erinnerte er sich nicht mehr daran, dass in wenigen Metern eine weitere unwegsame Strecke folgte. Der weiche Waldboden wurde von steinigem Geröll abgelöst. Auf dem Hinweg war er hier schon einmal leicht gestrauchelt, obwohl an dem Tag die Sonne schien. Doch jetzt verminderte er sein Tempo nicht. Theo setzte einen Fuß auf rutschigen Untergrund und hob den anderen zum nächsten Schritt an. In diesem Moment gab das Geröll nach. Er konnte sein Gleichgewicht nicht mehr halten, denn dafür lief er zu schnell. Um es zurückzubekommen, ruderte er mit den Armen in der Luft, aber vergeblich. Mit den Beinen voran stürzte er und fiel dabei nochmals mit seinem Rücken hart auf den Rucksack, der vom Aufprall auf die scharfen Kanten des Schotters einige Risse davontrug. Starke Schmerzen erfüllten Theos Körper von den Schultern herunter bis zur Taille. Aber das war noch nicht das Schlimmste. Der Rucksack wirkte durch die Geschwindigkeit, die Theo während seines Laufes erreicht hatte, auf dem nassen Boden wie ein Schlitten auf Schnee. Der Bergwanderer rutschte unkontrolliert den Weg herunter. Dabei geriet er gefährlich nahe an den Rand eines Abhangs. Er versuchte, mit den Füßen die Richtung zu ändern. Doch das gelang ihm nicht. Der Abhang kam näher und näher. Panik stieg in Theo auf…

*****

Thoralf hatte es kommen sehen. Nun wurden seine Befürchtungen Wirklichkeit. Der Wandersmann stürzte filmreif mit den Füßen voran und rutschte auf einen Abhang zu. Ausgerechnet an dieser Stelle des Weges gab es an seinem Rand keine Bäume. Der arme Kerl hatte keine Möglichkeit, die Richtung zu ändern. Der Abhang kam in greifbare Nähe. Theos Sturz in die Tiefe war unvermeidbar. Thoralf erkannte, dass sich der Bergwanderer mit dem Unvermeidbaren abfand und sich in sein Schicksal fügte.

Aber Theo wusste nicht, dass er einen Schutzengel bei sich hatte. Dieser erblickte in einigen Metern, genau in einer Kurve des Wanderpfades einen einzelnen Baum. Der Engel trat mit einem Fuß kräftig gegen Theos Rucksack. Sollte der Mann vielleicht etwas wahrgenommen haben, würde er glauben, dass er über eine Bodenwelle gerutscht sei. Davon war der Schutzengel überzeugt. Wegen Thoralfs Fußtritt rutschte Theo genau auf den einzelnen Baum in der Kurve zu. Es gelang ihm, sich aufzurichten. Aber er ahnte nicht, dass sein Schutzengel dafür gesorgt hatte, denn Thoralf hatte das große Gepäckstück in die Höhe gezogen. Mit gespreizten Beinen prallte Theo gegen den Baum. Krampfhaft hielt er sich daran fest. Aber er verspürte in den Lenden einen plötzlichen scharfen Schmerz. Thoralf hatte bewusst die Richtung des vom Absturz bedrohten Mannes zum Baum hin geändert, aber erst jetzt wurde ihm bewusst, was er angerichtet hatte, denn Theo konnte einen Schmerzensschrei nicht unterdrücken.

*****

Der Chef saß in seinem weißen und nebligen Raum und sah, was auf der Erde geschah. Als er das plötzliche Ende von Theos ungewollter Abfahrt über Geröll und Schlamm miterlebte, verzog er schmerzhaft das Gesicht. „Ach, Thoralf, musste das jetzt wieder sein?", rief er aus. „Aber ich muss zugeben, das war schon viel besser als die Sache mit dem Schlamm im Haus am Berghang. Trotzdem, Thoralf, muss ich dich kritisieren. Solltest du jemals wieder auf die Erde zurückdürfen, solltest du mit einem geschwollenen Sack nach Hause gehen."

Das hatte Thoralf gehört. Deshalb antwortete er seinem Chef: „Oh, Gott, was sollte ich denn machen? Ich bin froh, dass ich den Kerl gerettet habe, und du hast wieder etwas zum Aussetzen gefunden. Das ist ein Scheißspiel, das du hier mit mir spielst."

„Na, na, na, nicht so frech. Erstens sind wir nicht per du! Und zweitens: Hast du mich jetzt doch als Gott anerkannt?" Die Stimme des Alten klang in den Ohren des Engels freundlich.

Thoralf überlegte irritiert, was er dem Chef erwidern sollte. Schließlich sagte er: „Ach, Gott, entschuldigen Sie bitte meinen kleinen Ausbruch. Aber ich bin und bleibe Atheist. Es ist Ihnen doch egal, wie sie genannt werden. Sagten Sie jedenfalls einmal zu mir."

Darauf konnte der alte Graubart im Himmel nichts erwidern. Als Thoralf keine Antwort bekam, dachte er: „Siehst du, nun kann ich den lieben Gott einen alten Mann sein lassen."

*****

Als Theo begriffen hatte, dass er gerettet war, rief er: „Ich habe es schon immer gewusst, dass ich einen Schutzengel habe!" Schnell stand er auf und ordnete seine Sachen und ging weiter. Aber jetzt wurde er vorsichtiger. Trotzdem rief er noch: „Danke, lieber Schutzengel!"

Thoralf staunte. „Hat er mich etwa doch bemerkt?"

„Nein, das hat er nicht. Dieses Mal hast du alles richtig gemacht!" Thoralf hörte wieder die Stimme seines Chefs.

„Sie hören wohl alles! Kann ich nicht mal furzen, ohne dass Sie das hören?" Der Engel war beinahe sprachlos. Sein Gesicht drückte Unglaube aus.

Der Chef lachte. „Du vergisst immer wieder, wer ich bin. Wenn du willst, dass ich deine Furze nicht hören soll, musst du leise furzen. Aber denke daran: Laute Furze stinken nicht. Aber die leisen, die den Arsch sanft umkreisen, vor denen hüte dich, denn die stinken fürchterlich."

„Chef, können wir das Thema bitte lassen?"

„Ja, das können wir. Aber trotzdem muss ich dir noch einmal sagen, du hättest auf Theos Eier besser aufpassen müssen."

Thoralf hatte ihn nicht verstanden. „Chef, welche Eier nun schon wieder?"

„Nicht welche Eier, Thoralf, sondern wessen Eier!"

*****

Noch hatte er es nicht geschafft. Noch musste er einige Minuten laufen. Durch die Bäume sah er in der Ferne das Schiff auf Sankt Bartholomä zu fahren. Nach weiteren fünfzehn Minuten erreichte er das Ufer des Sees. Als er sich an der Anlegestelle auf eine Bank setzte, sahen ihn einige Menschen skeptisch an, andere ignorierten ihn. Theo war es egal, was sie von ihm dachten. Hauptsache für ihn war es, dass er es geschafft hatte, rechtzeitig in Sankt Bartholomä zu sein. Aber er war körperlich völlig entkräftet. Trotzdem war er glücklich, denn das letzte Schiff dieses Tages, das Sankt Bartholomä verlassen würde, legte in diesem Moment an. Und er war froh, dass er noch lebte. Im Hotel würde er nach einem ordentlichen Bad im Restaurant ein großes Steak mit Bratkartoffeln essen.

## Thoralfs Söhne

Thoralf begab sich erneut nach Großbergen. Da er keinen neuen Auftrag erhalten hatte, wollte er seine Familie besuchen, und sei es nur für einige wenige Minuten. Natürlich konnte er mit wachsamen Augen durch die Welt gehen und Menschen aus einer Notlage befreien, wenn er sich an ihrem Ort aufhielt, wie es im Falle des Bergwanderers war. Der Chef hatte es ihm nicht verboten. Verboten hatte er ihm aber, sich zu seiner Familie zu begeben. Aber die Sehnsucht nach seinen Eltern und nach seiner Frau und den Kindern sowie den Großeltern war stärker als sein Gehorsam. Und wenn sein Chef auch zehnmal der eine Gott sein mochte, musste er nicht alles so machen, wie dieser das wollte. Ab und zu musste er auch das tun dürfen, was er wollte. Und jetzt wollte er seine Familie besuchen, basta!

Thoralf wollte zu gerne wissen, wie es wohl seinen Eltern, seiner Frau und vor allem seinen Söhnen gehen mochte. Und er hoffte, dass die Großeltern gesund waren. Wie hatten sie alle wohl seinen Tod verkraftet? Bestimmt würden sie noch um ihn trauern. Wenn sie wüssten, dass er vielleicht bald wieder zu ihnen zurückkehren durfte! Aber wie sollte das gehen? Er dachte einen Moment darüber nach und gab es dann auf. Warum sollte er sich darüber den Kopf zerbrechen? Das war Sache seines Chefs. Der war allwissend, also musste der alte Mann auch wissen, wie er ihn, Thoralf, zu seinen Lieben zurückschicken wollte. Würde er einfach ins Haus marschieren und allen Anwesenden einen guten Tag wünschen? Nein, das würde nicht gut sein. Davon war Thoralf überzeugt. Wie er seine Frau kannte, würde sie ihn ungläubig anstarren, weil sie bestimmt glaubte, dass er ein Geist sei. Und die Oma konnte einen Schlag bekommen! Nein, so etwas ging nun ganz und gar nicht. Die Gesundheit seiner Familie war dem jetzigen Schutzengel Thoralf das Wichtigste. Er ahnte schon, wie er zu seinen Lieben zurückkehren würde. Bestimmt würde es für ihn mit starken

Schmerzen verbunden sein. Aber für seine Familie wäre es das Beste, wenn er gefunden werden und in ein Krankenhaus gebracht würde. So konnten sich alle an den Gedanken gewöhnen, dass er wieder da sein würde. Die Schmerzen musste er dann eben ertragen. Da er glaubte, ein harter Kerl zu sein, sollte er das schon schaffen. Während seiner Tätigkeit in der Bergrettung hatte er schon vielen verunfallten Menschen geholfen, und er konnte sich vorstellen, was auf ihn zukäme, wenn der Chef ihn gehen ließe. Dafür würde er alles auf sich nehmen, aber er wollte dann auch wieder gesund werden dürfen. Außerdem gab es in der heutigen Zeit genug gute Medikamente, die ihm helfen könnten, Schmerzen zu ertragen. Zwanzig Menschen sollte er das Leben retten, bei fünf Leuten hatte er es bereits geschafft. „Familie, ich werde kommen", dachte Thoralf.

Die Sonne war soeben hinter den Bergen auf den Himmel geklettert. Noch färbte sie den Himmel in ihrer Nähe mit einer schönen roten Farbe. Aber für einen Sommertag war es viel zu kalt. Das Thermometer kletterte gerade einmal auf die Fünf-Grad-Marke. Sehr viel wärmer würde es an diesem Tag nicht mehr werden. Hoffentlich zogen sich die Jungen ihre Jacken an, wenn sie zur Schule gingen.

Endlich stand er vor dem Haus seiner Familie. Einige Jahre hatte er sich um den Hof und die Gebäude gekümmert. Das war nicht immer mit Spaß verbunden gewesen. Aber meist hatte er seine Aufgaben gerne erfüllt. Schließlich hatte er ein schönes Zuhause gehabt und selbstverständlich hatte er gewollt, dass es so bleiben sollte. Er hatte nicht nur getan, was die Eltern und Großeltern von ihm erwartet hatten. Es hatte ihm meist Spaß gemacht, das Anwesen in Ordnung zu halten und zu verschönern. Dabei hatte er nicht nur die Wünsche seiner Frau bei der Pflege des Grundstückes berücksichtigt, sondern die Wünsche aller Familienmitglieder, soweit es möglich war. Seine Anneliese hatte dabei nicht nur gute Ideen gehabt, sondern auch bei ihrer Umsetzung tatkräftig mitgeholfen. Auch seinem Vater und seiner Mutter hatten ihre Ideen gefallen und sie hatten das gern zugegeben, dass ihr Zuhause durch Annelieses Mitwirkung schöner geworden war.

Nun betrachtete Thoralf die Blumenkästen, die er selbst vor einigen Jahren angelegt hatte. Die Hängegeranien darin wuchsen prächtig. Anneliese hatte nicht nachgelassen, sie zu pflegen. Auch in seinem Kräutergarten wuchsen das Bohnenkraut, das Basilikum, die Pfefferminze und der Rosmarin optimal. Plötzlich wurde ihm bewusst, dass sich nun sein Vater wieder um alle anfallenden Aufgaben und Arbeiten kümmern musste, denn er selbst war nicht mehr da und der Opa war schon viel zu alt dafür. Aber vielleicht konnte er dem Vater trotzdem heimlich helfen, ähnlich wie im Märchen die Heinzelmännchen das taten.

Der Opa, ein alter grauhaariger Mann, der sich stets an den Wochentagen mit einem Schlosseranzug kleidete, saß auf der Bank vor dem Haus und rauchte seine Pfeife. Nur an den Sonn- und Feiertagen zog er einen Anzug an. Zwischen den Beinen stand sein Gehstock, auf dem er sich mit den Händen abstützte. Er saß bewegungslos am Ende der Bank. Nur sein Mund zog an der Pfeife und ließ den Rauch wieder entweichen, dabei blickte er betrübt auf den Boden. Thoralf wusste, dass sein Opa ihn nicht sehen und hören konnte, und ging zu ihm, um ihn aus der Nähe zu betrachten. Der alte Mann war abgemagert und sehr alt geworden, viel älter, als Thoralf ihn in Erinnerung hatte. Er sah krank aus. Seinen Opa, der schon in seiner Kindheit sein bester Freund gewesen war, in solch einer schlechten Verfassung zu sehen, brach ihm das Herz. „Hallo, Opa, du musst nicht traurig sein. Der Chef hat mir in Aussicht gestellt, dass ich vielleicht wieder zu euch zurückkommen darf. Ich soll nur noch ein paar Menschenleben retten. Und dann komme ich vielleicht wieder zu euch zurück."

Als hätte der Großvater seinen Enkelsohn verstanden, sagte er leise: „Ach, mein lieber Junge, ich kann nicht mehr glauben, dass du zu uns zurückkommst. Die Einsatzkräfte haben die Suche nach dir aufgegeben. Sie hätten dich doch längst finden müssen. Warum hat dieser verdammte Kerl im Himmel, der sich Gott nennt, nicht mich geholt? Das wäre viel gescheiter gewesen!"

„Aber Opa, er nennt sich nicht Gott, dass macht ihr doch, die an ihn glaubt." Thoralf hatte sich erschrocken und schaute seinen Großvater aufmerksam an. Dann rief er: „He, Opa, du darfst nicht verzweifeln! Noch bist du gesund. Aber wenn du so weiter machst, wirst du bald krank werden. Die Familie leidet doch schon genug, weil ich nicht mehr da bin."

Der alte Mann antwortete ihm nicht. Besorgt trat Thoralf einen Schritt von der Bank zurück und beschloss, zu seinen Jungen ins Zimmer zu gehen. Noch mussten die Kinder gemeinsam in einem Raum schlafen. Thoralf hatte mit dem Umbau der Zimmer für Finn und Luca bereits begonnen. Aber er hatte es nicht mehr geschafft, die Arbeiten daran zu beenden. Er war dabei gewesen, die Wände zu verputzen, als er durch den Unfall sein Leben verloren hatte. Noch hatte sein Vater die begonnenen Arbeiten nicht vollenden können. Denn noch musste er in einem Betrieb seinen Lebensunterhalt verdienen. Deshalb mussten die Arbeiten am Haus und im Hof so lange warten, bis Thoralfs Vater dafür Zeit hatte.

*****

Als Tobias erwachte, schliefen seine beiden jüngeren Brüder noch. Er ließ sie schlafen und seufzte leise, als er begann, an seinen Papa zu denken. Mit leiser, trauriger Stimme sagte er zu sich selbst: „Heute ist Papa schon einen ganzen Monat weg." Tränen standen ihm in den Augen, die er schnell mit dem Handrücken wegwischte. Danach schwang er seine Beine aus dem Bett und setzte sich auf. „He, ihr, Schlafmützen! Wir müssen aufstehen."

Luca gähnte. „Ist es schon so spät? Ich könnte noch etwas länger schlafen."

Dann setzte sich auch Finn auf. „Tobi, fehlt dir Papa auch so sehr wie mir?"

Der Gefragte blickte nicht zu seinem Bruder hin, sondern ließ seinen Kopf auf die Brust hängen. „Ich kann es immer noch nicht glauben, dass er nicht mehr nach Hause kommen soll. Er war doch gesund und ein starker Mann. Den ganzen restlichen Tag hat er sich nach der Arbeit um den Hof, das Haus und den Garten gekümmert. Und natürlich um uns. Eure Zimmer hat er nicht mehr fertig ausbauen können. Und Opa hat nicht mehr so viel Energie und Kraft, wie Papa sie hatte. Opa ist doch schon ein alter Mann. Ich habe Angst, dass auch er bald stirbt." Nun sah er doch noch traurig zu seinem Bruder hin.

Finn stand auf und ging zu Luca ans Bett. „He du Schnarchnase, steh auf. Es ist kaum zu glauben, dass du mein Zwillingsbruder bist. Am liebsten möchtest du den ganzen Tag verschlafen."

Luca musste lachen. „Schau mich an, Finn! Ich bin dein Bruder, wenn du mich anguckst, hast du das Gefühl, in einen Spiegel zu sehen." Dann verließ auch er sein Bett und wandte sich Tobias mit einem ernsthaften, vielleicht auch etwas traurigen Gesicht zu. „So etwas solltest du nicht sagen, Tobi. Opa ist genauso traurig wie wir. Papa war sein Sohn, und er wird ihn genauso vermissen wie wir. Trotzdem ist Opa für uns da. Ich glaube, auch er wird manchmal weinen, wenn er allein ist. Das machen wir doch auch. Wir müssen uns eben alle daran gewöhnen, dass Papa nicht mehr für uns da ist, auch Opa." Er gab seinem Bruder nicht die Gelegenheit zu antworten. Plötzlich lief er zur Tür und rief. „Los kommt schon, wer zuerst unter der Dusche steht!"

„Mir ist jetzt nicht nach Herumtoben. Wir müssen zur Schule!" Tobias erhob sich. Mitten in der Bewegung stockte er und schaute zu den Zwillingen. „Ich habe eine Idee!"

„Ach Tobi, was hast du bloß wieder für eine Idee? Doch nicht etwa solch einen Streich wie in der letzten Woche. Wir können froh sein, dass der Opa uns nicht den Arsch versohlt hat!", meinte Luca.

„Das würde Opa nie tun", rief Tobias.

Finn meinte: „Da bin ich mir gar nicht so sicher. Warum sagt er das denn manchmal zu uns!"

„Auch wenn er uns das manchmal androht. Aber das tut er bestimmt nicht. Ich habe neulich gehört, wie er Oma anlachte, nachdem er glaubte, dass wir nach seinem Anschiss außer Reichweite waren. Er sagte, dass er uns niemals verhauen würde und dass Leute, die Kinder schlagen, keinen Verstand haben!"

„Und das hat Opa wirklich zu Oma gesagt?", fragte Finn.

„Wenn ich es dir sage! Du kannst es schon glauben."

Luca wechselte jetzt das Thema und fragte: „Tobi, du wolltest uns von deiner Idee erzählen."

Tobias ging auf seine Brüder zu. „Ich glaube, ich weiß, was wir tun können, dass wir verstehen, dass Papas tot ist. Papa hätte nicht gewollt, dass wir immer traurig sind."

Finn sagte: „Du bist es doch, der immer heult, wenn du glaubst, dass du allein bist. Wir haben schneller begriffen als du, dass Papa nicht mehr da ist."

„Ja", sagte Tobias, „aber Mutti hörte auch nicht auf zu weinen, als sie aufgehört haben, Papa zu suchen. Aber sie ist trotzdem für uns da, wenn wir von ihr etwas wollen. Ich habe sie schon weinen sehen, als sie allein war. Und als sie merkte, dass ich zu ihr komme, hörte sie auf und wollte wissen, was ich von ihr wollte. Und dann ist sie mit mir mitgekommen und hat mir geholfen." Tobias machte eine Pause. Plötzlich rief er verzweifelt: „Das alles ist einfach nicht fair. Alles ist so scheiße, in der Schule kann ich oft nicht aufpassen! Habe gestern die Mathearbeit verhauen. Voll 'ne Fünf. Ich trau mich gar nicht, die Mutti zu zeigen, weil ich eigentlich alles kann. Und mit meinen Freunden habe ich auch keinen Spaß mehr."

Finn meinte: „Wie willst du mit deinen Freunden Spaß haben, wenn du dich nicht mit ihnen triffst. Du sitzt dauernd zu Hause rum und starrst vor dir hin. Was ist mit Fußball? Macht dir das Training keinen Spaß mehr? Und wann willst du mal wieder am Wochenende wandern gehen? Du bist nicht mehr wie früher, seit Papa nicht mehr bei uns ist."

Traurig sagte Tobias: „Ich weiß, dass ihr Papa genauso vermisst wie ich. Ihr zeigt das nur nicht so. Aber was soll ich machen?" Einen Augenblick schwiegen die Jungen, dann sagte Tobias: „Aber meine Idee hat etwas mit Wandern zu tun."

„Dann sag endlich, was du vorhast!", riefen Finn und Luca gleichzeitig.

„Ihr wisst doch, dass Papa immer gerne gewandert ist und überhaupt viel in den Bergen herumlief. Mit Mutti waren wir doch oft dabei. Wenn wir Samstag oder Sonntag in den Bergen wandern gehen, vielleicht durch die Höllentalklamm, können wir an Papa denken und uns an ihn erinnern. Vielleicht hilft uns das, Papa loszulassen. Mama sagt auch, dass wir Papa loslassen müssen. Was sie damit auch meint." Tobias wischte sich mit dem Handrücken wieder seine aufkommenden Tränen weg. Finn legte ihm mitfühlend eine Hand auf seinen Arm. Dankbar sah Tobias ihm ins Gesicht.

„Wie meinst du das, Tobi?", fragte Luca.

Thoralf, der sich heimlich in das Zimmer der Kinder geschlichen hatte und sie nun belauschte, wusste, was Tobias plante, und war von seinem Großen gerührt. Am liebsten wollte er ihn in seine Arme nehmen, aber dann ließ er sie wieder sinken. Betrübt dachte er: „Mist, das darf ich nicht tun, ich kann ihn nicht noch unglücklicher machen."

Doch dann sah und hörte er zu, wie sein Tobi seinen Brüdern erklärte, was er am Wochenende mit ihnen geplant hatte. „Wir werden wandern gehen und bereiten uns gut darauf vor. Es soll keine leichte Tour werden, eher etwas Schwierigeres, sodass wir uns gegenseitig helfen müssen, wie Papa das immer von uns verlangt hat. Und dabei können wir uns an ihn erinnern und uns über ihn unterhalten. Natürlich darf es nicht zu schwer werden, denn wir wollen gemeinsam die Probleme lösen, die auf uns warten."

Finn und Luca sahen ihren älteren Bruder lächelnd an und Luca meinte: „Das ist schön, Tobi, das ist eine gute Idee. Das sollten wir wirklich machen."

Finn sagte: „Gleich nach der Schule planen wir die Route."

Thoralf stand mitten im Zimmer seiner Kinder und war von ihnen gerührt. Dass ausgerechnet Tobias um ihn so sehr trauerte, dass er viel weinen musste, hätte er nicht für möglich gehalten. In diesem Moment wollte er seine drei Jungs am liebsten in die Arme nehmen und ihnen sagen, was er schon dem Opa gesagt hatte. Aber er wusste, dass seine Jungs ihn nicht wahrnehmen konnten.

*****

Thoralf liebte seine Kinder mehr als alles andere auf dieser Welt. Nachdem er das Gespräch der Jungen belauscht hatte, gerieten seine Gefühle vollkommen durcheinander. Einerseits fühlte er sich ihnen gegenüber schuldig, weil er sie belauscht hatte. Andererseits war er glücklich, weil er erleben durfte, wie seine Kinder zu ihm standen. Ehrlichen Herzens trauerten sie um ihn. Vor allem Tobias litt darunter, dass sein Vater immer noch vermisst wurde und dass alle Menschen, die er kannte, glaubten, dass dieser tot sei. Der Junge war wie ausgewechselt. Kaum noch heckte er Streiche aus. Früher wurde er von vielen dummen Ideen beherrscht, doch das hatte sich grundlegend geändert. Er war erfüllt von seinem Schmerz und der Trauer um seinen Vater und suchte dabei nach Auswegen und Hilfe, um den Tod seines Vaters besser verarbeiten zu können.

Der Engel Thoralf rief seinen Kindern zu, dass sie auf ihrer Wanderung keine sinnlosen Wagnisse eingehen sollten. Aber dann begriff er, dass sie ihn nicht hören konnten. Aber er beschloss auch, seinen Kindern zu folgen, wenn sie am Wochenende auf Tour gingen. Sollten sie sich zu viel zumuten, wollte er ihnen helfen, ihre Wanderung zu einem guten Ende zu bringen. Noch einmal wollte er ihnen ein guter Vater sein. Vielleicht würde es für ihn dafür die letzte Gelegenheit sein, falls er doch nicht zu seiner Familie zurückkehren durfte. Jedoch wollte er dabei zu Tobias, Finn und Luca einen genügend großen Abstand halten, um sie nicht zu belauschen, wenn sie über ihn sprachen. Damit wollte er eventuelle Peinlichkeiten vermeiden, denn er ahnte, worüber sich die Jungen unter anderem unterhalten würden. Außerdem wollte er nicht indiskret sein. Die drei Burschen sollten sich ungestört und vor allem von ihm ungehört über ihre Gedanken austauschen können.

Doch nun wollte er seine Frau Anneliese besuchen. Wenn er schon die Gelegenheit hatte, zu Hause sein zu können, wollte er alle seine Familienmitglieder sehen. Auch seine Eltern und die Urgroßmutter wollte er aufsuchen und schauen, wie es ihnen ging.

Heute hatte Anneliese Gruber ihren großen Waschtag, an dem sie die Wäsche der Familie, vor allem die der Kinder, nach dem Waschen und Trocknen, wieder in Ordnung bringen wollte. Es mussten immer einige Hosen oder andere Kleidungsstücke der Jungen repariert und gebügelt werden. Das Gleiche traf teilweise auf die andere Wäsche zu. Oft schaffte sie diese viele Arbeit nicht an einem Tag. Dann musste sie einen zweiten Wäschetag anhängen. Thoralf hatte ihr immer wieder gesagt, dass sie langsam machen und sich für die viele Wäsche an mehreren Tagen Zeit nehmen sollte. Aber es gab so viel zu tun, dass sie stets versuchte, diesen Teil der Hausarbeit an einem Tag zu erledigen. Gerade jetzt, da sie wusste, dass ihr geliebter Mann nicht mehr zu ihr zurückkehren würde. Mithilfe ihrer modernen Waschmaschine und einem ebenso modernen Trockner war das für sie kein sehr großes Problem mehr.

Anneliese holte in dem Augenblick die frischgewaschene Bettwäsche ihrer Kinder aus der Maschine heraus und ließ sie in einen Korb fallen, als Thoralf bei ihr in der Waschküche erschien. Den Korb musste sie zum Trockner tragen, der einige Meter von der Waschmaschine entfernt stand. Mit beiden Händen packte sie ihn an. Da die Wäsche feucht und deshalb besonders schwer war, wuchtete Anneliese den Korb mit aller Kraft in die Höhe. Dabei stöhnte sie laut auf und begann plötzlich zu weinen. „Scheiße, Thoralf, warum hast du mir das angetan. Du lässt mich einfach allein und verschwindest auf nimmer Wiedersehen."

Traurig stand Thoralf neben seiner unglücklichen Anneliese und sah ihr zu. Er könnte ihr den Korb abnehmen und zum Trockner bringen. Aber das durfte er nicht. Eigentlich durfte er sich nicht einmal hier in seinem Zuhause aufhalten, der Chef hatte es ihm verboten. „Meine liebe, süße Anneliese, ich habe dich nicht einfach allein gelassen. Diese verdammte Flutwelle war daran schuld, dass ich ertrunken bin. Mir bricht es das Herz, dich so traurig sehen zu müssen."

Plötzlich wurde Anneliese Gruber wachsam. Ihre Tränen versiegten und ihre Stimme wurde fest. „Ist da jemand?"

Thoralf drehte sich um und sagte: „Nein, meine Liebe, nur ich bin da. Aber leider kannst du mich nicht sehen und hören."

Nach einigen Augenblicken ging sie zum Trockner, und war froh, endlich ihre schwere Last abstellen zu können. Dann schüttelte sie leicht ihren Kopf. „Ich höre wohl auch schon Gespenster."

Die Treffen mit seinen Eltern und der Urgroßmutter verliefen ähnlich wie die mit seinem Opa, den Kindern und seiner

Frau. Der Besuch bei seiner Familie machte Thoralf traurig, denn seine Lieben vermissten ihn so sehr, dass im ganzen Haus kaum noch herzlich gelacht wurde. Aber trotzdem war er auch froh, weil er nun wusste, dass es ihnen wenigstens gesundheitlich gut ging und es ihnen an nichts fehlte.

Sein Vater kümmerte sich um das Haus und den Hof. Den Ausbau der Zimmer für Luca und Finn würde er noch vollenden, immerhin wusste er, dass Thoralf damit schon begonnen hatte. Aber er musste dafür erst noch die Zeit finden. Immerhin fehlte jetzt eine starke Hand in diesem Haus, was der ältere Mann kompensieren musste. Er konnte nicht alles, was Thoralf zu seinen Lebzeiten begonnen hatte, auf einmal beenden. Außerdem wusste der Engel, dass auch sein Vater die baulichen Maßnahmen an den Kinderzimmern schnell beenden wollte, denn die Jungen benötigten dringend ihre eigenen Zimmer.

Die Urgroßmutter Lieselotte und Opa Karl kümmerten sich genauso wie früher um ihre Aufgaben und erledigten zusätzlich kleinere Hausarbeiten, um Anneliese zu entlasten. Das Leben der Grubers ging weiter, doch Thoralfs Fehlen machte sich überall bemerkbar. Aber die Familie hielt zusammen. Der Engel hoffte immer noch, dass es nur eine vorübergehende Maßnahme war, bis er wieder zu seiner Familie zurückkehren konnte. Schließlich hatte der Chef ihm das versprochen.

*****

Die Wanderung für Tobias, Luca und Finn wurde anstrengend und sehr anspruchsvoll, aber die Brüder ließen sich davon nicht entmutigen. Immerhin hatten sie selbst die Route geplant und wussten, dass sie dabei zusammenhalten und sich bei aufkommenden Problemen gegenseitig helfen mussten. Ihr Opa Erwin hatte ihnen bei der Vorbereitung der Tour geholfen und ihnen einige gute Ratschläge mitgegeben. Am frühen Morgen des Sonntags begannen sie ihre Tour. Die Jungs freuten sich auf sie und das Wetter spielte zum Glück auch mit. In diesem Jahr war das leider keine Normalität, aber wenigstens regnete es nicht. Der erste Notfall ließ lange auf sich warten. Nach einigen Stunden, in denen sie zügig vorangekommen waren, hatten sich an Finns Füßen Blasen gebildet und er begann zu humpeln.

„Was ist los mit dir, Finn?", wollte Tobias wissen.

„Ach, es ist nichts", antwortete der Junge, denn er wollte seinen Brüdern nicht den Tag verderben.

„Und warum humpelst du denn?", fragte Tobias weiter.

„Es geht schon, ich glaube, ich habe nur ein paar Blasen an den Füßen", gab Finn dann doch lieber zu.

„Okay, dann machen wir jetzt eine Pause. Finn, ziehe deine Schuhe und Strümpfe aus", befahl Tobias, der seine Brüder anführte.

Gehorsam tat Finn, was sein älterer Bruder von ihm verlangte, denn er war froh, dass Tobias ihm helfen wollte. Dieser sah, dass Finn zwei paar Strümpfe angezogen hatte. Deshalb riet er ihm: „Du solltest zum Wandern nur ein paar Wandersocken anziehen. Die sind an den Fersen und Zehen gepolstert und deshalb rutschen deine Füße in den Schuhen nicht hin- und her. Und dann bekommst du auch keine Blasen. Und nun zeig mir mal deine Füße."

Tobias klebte über jede der drei Blasen, die er an den Füßen seines Bruders fand, ein Hydrogel-Pflaster. Damit polsterte er die wunden Stellen ab und erreichte, dass Finn die Blasen nicht mehr spürte. Dabei sagte er in einem freundlichen Ton: „Die Pflaster darfst du auf keinen Fall abreißen, sonst ziehst du dir die Haut von den Füßen. Die gehen in den nächsten Tagen von allein ab. Hast du das verstanden?"

„Ja, Tobi, ich werde das nicht tun", versprach Finn. Als Tobias fertig war, bedankte sich Finn und sagte: „Ich muss aber meine Strümpfe wieder anziehen, ich habe keine anderen mit. Und außerdem habe ich gar keine Wandersocken."

Darauf öffnete Luca seinen Rucksack und entnahm ihm seine Ersatzstrümpfe, die er sich für den Notfall mitgenommen hatte, und gab sie Finn. „Du musst Mutti sagen, dass du Wandersocken brauchst. Dann kauft sie dir welche."

Finn antwortete: „Du hast recht, das werde ich tun. Aber was ist, wenn du Blasen an den Füßen bekommst?"

„Ich bekomme keine, schließlich habe ich heute Morgen meine Wandersocken angezogen. Nimm sie, damit du wieder ordentlich laufen kannst. Papa würde sich freuen, wenn er sehen könnte, dass wir zusammenhalten und uns gegenseitig helfen."

Dankbar nahm Finn Lucas Angebot an. Während er die Wandersocken und Schuhe anzog, erzählte Luca eine Geschichte, die er mit ihrem Vater erlebt hatte, als dieser ihm half, mit Blasen an den Füßen ohne Schmerzen weiterlaufen zu können.

Nachdem Luca schwieg, stand Finn auf und ging einige Schritte. Dabei stellte er fest, dass er nun auch wieder ohne Schmerzen laufen konnte. „He, die Blasen scheuern gar nicht mehr, als wären sie gar nicht mehr da. Ich kann wieder ganz normal laufen. Danke für die Socken, Luca, und danke Tobi, dass du mir die Blasen so schön abgeklebt hast, dass ich sie nicht mehr merke. Wo hast du das bloß gelernt?"

„Papa hat mir das gezeigt! So wie Luca das eben erzählt hat", sagte der Junge schlicht.

„Ihr habt recht, das würde Papa gefallen, wenn er wüsste, dass wir gemeinsam ohne einen Erwachsenen wandern gehen und uns gegenseitig helfen", meinte Finn.

Thoralf hörte die Worte seines Sohnes. Er war zu den Jungen geeilt, als er sah, dass einer von ihnen nicht mehr richtig laufen konnte. Er wusste nicht, wie er hätte helfen können, aber notfalls war er bereit dazu. Doch als er sah, wie die drei Buben zusammenhielten und füreinander einstanden, erfüllte ihn das mit großer Freude. In dem Wissen, dass die Kinder ihn nicht verstehen konnten, sagte er: „Und ob mir das gefällt, mein Junge. Ich bin stolz auf euch. Und wenn alles gut geht, komme ich bestimmt bald wieder zu euch zurück. Der Chef sagte, wenn ich zwanzig Menschen, die in Not geraten sind, geholfen habe, dürfte ich das vielleicht."

Plötzlich zuckte Finn zusammen. Tobias machte sich Sorgen um seinen jüngeren Bruder. „Was ist los, Finn? Ist etwas mit deinen Füßen?"

„Nein, das nicht. Ihr werdet es mir nicht glauben, aber ich glaube, Papa ist bei uns. Er hat mir gesagt, dass er vielleicht bald wieder zu uns zurückkommt."

Tobias ließ den Kopf auf seine Brust sinken und antwortete traurig mit leiser Stimme: „Das wäre schön. Aber ich kann es nicht mehr glauben. Zu lange schon ist er weg. Und niemand hat ihn bisher gefunden."

Luca sah von einem zum anderen. „Und wenn er doch als Geist bei uns ist? Vielleicht passt Papa auf uns auf."

„Ach, kommt, lasst uns weitergehen!", entschied Tobias und wischte sich mit dem Handrücken eine Träne aus seinen Augen.

Die Jungen machten sich wieder auf ihren Weg, der sie bergauf führte. Sie gingen an einer Wiese mit einem kleinen Bergsee vorbei. Die Bäume wurden in der Höhe, in der sich die Jungen befanden, nicht mehr sehr groß. Büsche bestimmten hier die Vegetation. Trotzdem waren Tobias, Luca und Finn von der Schönheit dieser Gegend begeistert.

Etwas später erreichten die Jungen einen steilen Weg, der für sie nicht ungefährlich war. Sie mussten eine Felswand überwinden. Dafür war ein Klettersteig angelegt worden, den die drei jungen Wanderer nur nacheinander hochsteigen konnten. Tobias ging voran, um seine Brüder auf eventuelle Gefahren aufmerksam machen zu können und um ihnen zu helfen, wenn sie oben ankamen. Danach folgte Luca. Er zog sich mit den Händen über einen Felsvorsprung. Dabei rutschte er mit seinen Füßen ab und verlor den Halt. Seine Kräfte verließen ihn. Plötzlich drohte er abzustürzen und drei Meter in die Tiefe zu fallen. Dabei konnte er sich böse verletzten, denn er würde auf eine Granitplatte fallen. Der Junge bekam Angst, weil er glaubte, sich nicht mehr lange halten zu können. Doch Finn sprang ihm zu Hilfe. Schnell kletterte er seinem Bruder hinterher. Als er ihn erreichte, rief er: „Luca, ich bin hinter dir. Stelle deinen rechten Fuß auf meine Hand!"

Dankbar suchte Luca mit seinem rechten Fuß Finns Hand, der ihn schnell nach ihm griff. Nun legte sich Lucas Aufregung. Er spürte den Halt, den Finn ihm gab. Tobias eilte ebenfalls zu Luca, um ihm zu helfen. Er beugte sich zu ihm herunter. „Los, Luca, nimm meine Hand, ich ziehe dich hoch."

So gelang es Tobias und Finn, ihrem Bruder vor einen Absturz zu bewahren. Als sie den Klettersteig hinter sich gebracht hatten, erzählte Finn, wie ihn der Vater fünfzig Meter auf seinem Rücken über einen Felsspalt getragen hatte, den sie in den Kaparten überwinden mussten.

Dann gingen sie weiter. Später hörte Tobias seinem Bruder Luca zu, der gerade einen Witz erzählte und plötzlich lauthals rief: „Oh, ist das schön hier. Seht euch das doch bloß mal an!"

Sie hatten eine Alm-Wiese mit einem See erreicht, dessen Oberfläche spiegelglatt war. Um den See standen mehrere Baumgruppen in geringer Größe, die sich mit einem Teil der Alm-Wiese in ihm widerspiegelten. Tobias schaute zum See hinüber und bemerkte nicht, dass sich mitten auf dem Weg ein Erdloch befand, das vom Gras der Alm verdeckt wurde. Er lief in das Loch hinein und knickte mit seinem rechten Fuß um. Erschrocken und von Schmerzen geplagt, schrie er auf.

Luca und Finn wendeten sich besorgt ihm zu und bemerkten in seinen Augen Tränen. Tobias humpelte und gab Schmerzenslaute von sich. Immer wieder rief er nur das eine Wort: „Scheiße." Nachdem er das Wort dreimal wiederholt hatte, schrie er: „So ein Mist. Muss mir das ausgerechnet jetzt passieren?" Dann setzte er sich auf den Boden und zog sich den rechten Wander-stiefel aus. Das Fußgelenk war geschwollen.

Finn meinte: „So kannst du unmöglich weiterlaufen. Sollen wir versuchen, mit unseren Handys Hilfe zu holen?"

„Das wird nicht gehen, wir sind von den Sendemasten zu weit weg", erwiderte Tobias mit einem schmerzverzerrten Ge-sicht.

„Aber mit deinem Fuß kannst du nicht mehr laufen", sagte Luca.

„Wir wollen doch noch den Gipfel erreichen!", klagte Tobias.

„Glaubst du, dass du es schaffen kannst, wenn wir dein Ge-päck tragen? Papa erzählte mir einmal, dass man die Füße scho-nen kann, wenn man nichts tragen muss. Aber verstanden habe ich das nicht. Tobi, vielleicht weißt du, was Papa damit gemeint hat? Aber Luca und ich können uns doch abwechseln, deinen Rucksack zu tragen, wenn es dir hilft", sagte Finn.

„Papa hat mir auch mal gezeigt, wie man zwei Rucksäcke auf einmal tragen kann. Und unsere sind ja nicht sehr schwer", ergänzte Luca.

Tobias sah seine Brüder mit einem Gesicht an, das verriet, dass er unter Schmerzen litt. „Auch mir hat er das einmal ge-zeigt. Er sagte zu mir damals, wenn wir kein Gewicht auf dem Rücken tragen, dass dadurch die Füße auch kein zusätzliches Gewicht zu tragen haben."

Erfreut rief Finn aus: „Jetzt verstehe ich, wie Papa das ge-meint hat."

Tobias antwortete ihm: „Finn, wenn du etwas nicht ver-stehst, dann musst du fragen. Wir sind eine Familie. Niemand wird dich hänseln, wenn du Fragen hast oder etwas nicht ver-stehst." Nach einer kurzen Pause setzte er leise hinzu: „Auch ich will das nicht mehr tun, Finn. Du bist mein Bruder, und ich finde, wir, sollten zusammenhalten. Ich meine: Du, Luca und ich."

Auch wenn Thoralf den Kindern nicht so nahe folgen wollte, dass er ihre Gespräche belauschen konnte, so machte er sich Sorgen um Tobias. Er hoffte, dass der Junge sich nicht das Sprunggelenk gebrochen hatte. Als sich seine Hoffnung zu seiner Erleichterung erfüllt hatte, wollte er die Jungs wieder allein lassen, aber Tobis letzte Worte hatte er trotzdem verstanden. Einerseits freute er sich darüber, dass sich seine Söhne gegenseitig halfen und füreinander da waren. Andererseits staunte er darüber, wie erwachsen sein Ältester in der Zeit geworden war, seitdem er als sein Vater nicht mehr für ihn und seine Brüder sorgen konnte.

Nachdem sich Tobias eine Manschette um sein Fußgelenk gelegt hatte, die ihm mehr Halt und Stabilität geben sollte, versuchte er vorsichtig, einige Schritte zu gehen. Gespannt sahen seine Brüder ihm zu. „Na, wie ist es? Wird es gehen, Tobi?", fragte Finn, „sonst muss einer von uns die Rucksäcke tragen und der andere muss dich stützen."

Tobias meinte: „Ich glaube, dass ich es schaffe. Die Bewegung wird mir guttun. Vielleicht hört das Gelenk mit der Zeit auf, wehzutun. Ihr müsst mich nicht stützen. Es wird schon gehen. Aber danke für eure Hilfe!"

Sie liefen noch gut eine Stunde. Luca trug Tobias Rucksack auf der Brust und dem Bauch und seinen eigenen auf dem Rücken, damit Tobias seinen Fuß entlasten und schonen konnte. Dabei ging es stetig bergauf.

Als sie den Gipfel erreichten, machten sie eine Rast. Das Wetter war klar und sonnig. Deshalb konnten sie in der Ferne eine weitere Bergkette erkennen. „Erinnert ihr euch an unsere Wanderung vor zwei Jahren in den Vogesen. Da hatten wir auch solch ein klares Wetter und konnten die Alpen sehen. Papa hat damals von ihnen ein Foto gemacht. Es ist beeindruckend", erzählte Finn.

„Ja, ich erinnere mich daran. Die Alpen sind auf dem Foto ganz weiß!", antwortete Tobias.

Die Brüder genossen die schöne Aussicht und die Natur, bis Tobias Luca bat: „Gib mir bitte mal meinen Rucksack herüber."

„Der ist aber doch schwerer als meiner. Ich dachte, wir drei haben das gleiche Gepäck", sagte Luca, während er den Wunsch seines Bruders erfüllte.

„Gleich wirst du sehen, warum", antwortete Tobias mit einem verschmitzten Lächeln und holte ein kleines Holzkreuz aus seinem Rucksack hervor. Es war etwa dreißig Zentimeter hoch und zwanzig Zentimeter breit. Darauf stand eine Inschrift: „Für unseren Vater, Thoralf Gruber, der sein Leben für einen Bergsteiger gab. Von Luca, Finn und Tobias."

Spontan viel Luca Tobias um den Hals. Schluchzend fragte er: „Wann hast du denn das gemacht, Tobi?"

„Gestern", antwortete Tobias schlicht.

Finn war begeistert und sah ihm strahlend ins Gesicht. „Das hast du sehr gut gemacht, Tobi. Es gefällt mir."

Nachdem Luca seine Tränen mit einem Taschentuch getrocknet hatte, stellten die Jungen das Kreuz neben dem Gipfelkreuz auf. Sie wussten, dass ihr Vater immer bei ihnen sein würde, aber dass sie auch lernen mussten, ohne ihn weiterzuleben.

Nachdem die Kinder den Gipfel verlassen hatten, begab sich Thoralf dorthin. Er wollte sehen, was seine Jungs neben dem Gipfelkreuz aufgestellt hatten. Als er es sah, erfüllte ihn Stolz und unermessliche Liebe für seine Söhne. Seine Jungen waren für ihn die besten Söhne, die er sich wünschen konnte. Vor Rührung und aus Liebe zu Tobias, Luca und Finn wurden seine Augen feucht. Er schämte sich seiner Tränen nicht, denn es waren Tränen der Liebe, die er für seine Kinder empfand. Sollte er zu seiner Familie zurückkehren dürfen, hoffte er, dass ihm sein Wissen über diese Wanderung seiner Kinder erhalten blieb. Nie wollte er vergessen, wie sehr sie ihn liebten.

Mit ihrer Wanderung hatten Tobias, Luca und Finn ihren Vater geehrt. Außerdem zeugten ihre vielen Erzählungen über ihn davon, dass sie viel an ihn dachten. Das half den Brüdern, dass sie mit ihrer Trauer besser umgehen konnten. Nach dieser Tour kehrte ihre Fröhlichkeit allmählich von Tag zu Tag und Stück für Stück zurück. Ihr seelischer Zustand verbesserte sich. Insbesondere tat Tobias dieses gemeinsame Erlebnis mit seinen Brüdern gut. Er, Finn und Luca wussten, wenn ihr Vater sie auf dieser Tour gesehen hätte, dass er stolz auf sie gewesen wäre. Dass ihr Vater sie tatsächlich beobachtet hatte, konnten sie nicht ahnen und schon gar nicht wissen.

Ihre gemeinsamen Erlebnisse und Erinnerungen, die sie während ihrer Wanderung an ihren Vater hatten, sorgten dafür, dass sie mehr Verständnis füreinander entwickelten. Sicherlich sollten sie in Zukunft von Zeit zu Zeit miteinander streiten, aber ihre Meinungsverschiedenheiten trugen sie auf einer anderen Ebene aus, ohne Beleidigungen oder Prügeleien, weil sie froh waren, dass sie einander hatten. Insgesamt kehrten sie von dieser Tour gestärkt nach Hause zurück.

Tobias, Luca und Finn sollten ihren Vater weiterhin vermissen, aber sie hatten gelernt, dass das Leben manchmal unvorhersehbar ist, und dass es wichtig ist, jeden Tag zu schätzen und ihre Familienmitglieder und Freunde zu achten und zu lieben.

*****

Der Chef war außer sich vor Wut. Der Engel Thoralf hatte entgegen allen Anweisungen seine Familie besucht. Anstatt nach in Not geratene Menschen zu suchen und ihnen zu helfen, missachtete er Gottes Gebot. Das war unfassbar für ihn. Erneut befahl er Thoralf zu sich. Als dieser vor seinem Antlitz erschien, rief er entrüstet aus: „Junge, bist du denn von allen guten Geistern verlassen?"

„Bitte keine Beleidigungen, Chef. Sagen Sie mir einfach, was ich falsch gemacht habe. Ich bin nämlich nicht allwissend wie Sie!" Thoralf grinste den Gott frech an.

„Wie redest du mit mir?" Seine Entrüstung stand dem Chef im Gesicht wie eingemeißelt.

„Aber Chef, das ist doch wahr. Ich wollte nicht unhöflich erscheinen." Jetzt wurde Thoralfs freches Grinsen zu einem freundlichen Lächeln. Das spiegelte sich auch in seinem Ton wider. Schließlich wollte er den Allwissenden nicht verärgern, denn von ihm hing es ab, ob er zu seiner Familie als lebender Mensch zurückkehren durfte.

Jetzt beruhigte sich der alte Mann mit dem Lichterkranz um seinen Kopf und wurde ebenfalls freundlicher. „Na, ja, in gewisser Weise hast du recht. Allwissend bist du nun wirklich nicht. Aber wie du weißt, bin ich das auch nicht. Mit Computern zum Beispiel kenne ich mich nicht aus."

Thoralf bemerkte, dass die Gefahr bestraft zu werden, beseitigt war und meinte: „Ja, ich weiß, wir hatten bereits darüber gesprochen. Aber Computer sind ein eigenes Thema. Niemand weiß alles, schon gar nicht über Computer. Aber wenn Sie wollen, kann ich Ihnen einige Dinge darüber beibringen."

Der allwissende Gott sah dem Engel ins Gesicht: „Dafür bin ich doch viel zu alt, mein Junge. Lerne mal mit mehreren Tausend Jahren auf dem Buckel, wie Computer funktionieren. Du wirst sehen, dass das gar nicht einfach ist. Aber jetzt hast du mich doch abgelenkt, du Schlawiner." Sein Gesicht nahm einen ernsthaften Ausdruck an. Auch seine Stimme wurde strenger. „Also, du hast deine Familie besucht. Das hatte ich dir verboten. Achtest du so meine Gebote?"

Zerknirscht stand Thoralf vor ihm. Kleinlaut antwortete er: „Aber Chef, nie würde ich Ihre Gebote missachten. Ich kenne Ihre Gebote nämlich gut! Du sollst nicht töten. Du sollst nicht begehren deines Nachbarn Weib…"

Wütend unterbrach ihn der Chef: „Das sind nicht meine Gebote, du Lümmel, sondern die der Kirche, die glaubt, mich auf der Erde vertreten zu dürfen."

Entschuldigend sah Thoralf den alten Mann an. „Da habe ich wohl wieder etwas verwechselt. Tut mir leid, Chef. Können wir das Gespräch noch einmal von vorne beginnen?"

## Die Aussichtsplattform

Nachdem ihn der Chef entlassen hatte, brach Thoralf zu seinen geliebten Bergen auf. Doch ließ er sich Zeit damit, dort nach Menschen zu suchen, die in Schwierigkeiten geraten waren. Es würde immer wieder welche geben, die seine Hilfe nicht in Anspruch nehmen konnten, weil er anderweitig beschäftigt war. Natürlich wollte er seine Aufgaben als Schutzengel der Menschen erfüllen und ihnen in Notsituationen helfen. Aber auch er war einmal ein Mensch und hatte Kinder, über die er erst einmal nachdenken musste. Thoralf war sich sicher, dass er sich bei ihrer Erziehung nicht immer für die richtigen Maßnahmen entschieden hatte. Aber die Wanderung seiner Buben und wie sie dabei zueinanderstanden und sich gegenseitig geholfen hatten, erfüllte ihn mit Stolz und Liebe. Was er eben mit ihnen erlebt hatte, war der beste Beweis dafür, dass er während seiner Erziehungsbemühungen sehr viel richtig gemacht hatte. Große Freude bereitete ihm das Kreuz, dass Tobias für ihn angefertigt hatte. Er musste daran denken, wie sich Luca und Finn darüber gefreut hatten. Ihre Reaktion darauf erfüllte ihn mit sehr viel Liebe. Er bedauerte, dass er seine Jungs dafür nicht umarmen durfte. Es war schön, die Jungen in diesem Moment beobachten zu können. Er musste zugeben, dass er gegen die Regeln seines Chefs verstoßen hatte, als er seine Kinder auf ihrer Wanderung begleitet hatte, denn während dieser Zeit war er kein arbeitender Schutzengel, sondern einer, der sich eine Pause gegönnt hatte. Aber er war sehr froh darüber, denn er war immer noch von seinen Söhnen sehr gerührt.

*****

Einige Kilometer von Thoralf entfernt saßen in einem Hotel die Eheleute Vincent und Ilona Maler mit ihren Kindern Emma

103

und Sophie beim Frühstück. In diesem verregneten Sommer versprach der heutige Tag schön zu werden. Das kam selten genug in diesem Jahr vor und war der erste Tag während ihres Urlaubs, an dem die Sonne schien und es warm war. Ilona Maler sah ihre Kinder abwechselnd an. „Dieses tolle Wetter heute müssen wir ausnutzen. Hoffentlich hält es sich bis zum Abend. Was meint ihr, wollen wir nachher zur Aussichtsplattform gehen, zu der wir schon die ganzen letzten Tage hinwollten? Von dort können wir weit ins Land und auch andere Berge in der Ferne sehen. Wir können eine schöne Wanderung durch den Wald und die Berge machen."

Die Mädchen riefen vor Begeisterung wie aus einem Munde: „Oh, ja, Mama, das machen wir!"

„Gut, dann gehen wir nach dem Frühstück in unser Zimmer und ziehen uns die Wandersachen an", entschied Vincent Maler. Die Familie verbrachte schon seit Jahren ihren Urlaub in den Bergen. Mal fuhren sie ins Erzgebirge, mal in den Harz und dann auch wieder in die Alpen. Stets fuhren sie in einen anderen Ort, um immer wieder andere Landschaften kennenzulernen. Wichtig war für das Ehepaar, dass sie sich viel in der Natur aufhalten konnten, die die Familie Maler sehr liebte. In den Bergen wandern zu gehen und dort die Natur zu genießen war für sie die beste Erholung. Deshalb hatten sie sich nach und nach eine vollständige Wanderausrüstung gekauft, um gefahrlos auf Tour gehen zu können. Jedoch mussten die beiden Mädchen, die acht und zehn Jahre alt waren, jedes Jahr neue Schuhe, Hosen und Jacken bekommen, weil sie aus den alten Kleidern rausgewachsen waren. Wobei neue Bekleidung meist nur Emma bekam, denn Sophie trug die Bekleidung ihrer Schwester aus dem Vorjahr auf. Das sparte den Eltern der Mädchen viel Geld.

Aufgeregt liefen die Kinder nach dem Frühstück ihrem Vater und ihrer Mutter zum Fahrstuhl voraus, der sie auf die vierte Etage bringen sollte, in der sie für die Dauer ihres Aufenthaltes in diesem Hotel wohnten. Dabei ließen sie sich immer wieder

Streiche und Scherze einfallen, mit denen sie sich gegenseitig zum Lachen brachten. Von Zeit zu Zeit ermahnten Vincent und Ilona Maler beide, nicht zu laut zu sein.

Als sie sich in ihrem Zimmer auf die Wanderung vorbereiteten, alberten die Kinder immer noch herum und taten alles andere, aber nicht das, was sie sollten. Deshalb ermahnte Vincent Maler seine Mädchen in einem freundlichen Ton. „Kinder, nun ist es genug, zieht eure Wandersachen an, damit wir endlich das Hotel verlassen können. Uns erwartet nämlich eine wunderschöne Landschaft. Ihr werdet sehen, auch ihr beide werdet von dieser schönen Gegend und der Natur begeistert sein."

Nun beherrschten sich Emma und Sophie und zogen sich an. Doch schon nach nur wenigen Augenblicken konnten sie nicht anders, als weiterhin herumzualbern. Daraufhin holte sich Vincent Maler seine Töchter nacheinander zu sich und prüfte den Sitz ihrer Schuhe. Sollten sie diese zu eng zugebunden haben, würden ihre Füße Druckstellen bekommen. In zu locker geschnürte Schuhe würden sie rutschen und es würden sich Blasen an ihren Füßen bilden. Doch Vincent Maler wurde von beiden Mädchen positiv überrascht. Sie hatten die Schuhe optimal zugebunden. Dafür lobte er sie. Danach half er ihnen, ihre kleinen Rucksäcke auf den Rücken zu schnallen, indem die Kinder für sich etwas zu trinken und zu essen eingepackt hatten. Außerdem nahm Vincent Maler noch ein Paar Ersatzstrümpfe für die ganze Familie, Verbandszeug für einen eventuellen Notfall und eine Fotokamera mit.

Endlich standen sie vor dem Hotel. Die Mädchen waren an diesem Tag besonders aufgedreht. Sie gingen mit ihren Eltern direkt auf den Wald zu. Emma und Sophie liefen und hüpften voraus und alberten erneut endlos über alle möglichen Dinge, die ihre Aufmerksamkeit erregten. Einmal war es der Flug einer Hummel, das andere Mal verspotteten sie ein anderes Kind, dass sie in der Ferne sahen, und noch ein anderes Mal lachten und spotteten sie über den ungleichmäßigen Wuchs einer Pflanze.

Sie drangen tief in den Wald ein, allmählich wurden auch die Menschen in ihrer Nähe weniger, sodass sie sich nach nur wenigen Minuten Fußmarsch allein im Wald befanden. Am Wegesrand standen vor allem Laubbäume, vereinzelt fand man zwischen ihnen auch mal eine Fichte und andere Nadelgehölze. Ihr Weg führte sie bergauf, wofür Vincent Maler dankbar war. Denn mit zunehmender Zeit wurden die Mädchen ruhiger. Ihre Albernheiten ließen nach, dafür forderte der Weg die Aufmerksamkeit der Kinder. Außerdem verließen die Mädchen allmählich ihre Kräfte. Jetzt konnte Vincent Maler gemeinsam mit seiner Frau die Natur genießen. Je höher sie den Berg bestiegen, desto mehr lichtete sich der Wald und die Familie erhaschte einen ersten Ausblick auf die schöne Landschaft. Durch die Bäume hindurch sahen sie auf die Dächer der Häuser ihres Ortes herunter. Auch das Hotel, in dem sie zurzeit wohnten, entdeckten sie.

Emma und Sophie waren von der Aussicht begeistert. Aufgeregt hüpften sie einige Meter von ihren Eltern entfernt auf dem Weg hin und her und warteten auf sie.

„Papa, Mama, seht doch nur, wie weit wir hier sehen können. So viele Dörfer! Seht doch nur!" Sophie war sehr aufgeregt.

„Dann wartet mal ab, bis wir auf die Aussichtsplattform kommen. Von dort aus könnt ihr noch weiter in die Landschaft hineinschauen und in der Ferne über viele Berge hinwegsehen."

Die Familie ging noch einige Minuten weiter. Endlich legten sie eine Pause ein, um sich etwas auszuruhen und sich für den kommenden Aufstieg zu wappnen. Die Kinder aßen einen Apfel und ein halbes Brötchen und tranken etwas leicht gesüßten Saft. Schließlich sollte er den Durst der Kinder stillen.

Als sie weitergingen, nahmen sie in einer Tüte die Reste ihrer kleinen Mahlzeit mit, die Vincent Maler in seinen Rucksack legte. Die Familie wollte mit ihrem Müll die Natur nicht belasten. Rechts von ihnen erhob sich der Berg, zu dessen Aussichtsplattform sie unterwegs waren, links konnten sie schon jetzt die schöne Aussicht genießen, aber sie konnten noch nicht über die Bergkette gegenüber hinwegsehen. Der Weg, den sie bereits hinter sich gebracht hatten, schlängelte sich am Hang dahin. Sie konnten ihn sehen, wenn sie ihren Blick bergabwärts richteten. Teilweise wurde er von den Bäumen des Waldes verdeckt. Aber wenn sie in die Ferne blickten, sahen sie die Dörfer, die sich im Tal scheinbar auf den Boden duckten.

Die Aussicht war atemberaubend, und die beiden Mädchen waren wieder sehr aufgeregt und freuten sich, dass sie diese wunderschöne Landschaft bewundern konnten.

„Emma, komm zu mir! Sophie, du gehst zu deinem Vater! Wir sind beinahe am Ziel angekommen. Wir gehen nur noch hier den schmalen Pfad entlang. Wenn wir ihm folgen, kommen wir direkt zur Aussichtsplattform. Ich möchte, dass ihr jetzt bei uns bleibt", rief Ilona Maler ihren Kindern zu.

Gehorsam suchten Emma und Sophie ihre Eltern auf. Gemeinsam bogen sie auf den von der Mutter beschriebenen schmalen Pfad ein, der steil in die Höhe führte und an dem die Mädchen vorbeigegangen waren, weil sie ihn übersehen hatten. Nicht nur die Kinder kamen nun schnell außer Atem, auch Vincent Maler und seine Frau pusteten schon nach wenigen Metern, weil ihnen die Luft zum Atmen knapp wurde. Vincent Maler empfahl seiner Familie, kleine Schritte zu machen, um so beim Bezwingen dieser starken Neigung Kräfte zu sparen. Überrascht stellten Ilona Maler und ihre Kinder fest, dass sie dann tatsächlich besser vorankamen.

Schließlich erreichten sie Stufen, die in den Berg hineingebaut worden waren und dafür sorgten, dass die Touristen den Weg bis zur Aussichtsplattform kräftesparend heraufgehen konnten. Nach einer kurzen Verschnaufpause stieg die Familie die Stufen empor. Dabei verlief der Pfad serpentinenartig weiter und schlängelte sich den Berg hinauf. Emma ging an der Hand ihres Vaters neben ihm her. Als sie die Plattform erreichten, blieb sie stumm stehen und schaute sich um. Vor ihr breitete sich eine große Ebene aus. Unter ihr auf dem Boden befanden sich viele schwarze, sehr kleine Steinchen. An ihrem Ende wurde die Plattform von einem stählernen Gelände umrahmt. Dahinter ging es viele Meter in die Tiefe. Auf ihrer rechten Seite entdeckte das Mädchen einen Weg, der von der Aussichtsplattform wegführte. Dass dieser Weg ebenso wie der, den sie gekommen waren, ins Dorf und somit zum Hotel zurückführte, konnte das Mädchen nicht wissen. Und dass sie die Fläche der Plattform als groß empfand, lag wohl eher daran, dass sie selbst noch nicht sehr groß geworden war.

Wie ihr Vater es vorher versprochen hatte, konnte Emma über die vielen Berge hinwegsehen. Dahinter erblickte sie sogar die Täler, in denen sie kleine Städte und mehrere Dörfer erkannte. Sie lagen praktisch zwischen den Bergketten. Noch nie hatte das Mädchen solch eine Landschaft gesehen. Ein Berg reihte sich an den anderen und alle Berge, so erschien es Emma, türmten sich auf die anderen herauf, als wollten sie größer sein als ihre Nachbarn. Der Horizont sah hier ganz anders aus als am Meer, wo sich der Himmel und das Wasser in der Ferne scheinbar wie zu einem Strich vereinten. Hier standen die Berge dicht an dicht, und der Horizont bestand aus mehreren unregelmäßigen Linien, die sich zu überdecken schienen und die eine unterschiedliche Höhe erreichten. Von dieser wunderschönen Aussicht war Emma sehr überrascht. Zunächst stand sie ehrfürchtig und still neben ihren Vater, doch dann klatschte sie begeistert in die Hände. Sophie reagierte ähnlich wie ihre Schwester.

*****

Zufällig sah Thoralf die Mädchen, die wie Hunde herumtollten und ihren Eltern weit vorauseilten. „Wer weiß, wohin die wollen. Ich würde Finn und Luca nicht so allein in dieser Gegend vorauslaufen lassen, obwohl die schon etwas älter sind als diese Mädchen", dachte er. Aber als er sah, dass die Eltern ihre Kinder zu sich riefen und an die Hand nahmen, als sie den Pfad zur Schönen Aussicht einschlugen, war er beruhigt. Trotzdem beschloss er, in ihrer Nähe zu bleiben. Auch wenn die Plattform mit einem stählernen Gelände gesichert war, konnte zu jeder Zeit etwas passieren. So ausgelassen und fröhlich, wie sich die Kinder noch vor wenigen Minuten benommen hatten, traute er ihnen ein Missgeschick zu. Wer in einem Wald so sehr herum lärmte wie diese beiden Mädchen, nahm damit anderen Wanderern die Ruhe, die sie benötigten, um die Natur genießen zu können. Außerdem verängstigten und verscheuchten sie mit ihrem Krach, den sie verursachten, die Tiere, die hier leben mussten. Oft zogen solche Menschen ein Unglück an. Außerdem glaubte Thoralf, dass die Eltern ihren Kindern in dieser Gegend zu viele Freiheiten ließen.

*****

Ehrfürchtig staunten die Mitglieder der Familie Maler über die Schönheit und Majestät der Berge, die sich ihnen von dieser Aussichtsplattform bot. Vor dem Hintergrund dieser Berge, die die Menschen mit all ihrer geballten Kraft beeindruckten, kamen sich die Eltern, aber auch die Kinder bedeutungslos vor. Ihnen wurde bewusst, dass die Berge in eintausend Jahren hier noch stehen würden. Aber niemand würde sich nach dieser Zeit noch an sie erinnern. Sophie löste sich aus der Hand ihrer Mutter. Auch Emma verließ ihren Vater. „Aber seid vorsichtig und tobt hier nicht herum!", ermahnte Ilona Maler ihre Kinder.

Langsam und mit einigen Metern Abstand folgten Vincent und Ilona Maler ihren Töchtern. Die Mädchen verhielten sich ruhig und dachten nicht daran herumzutoben. Schließlich standen sie am Geländer und sahen sich um.

„Mama, Papa, seht doch mal, wie schön es hier ist, noch viel schöner als vorhin, als wir noch auf dem Weg standen." Respektvoll betrachtete Sophie die Berge und Täler mit ihren Bäumen, in denen sie immer noch die Dörfer sehen konnte. Die Häuser ließen sich kaum noch unterscheiden, diese sahen aus, als würden sie miteinander verschmelzen, beinahe wie auf einer Landkarte. Diese fantastische Landschaft mit den vielen Bergen und Tälern, den unzähligen Bäumen und Sträuchern und den Dörfern und kleinen Städten erschien dem Mädchen wie eine riesige elektrische Spielzeugeisenbahn. Von diesem Anblick waren nicht nur Sophie und Emma tief beeindruckt.

Aber dann kam der Zeitpunkt, an dem die Aussicht für die Mädchen uninteressant wurde. Emma spürte in sich eine gewisse Unruhe und stützte sich mit den Armen am Geländer ab. „Kinder, passt auf und geht nicht zu dicht an das Geländer heran!", ermahnte Vincent Maler seine beiden Töchter. Jedoch unternahm er nichts, um seine Kinder von der Brüstung wegzuholen.

Als Emma den Worten ihres Vaters folgen und einen Schritt zurücktreten wollte, stellte sich Sophie demonstrativ neben sie und stützte sich wie ihre Schwester an dem kühlenden Metall ab. Dabei sah sie Emma ins Gesicht. „Was der Papa immer hat. Es passiert hier doch nichts Böses! Das Geländer ist doch fest!" Kaum hatte sie ihre Worte ausgesprochen, begann sie an der Eisenstange zu ruckeln, an der sie und Emma sich festhielten.

Bevor Vincent Maler oder seine Frau ihre Kinder ein zweites Mal ermahnen konnten, geschah das Unfassbare: Mit einem leisen Knirschen löste sich das Geländer aus den Granitquadern, in dem es einbetoniert worden war. Der Beton war schon alt und von der jahrelangen Sonneneinstrahlung und dem vielen Regen, Wind und Frost brüchig geworden. Sophie und Emma wurden übermütig und rissen und drückten immer wieder an dem Geländer herum, das sie vom Abgrund trennte. Plötzlich gab die obere Stange nach. Mit einem metallischen Knirschen löste sie sich aus ihrer Verankerung und fiel aus ihr heraus. Emma und Sophie bemerkten zu spät, was geschah. Sie wurden von der Stange mit in den Abgrund gerissen. Sie schafften es nicht mehr, ihr Gleichgewicht wiederzuerlangen und sich aufzurichten. Sie stolperten über eine zweite Stange des Geländers, die sich in Höhe ihrer Knie befand, an der sie schmerzhaft anstießen. Der Schreck fuhr den Mädchen in die Glieder, als sie mit der Eisenstange des Geländers in der Hand von der Plattform in die Tiefe fielen. Ihre Schreie begleiteten sie.

\*\*\*\*\*

Als Thoralf sah, was geschah, rief er vor Schreck das Wort „Scheiße". Schnell sprang er den Kindern hinterher, um ihnen zu helfen. Aber wie sollte er beiden Mädchen zur gleichen Zeit helfen können? Die Eisenstange hatten die Kinder schon längst losgelassen. Emma fiel dem Erdboden schneller entgegen als Sophie. Außerdem verringerte sich nicht nur ihr Abstand zur Erde, sondern zusätzlich wuchs auch noch die Entfernung zwischen den Kindern. Dabei verging die Zeit dramatisch schnell. Wenn nicht sofort etwas geschah, mussten beide Mädchen sterben. Thoralf musste sich entscheiden! Und zwar schnell! Er begriff, dass er nur ein Kind dem sicheren Tod entreißen konnte! Aber welches? Unbewusst rief er: „Oh, mein Gott! Bitte hilf mir, sonst ist ein Kind verloren!"

\*\*\*\*\*

Der Chef vernahm Thoralfs Hilferuf! Er musste schnell handeln, sonst würde seine Hilfe zu spät kommen. Aber welchem Mädchen sollte er helfen? Woher sollte er wissen, welches Kind Thoralf retten würde? Wenn er sich nun dem falschen Mädchen zuwendete, musste das andere Mädchen sterben. Aber das durfte nicht passieren, denn beide Kinder hatten noch viele Jahre vor sich, jedenfalls zeigten das ihre Lebenszeituhren an. Selbst jetzt noch, in diesem Moment. Aber das musste doch bedeuten, dass es egal sein musste, für welches Kind er sich entschied. Das andere Kind rettete dann der Schutzengel Thoralf.

Noch ein flüchtiger Blick zu den Lebenszeituhren der Kinder! Keine Veränderung! „Scheiß Allwissenheit", dachte der Chef, „Nichts weiß ich! Aber ich muss doch das richtige Kind retten!"

Aber dann sah er, dass sein Schutzengel zu Emma flog. Wie schnell der fliegen konnte! So einen schnellen Flug eines Engels hatte er, der nicht allwissende Allwissende, noch nie in seiner Existenz erlebt, die schon seit einigen Tausend Jahren währte. Jetzt kümmerte er sich um Sophie. Er hatte andere Möglichkeiten als Thoralf, dem Kind zu helfen.

*****

Vincent Maler blieb vor Schreck beinahe das Herz in seiner Brust stehen. Erschrocken ergriff er einen Arm seiner Frau und zog sie mit sich zum Geländer, von dem er einen Teil wie in Zeitlupe nach vorne fallen sah. Daran hielten sich seine Mädchen fest. Sie stolperten und hatten keine Kraft mehr, sich noch rechtzeitig aufzurichten und in Sicherheit zu bringen. Mit dem Teilstück des Geländers fielen seine geliebten Kinder Emma und Sophie von der Aussichtsplattform herunter und in die Tiefe. Ihre schrillen Angstschreie gellten in seinen Ohren. Auch er schrie aus Angst um seine Kinder, so laut er es vermochte, um Hilfe.

Ilona Maler wurde blass. Alle Farben wichen aus ihrem Gesicht. Ihr Mund stand offen, aber kein einziger Ton verließ ihn. Sie war starr vor Entsetzen. Plötzlich standen die Mädchen nicht mehr am Geländer und es fehlte ein Meter daran. Als sie endlich begriff, dass ihre Kinder in die Tiefe gestürzt waren, brach sie zusammen. Vincent Maler konnte ihren Sturz nicht mehr verhindern. Er hoffte, dass seine Ilona in diesem Moment nicht ernsthaft erkrankt war, und ging vor ihr auf die Knie. „Hey, Schatz, bleib bei mir und verlasse mich jetzt nicht auch noch. Ich brauche dich doch. Gerade jetzt musst du mir und den Kindern helfen."

Zwei andere Touristen, die die schöne Aussicht ebenso wie die Familie Maler genießen wollten, standen nur wenige Meter von der Unglücksstelle entfernt. Schnell, aber vorsichtig lief der Mann zum Geländer und sah in die Tiefe. Er konnte weder die Kinder noch das fehlende Stück der Brüstung sehen. Aber er erkannte, dass von ihm bis zum Boden am Fuße des Berges viele Meter herabführten. Er schätzte die Entfernung auf etwa einhundert Meter. Einen Sturz aus dieser Höhe konnte kein Mensch überleben. Davon war er überzeugt. Trotzdem holte er sein Handy aus der Hosentasche. „Scheiße, ich habe kein Netz!" Hilfe suchend blickte er sich um. „Hat jemand Netz, damit wir die Bergrettung informieren können?"

Vincent Maler kontrollierte sein Smartphon und stellte fest, dass es auch keinen Empfang hatte. Schnell wendete er sich seiner Frau zu. „He, Schatz, dein Handy, gib mir dein Handy!"

Automatisch versuchte sie, wieder auf ihre Beine zu kommen. Ihr Mann half ihr dabei. Sie sagte: „Hinten in meinem Rucksack, oben im Fach."

Er stöberte darin und förderte das Handy zutage. Aber auch das hatte kein Netz wie auch das von der Frau des anderen Touristen. Vincent wusste nicht, was er tun sollte. Seine Frau brauchte seine Hilfe, aber die Bergrettung musste auch angerufen werden. Das war dringender, entschied er, immerhin ging es um das Leben seiner Kinder.

Der andere Mann erkannte, in welchem Dilemma Vincent Maler steckte. „Geben Sie mir die Handys. Ich gehe weiter nach unten. Sobald eines der vier Handys Empfang hat, rufe ich Hilfe und komme zu Ihnen zurück. Meine Frau bleibt bei Ihnen, vielleicht kann sie Ihnen helfen."

Dankbar sah Vincent Maler den Mann an. Nachdem er ihm die Handys übergab, nahm er seine Frau in die Arme. Ilona Maler stand unter Schock.

*****

Der Abhang war sehr steil. Thoralf war sich sicher, dass von der Aussichtsplattform aus niemand die Mädchen sehen konnte. Die Bäume, die am Hang wuchsen, verdeckten die Sicht zu ihnen. Im Flug packte er Emma, die das Bewusstsein verloren hatte. Unmittelbar danach stoppte er seinen Flug, legte das Kind auf einen Felsen und untersuchte es. Er erkannte, dass es nicht schwer verletzt war. So konnte er auf diesem Felsvorsprung auf die Einsatzkräfte warten und sich dabei um das Mädchen kümmern. Wenn die Mitarbeiter der Bergrettung erschienen, wollte er sich von diesem Ort entfernen.

Doch dann musste er an Sophie denken und hoffte, dass der Chef sich um sie kümmerte. Trotzdem entschied er, schnell nach Emmas jüngerer Schwester zu suchen. Nach wenigen Minuten fand er sie. Auch sie hatte nur leichte Verletzungen erlitten, war aber bewusstlos.

*****

Im Laufschritt verließ der Mann mit den Handys der Familie Maler die Unfallstelle. Er begab sich auf den Weg, der für Forstfahrzeuge freigegeben war, von der Plattform weg und den Berg herunter. Als er bemerkte, dass auf einem der Handys das Symbol für die Telefonie aufleuchtete, blieb er stehen und wählte den Notruf. Nach nur wenigen Sekunden hatte er den Leitstellendispatcher am Apparat.

Es dauerte nicht sehr lange, bis ein Hubschrauber der Bergrettung auf der Schönen Aussicht landete. Ilona Maler hatte sich etwas von ihrem Schock erholt und weinte. Ärztliche Hilfe benötigte sie nicht. Außerdem war es in diesem Augenblick wichtiger, das Leben der Mädchen zu retten.

Die Situation für die Rettungskräfte war schwierig, denn die Aussichtsplattform war sehr hoch und der Abhang ziemlich steil. Nach einer weiteren halben Stunde erschien ein Rettungswagen am Unfallort. Die Einsatzkräfte des Hubschraubers arbeiteten Hand in Hand mit den Sanitätern des Rettungswagens zusammen. Zwei Mann seilten sich mit einem dicken Seil von der abgebrochenen Brüstung aus vom Berg ab. Jeweils zwei weitere Kollegen sicherten sie dabei. Außerdem standen sie in ständigem Funkkontakt. Die Retter waren fest entschlossen, die Mädchen zu finden, und begaben sich auf die Suche nach ihnen.

Die Zeit schien stehen geblieben zu sein. Vincent und Ilona Maler hatten das Gefühl, dass die Sekunden zu Minuten und die Minuten zu Stunden wurden. Immer wieder nahmen sie sich gegenseitig in die Arme, trösteten sich und machten sich Mut. Sie hofften, Emma und Sophie lebend und unversehrt zurückzubekommen.

Endlich! Nach einer Stunde Suche hörte ein Mann der Rettungskräfte plötzlich eine schwache Stimme, die um Hilfe rief. Es war Emma. Als der Bergretter sie auf dem Felsvorsprung liegen sah, glaubte er, dass sie sich wie durch ein Wunder an ihm festgehalten hatte, um nicht weiter abzurutschen. Er rief seinen Kollegen zu sich, weil er bei ihrer Bergung seine Hilfe benötigte. Die Männer freuten sich, dass sie das Mädchen gefunden hatten, und untersuchten es schon an Ort und Stelle. Als sie feststellten, dass sie keine schwerwiegenden Verletzungen hatte, begannen sie mit ihr den Aufstieg zur Schönen Aussicht.

Der Einsatz erwies sich als schwieriger und gefährlicher, als die Rettungsmannschaften angenommen hatten. Emma hatte Angst, dass sie wieder in die Tiefe stürzen könnte. Sie krallte sich an ihrem Retter fest, sodass dieser sich kaum bewegen konnte und sie Gefahr liefen, gegen den felsigen Abhang zu prallen und sich dabei schwer zu verletzen. Deshalb mussten die Männer sie mit einer Spritze ruhigstellen.

Außerdem mussten die Rettungskräfte gegen das Wetter kämpfen. Die Zeit schritt voran, es war bereits Nachmittag und die Temperatur war auf über fünfundzwanzig Grad angestiegen. Im Verlaufe des Tages stieg auch die Feuchtigkeit an. Es war schwül geworden, sodass die Menschen die Luft kaum ertragen konnten. Ein Unwetter zog auf. Die Retter schwitzten sehr stark, aber sie gaben nicht auf und kämpften gegen die Zeit und die steilen Hänge, um das Mädchen zu retten. Dabei mussten sie unebene Felswände überwinden.

Endlich hatten sie es geschafft, Emma auf die Plattform zu bringen. Sofort kümmerte sich ein Arzt um sie. Nachdem dieser alles getan hatte, um dem Mädchen zu helfen, durften ihre Eltern zu ihr. Vincent und Ilona Maler standen vor der kleinen Patientin und waren unendlich erleichtert, wenigstens ihre Emma wieder bei sich zu haben. Jetzt hofften sie, dass auch Sophie gerettet werden konnte.

Die beiden Männer der Bergrettung stiegen noch einmal den steilen Hang herab. Sie suchten Sophie und fanden sie tatsächlich in einem ähnlichen Zustand, in dem sich zuvor ihre Schwester befand.

Die Einsatzkräfte waren froh und erleichtert, dass sie beide Mädchen lebend gefunden hatten. Darauf konnten sie am Beginn ihres Einsatzes nicht hoffen. Als sie auch Sophie vorsichtig auf die Aussichtsplattform zurückgebracht hatten, flogen die Kinder mit dem Hubschrauber ins nahe gelegene Kreiskrankenhaus. Sie wurden vom Notarzt und einem Rettungssanitäter begleitet. Ihre Eltern durften ihnen ausnahmsweise im Rettungswagen folgen und nach wenigen Tagen wurden Emma und Sophie aus dem Krankenhaus entlassen. Noch hatten sie Zeit, um gemeinsam mit ihren Eltern einige Tage ihren Urlaub zu genießen. Aber Aussichtsplattformen besuchten sie nicht mehr, obwohl es noch einige zu bewundern gegeben hätte.

*****

Thoralf war froh, dass es beiden Mädchen gut ging und sie wieder gesund werden konnten. Außerdem hoffte er, dass sie aus ihrem Erlebnis gelernt hatten und in Zukunft nicht mehr so leichtsinnig sein würden.

Plötzlich hörte er die Stimme seines Chefs: „Ich freue mich, dass du endlich verstehst, wie die Dinge funktionieren."

„Danke Chef, aber das wusste ich doch schon immer", antwortete Thoralf.

„Nun tue mal nicht so großspurig, Engel Thoralf."

„Warum großspurig? Aber wenn Sie sich schon in meinen Kopf begeben, Chef, können Sie mir doch gleich eine Frage beantworten. Und bitte vergessen Sie nicht, dass es mein Kopf ist, durch den Sie mit mir sprechen."

Thoralf musste nicht lange auf die Antwort seines Chefs warten. „Bevor du mich fragst, antworte mir bitte zuerst. Warum soll ich nicht vergessen, dass es dein Kopf ist?"

„Ich finde es indiskret, dass Sie sich in meinem Kopf befinden."

Der Chef schwieg einige Augenblicke, doch dann antwortete er: „Ich glaube, ich weiß, was du meinst. Aber das war nicht meine Absicht. Ich wollte lediglich mit dir kommunizieren. Ist damit alles geklärt?"

„Ja, Chef!"

„Gut. Dann frage mal."

„Woher wussten Sie, welches der Kinder ich retten würde und um welches Sie sich dann kümmern mussten?"

„Das solltest du doch wissen, Thoralf. Ich bin Gott…"

Der Engel unterbrach ihn: „Ja, ich weiß, und damit allwissend. Aber von Computern haben Sie auch keine Ahnung. Woher also wussten Sie, dass ich Emma retten würde?"

„Weil ich keinen Fehler machen konnte. Du rettest ein Kind und ich demzufolge das andere."

„Trotzdem hatte es lange gedauert, bis Sie endlich gehandelt haben." Thoralf erwartete keine Antwort. Die bekam er auch nicht, denn der Chef war aus seinem Kopf verschwunden.

Betrübt setzte dieser sich an seinen Schreibtisch. In einer Wolke beobachtete er, wie sich ein Arzt um Emma und Sophie kümmerte. Dabei dachte er: „Thoralf hat recht. Ich wusste nicht, welches Kind er retten wollte. Sokrates sagte einmal: „Ich weiß, dass ich nichts weiß!", oft ergeht es mir genauso."

## Der Bergsteiger

Maximilian Schreiber war ein junger Mann im Alter von dreißig Jahren. Er war ein sehr naturverbundener Mensch, der die hohen Berge sehr liebte. Er hatte das Glück, in einem kleinen Dorf in der Nähe von Salzburg zu leben, deshalb konnte er in seiner Freizeit oft in den Alpen unterwegs sein. Er liebte es, in den Felswänden der Berge bis auf den Gipfel hinaufzuklettern. Maximilian konnte sich nicht vorstellen, am Meer in der Nähe eines Strandes zu wohnen, obwohl er als Kind mit seinen Eltern gerne nach Husum an die Nordsee gefahren war. Aber die Weite des Meeres war für ihn nicht mit dem Ausblick vom Gipfel eines Berges, der über dreitausend Meter über den Meeresspiegel liegt, vergleichbar. Die Majestät der Berge beeindruckten ihn immer wieder, vielleicht liebte er deshalb seine Heimat so sehr, dass er, wenn das Wetter es zuließ, beinahe jedes Wochenende in den Bergen unterwegs war. Für seine Freunde war es deshalb kein Wunder, dass er jeden einzelnen Berg sehr liebte und viele und lange Klettertouren unternahm, bei denen er meist allein unterwegs war. So konnte er sich ungestört auf den Berg und seinen Aufstieg zum Gipfel konzentrieren. Und wenn er die Aussicht vom Gipfel genug genossen hatte, ging er meist den gleichen Weg wieder zurück. Bei solch einem Auf- oder Abstieg konnte er sich optimal von der Arbeit erholen.

Maximilian war ein erfahrener Bergsteiger, der schon viele anspruchsvolle Berge bezwungen hatte. Der Watzmann in den Berchtesgadener Alpen, die Wildspitze der Ötztaler Alpen oder die drei Zinnen in den Dolomiten waren nur einige davon. Aber auch der Großglockner, das Matterhorn oder der Ortler waren bereits ein Ziel seiner Touren gewesen. Er war der Meinung, dass ein Bergsteiger diese Berge wenigstens einmal in seinem Leben erklettert haben musste, genauso wie ein Bergwanderer sie auf einem Wanderweg bezwungen haben sollte. Denn Beides war in einem Hochgebirge sehr schön.

Am heutigen Samstag hatte er sich einen Berg ausgesucht, der zwar keine dreitausend Meter hoch war, aber schon lange auf seiner Wunschliste stand, nämlich die Bischofsmütze, die ein wüster und rauer Berg ist. Schon lange interessierte er sich für ihn, der bekanntlich mit fünfzehn verschiedenen Klettertouren bis zum Gipfel erstiegen werden kann. Da Maximilian Schreiber praktisch in seiner Nähe wohnte, hatte er sich immer wieder für andere Berge entschieden, weil er sich sagte, dass er die Bischofsmütze immer noch bezwingen konnte, weil er diesen Berg beinahe zu jeder Zeit schnell erreichen konnte.

Nach dem Frühstück brach er wie immer allein auf. Doch vorher rief er seine Eltern an und informierte sie über sein Tagesziel, dass er unbedingt erreichen wollte. Das hatte er bisher vor jeder seiner Touren getan, damit er auf Hilfe hoffen konnte, falls ihm einmal etwas Schlimmes zustoßen sollte. Auf diese Weise wurde schon so manches Mal einem verunglückten Bergsteiger das Leben gerettet. Maximilian hatte mit seinen Eltern vor jeder Tour abgesprochen, sie zu einer bestimmten Zeit anzurufen. Wenn er das nicht tat, konnte es bedeuten, dass er die Zeit vergessen hatte, dann riefen sie ihn an. Aber wenn sie ihn telefonisch nicht erreichen konnten, würden sie die Bergrettung informieren, weil sie dann davon ausgehen mussten, dass er einen Unfall hatte. Aber bisher hatte er stets das Glück auf seiner Seite gehabt und die Bergrettung zu informieren, war nicht notwendig gewesen.

Das Wetter in den Alpen konnte schnell umschlagen, aber der heutige Tag versprach, wie der Wetterbericht auch, dass er schön werden sollte, denn die Sonne schien an einem strahlend blauen Himmel. Die Temperaturen sollten in einem aushaltbaren Bereich bleiben und somit freute sich Maximilian auf eine großartige Klettertour. Jedoch hatte er Respekt vor dem Gipfel der Bischofsmütze. Der Berg war für seine schwierigen Bedingungen und die vielen Gefahren, die er für die Bergsteiger bereithielt, berüchtigt.

Unser junger Bergsteiger hatte sich gut vorbereitet und trug seine beste Ausrüstung. Er war fest entschlossen, den Gipfel zu erreichen. Deshalb hatte er Steigeisen, zusätzliche Haken und Sicherungsseile mitgenommen. Außerdem seine mit Wasser gefüllte Trinkflasche, einige Müsliriegel und etwas Brot für das körperliche Wohl. Weiterhin Sonnenschutzcreme, ein Stirnband, das den Schweiß auffangen sollte und ein Basecap. Bekleidet war er mit Funktionswäsche, die für ein gutes Körperklima sorgen sollte.

Voller Energie und Vorfreude auf die alpinistische Herausforderung begann er seinen Aufstieg. Die Aussicht wurde, je höher er kam, immer atemberaubender. Er fühlte sich frei und lebendiger als je zuvor. Sorgfältig achtete er darauf, wohin er trat und wohin er mit seinen Händen griff. Schnell bemerkte er, dass dieser Berg für ihn zu einer echten Herausforderung wurde. Jetzt würden ihm seine Erfahrungen zugutekommen, die er, während seiner vielen Touren, sammeln konnte. Er konzentrierte sich auf seinen Klettersteig. Je höher er kam, desto schwieriger wurde der Aufstieg. Die Anstrengung hinterließ in dem jungen Mann erste Spuren, denn die Luft wurde ihm allmählich knapp und er spürte langsam seine Kräfte schwinden.

„Oje, dieser Aufstieg ist schwerer, als ich angenommen habe. Ich werde müde und meine Kräfte lassen nach", dachte er. Tatsächlich fühlte er sich erschöpft. Für einen Augenblick dachte er darüber nach, ob er seine Kletterpartie abbrechen sollte. „Soll ich es vielleicht an einem anderen Tag noch einmal versuchen?", fragte er sich. Und dann fragte er sich weiter: „Aber wann soll ich hier noch einmal herkommen? In den nächsten Wochen habe ich schon so viel anderes vor. Außerdem habe ich schon mehr als die halbe Strecke geschafft. Jetzt aufgeben, ist eigentlich dumm. Nein, aufgeben kommt für mich nicht infrage. Bisher habe ich alle Berge bezwungen, an deren Aufstieg ich mich gewagt habe. Also werde ich auch bis zum Gipfel der Bischofsmütze hinaufklettern! Ich will diesen Gipfel unbedingt erreichen." Nach einer kurzen Erholungspause kletterte Maximilian weiter.

Je höher er kam, desto schwieriger wurde es für ihn. Plötzlich schlug das Wetter um, dicke dunkle Wolken zogen am Himmel auf und es begann zu nieseln. Wind setzte ein, der schnell an Kraft zunahm. „Auch das noch", dachte er, „es wird Zeit, dass ich den Gipfel erreiche, bevor das Wetter noch schlechter wird."

Maximilian mobilisierte seine Kräfte und sein Konzentrationsvermögen. Gezielt schaute er, wohin er seine Füße setzen und sich an einem Felsvorsprung festhalten konnte. Dann sah er einen Haken, der ihm den ersehnten Halt geben sollte. Er ergriff ihn und zog sich daran hoch. Plötzlich gab der Haken nach und er verlor das Gleichgewicht. Sein Körper kippte nach hinten über. Schnell griff er mit der anderen Hand nach etwas, von dem er sich versprach, dass es ihn vor einem Absturz retten konnte. Tatsächlich gelang es ihm, sich an diesem Etwas festzuhalten. Maximilian Schreiber hatte Glück und konnte sich wieder aufrichten und sein Gleichgewicht zurückerlangen. Jetzt schaute er, was seinen Absturz verhindert hatte. Es war ein Büschel Gras, das in einer Felsritze wuchs. Adrenalin durchströmte seinen Körper. Seine freie Hand zitterte. „Das war knapp. Gerade noch einmal Glück gehabt", dachte er und bestaunte das Gras, an dem sich seine Hand immer noch festkrallte. Jetzt wurde ihm bewusst, dass er die Halme schnell aus der Felsspalte herausreißen konnte. Plötzlich ging sein Atem stoßweise. Nun galt es, keine Zeit zu verlieren, und er beeilte sich, einen besseren Halt zu finden. Nur wenige Zentimeter über seinem linken Fuß fand er einen Absatz, auf dem er sicher stehen konnte. Vorsichtig stellte er seinen Fuß darauf und verlagerte sein Gewicht auf ihn. Er versuchte, sich zu beruhigen, und atmete einige Male tief ein und aus. Dabei bemerkte er, dass er tatsächlich ruhiger wurde. Auch seine Hand hörte auf zu zittern. Während all seiner Klettertouren, die er bisher in seinem Leben unternommen hatte, hatte er noch nie solch eine Situation erlebt.

Zum Glück ließ jetzt der Regen nach, auch der Wind wurde schwächer. Der junge Bergsteiger freute sich, weil er glaubte, nun doch noch zum Gipfel aufsteigen zu können. Er streckte seine rechte Hand nach einem Vorsprung aus, der rechts über seinem Kopf aus dem Felsen herausragte. Vorsichtig zog er daran. „Gott sei Dank, er ist fest", dachte er und griff zu. Dort ein weiterer Vorsprung für seinen rechten Fuß. Auch hier prüfte er vorsichtig die Festigkeit, bevor er sich daraufstellte und wieder einen halben Meter höher stieg. Er atmete tief durch. „Bald habe ich es geschafft! Nur noch ein paar Meter. Es war richtig, nicht aufzugeben."

Er wollte weiter, weiter hochklettern. „Das Schlimmste habe ich hinter mir. Nun kann nichts mehr geschehen, wenn ich mich konzentriere."

Voller Vorfreude suchte er nach einer weiteren Stelle, auf die er einen Fuß stellen oder die er mit einer Hand ergreifen konnte. Er fand in einer Spalte einen kleinen Vorsprung. Aber er sah nicht, dass der Vorsprung, auf dem er sich stellen wollte, durch den Nieselregen feucht und glitschig geworden war. Er stellte seinen Fuß darauf und verlagerte sein Gewicht entsprechend. Plötzlich rutschte er ab. Wieder verlor er sein Gleichgewicht. Er spürte das Adrenalin, das erneut durch seinen Körper floss. Sein Herz schlug wild in seiner Brust. Er verlor den Halt. Panisch schrie er auf. Dieses Mal schaffte er es nicht, noch einmal Halt zu finden. Sein Körper fiel in die Tiefe.

Verzweifelt versuchte er, sich an einem Sicherungsseil festzuhalten, aber sein Griff ging ins Leere. Sein Körper schlug gegen einen Felsen. Der anschließende Schmerz ließ ihn erneut aufschreien, bis er ihm den Atem nahm. Er stürzte mehrere Meter in die Tiefe. Sein letzter Gedanke war: „Ich bin tot!" Dann verlor er das Bewusstsein.

*****

Der Engel Thoralf hatte es kommen sehen, dass der junge Mann abstürzen würde. Das konnte er nicht mehr verhindern. Aber er tat alles, was in seinen Kräften stand, um das Leben Maximilian Schreibers zu retten. Er flog ihm entgegen. Es gelang dem Schutzengel, den Bergsteiger zu fangen und ihn, behutsam auf den Boden zu legen. Scheinbar hatte er keine lebensgefährlichen Verletzungen erlitten. Wahrscheinlich waren einige Knochen gebrochen, als er gegen den Felsen stieß, aber die würden wieder heilen. Nun konnte er nur noch dafür sorgen, dass der Verunglückte von anderen Bergsteigern oder Wanderern gefunden wurde. Doch niemand befand sich in der Nähe.

*****

Mehrere Stunden lag Maximilian Schreiber am Boden zwischen Sträuchern und wurde von Thoralf bewacht. Schmerzen plagten ihn im Rücken und in der linken Seite. Er konnte sich kaum bewegen und atmete flach. Bewusst versuchte er einen tieferen Atemzug. Sofort wurden die Schmerzen in der Seite heftiger. Der junge Mann bekam Angst. Ihm wurde bewusst, dass er, wenn er nicht bald gefunden wurde, sterben musste. Trotzdem gab er die Hoffnung nicht auf. Seine Eltern wussten, wohin er unterwegs gewesen war, und würden ihn anrufen. Er versuchte, nach seinem Handy zu greifen. Wieder erfassten ihn heftige Schmerzen. Jetzt ärgerte er sich, weil er vorhin die Tour nicht abgebrochen hatte. Er dachte: „Die Zeit dafür war da gewesen, aber ich Blödmann wollte unbedingt den Gipfel erreichen. Das war für mich vorhin das Wichtigste überhaupt. Als ich beinahe abgestürzt bin, hätte ich auch noch aufgeben können. Wie doof bin ich eigentlich? Ich habe mich benommen wie ein Anfänger. Einfach nur dumm! Wenn ich lebend aus dieser

Sache herauskomme, werde ich nie wieder solch einen Mist machen. Klettern ja, aber ich will nie wieder so leichtsinnig sein wie heute!"

Plötzlich hörte er Stimmen. Die kamen direkt auf ihn zu. Er konnte sein Glück nicht fassen, als ihn jemand ansprach. Tatsächlich hatte er Glück im Unglück gehabt und wurde gerettet.

*****

Thoralf war froh, dass er wieder einem Menschen das Leben gerettet hatte. Nun waren es schon acht. Vor allem freute er sich, weil der junge Bergsteiger nicht bemerkt hatte, dass er – Thoralf – es war, der dem Tod ein Schnippchen geschlagen hatte. Den Aufprall auf den Boden aus solch einer großen Höhe hätte Maximilian Schreiber auf keinen Fall ohne seine Hilfe überleben können. „Na, alter Mann, was ist los? Warum meldest du dich nicht?", dachte Thoralf.
Nichts geschah. Hatte der Chef es aufgegeben, ihn nach einer erfolgreichen Rettung zu kontaktieren?

## Ein Gespräch mit Gott

Thoralf wurde erst vor kurzer Zeit versehentlich von einem Engel der Sicherheitsabteilung Gottes in den Himmel abberufen und zu einem Schutzengel ausgebildet. Als lebender Mensch hatte er an keinen Gott geglaubt, obwohl er in einer Gegend gelebt hatte, in der der katholische Glaube weit verbreitet ist. Als er noch auf der Erde wandelte, hatte ihn manchmal der Hafer gestochen, wie man so schön zu sagen pflegt, wenn jemand etwas ausheckt oder einen Witz über andere Leute macht. Wenn das bei Thoralf der Fall war, nervte er mit seinen provokanten Sprüchen und Parolen die Leute, mit denen er zusammenlebte oder -arbeitete. Eigentlich musste er sich nicht wundern, wenn sein Sohn Tobias diesbezüglich in seine Fußstapfen getreten war. Die Menschen in seiner Umgebung mit lockeren Sprüchen zu beeindrucken, sie zum Lachen zu bringen, hatte der Junge von ihm geerbt. Aber Thoralf hatte seine Freunde oder Kollegen oft provoziert. Dann kam es dabei auch einmal zu Streitgesprächen und manchmal sogar zu heftigen Meinungsverschiedenheiten.

Thoralf war vom Chef enttäuscht. Nach seinen bisherigen Einsätzen hatte der ihn stets getadelt. Warum lobte er ihn dieses Mal nicht. Schließlich hatte er den Bergsteiger gerettet, ohne dass dieser das bemerkt hätte. Auch die Rettungskräfte hatten davon nichts wahrgenommen, als sie den Verunfallten untersucht hatten. Dass er nicht früher bei ihm war, dafür konnte er nichts. Er hatte doch nichts von Maximilian Schreiber gewusst. Außerdem hatte er diesmal mit Bestimmtheit nichts falsch gemacht – ihm nicht aus Versehen wehgetan, wie es bei dem Bergwanderer der Fall war. In seiner Enttäuschung packte ihn eine große Lust, jemanden zu provozieren. Aber die Frage, die sich ihm stellte, war, wer in diesem Augenblick für ihn dafür erreichbar war. Der Chef reagierte nicht auf seine soeben begangene Rettungstat, also lag die Vermutung nahe, dass er mit ihm als Schutzengel zufrieden war, wenigstens in diesem letzten Fall. Doch das genügte Thoralf nicht. Er wollte mit dem Chef reden und ihm dabei gegenüberstehen. Also sprach er ihn in provokanter Weise aufs Geratewohl an, um sein Ziel zu erreichen. „Hallo, Chef, wo sind Sie? Man sagt von Ihnen, Sie seien allwissend und allgegenwärtig. Über Ihre Allwissenheit hatten wir schon gesprochen und festgestellt, dass es nur eine Behauptung der Kirche ist. Aber über Ihre Allgegenwärtigkeit sprachen wir noch nicht! Auf jeden Fall sind Sie in diesem Augenblick nicht bei mir."

„So, so, du zweifelst also immer noch an mir. Und das nach allem, was du bereits mit mir erlebt hast."

Damit hatte Thoralf nicht gerechnet, dass der Chef ihm sofort antwortete. Er glaubte seinen Ohren und Augen kaum. Tatsächlich stand plötzlich der alte weißbärtige Mann mit seinem Lichtschein um den Kopf vor ihm, mitten in den Bergen, nur wenige Meter von der Absturzstelle des jungen Bergsteigers entfernt. Noch lag der Verletzte genau dort, wo er ihn vorsichtig abgelegt und danach dafür gesorgt hatte, dass er von Wanderern gefunden wurde. Jedoch halfen ihm bereits in diesen Minuten mehrere Rettungssanitäter und eine Ärztin, die dem Notruf von mehreren Bergwanderern gefolgt waren.

Der Schutzengel der Menschen antwortete: „Wie soll ich plötzlich an all das glauben, was Sie mir erzählen und was ich zurzeit erlebe. Vielleicht ist das alles gar nicht wahr. Vielleicht bin ich gar nicht tot. Vielleicht schlafe ich und träume diese ganzen Dinge nur, die ich mit Ihnen erlebe."

„Du meinst also, dass du kein Schutzengel bist?" Erstaunt sah ihn der Chef an.

„Nein, das meine ich nicht. Aber ich weiß auch nicht, wie ich Ihnen das alles erklären soll!"

„Versuche es doch einfach mal." Neugierig und freundlich schaute ihn der alte Mann an.

„Sie wissen, dass ich ein Atheist bin, also keinen religiösen Glauben habe. Aber ich glaube an Kekse. Haben Sie zufällig welche dabei?"

Der Chef sah seinen Schutzengel ungläubig an. „Was haben nun Kekse mit dem Glauben zu tun? Aber nein, leider habe ich keine dabei, aber zufällig habe ich eine Bibel, die dir vielleicht gefallen könnte."

Thoralf stand mit einem überraschten Gesichtsausdruck vor dem alten Mann mit dem Lichtschein um seinen Kopf. Tatsächlich hielt dieser ein Buch in der Hand. „Wie kommen Sie zu einer Bibel?"

„Aber Thoralf, ich muss doch wissen, was die Menschen über mich schreiben. Vor allem muss ich wissen, was die Kerle über mich erzählen, die behaupten, dass sie mich auf der Erde vertreten. Was die in dieser Schwarte für Geschichten erfunden haben, ist schon sehr interessant. Und wie viele es sogar davon gibt, finde ich erst recht erstaunlich. Also was ist? Willst auch du einmal lesen, was die alles in diesem Märchenbuch über mich geschrieben haben?"

Thoralf lächelte. „Oh, nein danke. Ich lese lieber Harry Potter oder der Herr der Ringe. Aber sagen Sie bitte, wenn Sie allmächtig sind, Chef, können Sie dann einen Stein erschaffen, den Sie nicht hochheben können?" Thoralf wollte ihn provozieren.

Der Chef lachte. „Dein Humor gefällt mir. Aber warum sollte ich das tun? Ich glaube nicht, dass ich mich mit solchen Dingen beschäftigen sollte."

„Ja, ich denke auch, dass es wichtiger ist, sich um die Welt, die Menschen und die Tiere zu kümmern, als sich Gedanken über hypothetische Steine zu machen", meinte Thoralf.

Der Gott überlegte, was sein Engel eigentlich von ihm wollte. Dann fiel ihm ein, was viele Atheisten behaupteten. „Aber ich habe doch schon eine Anleitung herausgegeben, wie die Menschen sich um die Welt und allem, was damit zu tun hat, kümmern sollen."

Thoralf schaute seinem Chef ins Gesicht. „Und ich denke, dass die Menschen das allein hinbekommen können, ohne eine höhere Macht."

„Das glaubst auch nur du. Aber ich glaube, ich habe noch etwas Wichtigeres zu tun, als jetzt mit dir über solche Dinge zu reden. Aber vielleicht können wir zu einem späteren Zeitpunkt über Kekse und Harry Potter sprechen?"

„Gerne! Ich bringe die Kekse mit, Sie können das Harry-Potter-Buch mitbringen. Aber bitte Chef, ich habe noch ein Anliegen."

„Was willst du denn noch wissen?"

Thoralf sah den Gott mit einem ernsthaften Gesicht an. „Wie kommt es, dass einige Menschen an Sie glauben und andere nicht. Ich habe ja auch nicht an Sie geglaubt. Und ich glaube, dass ich es immer noch nicht tue."

Der alte Mann überging diese Provokation seines Engels und antwortete freundlich: „Ach, weißt du, das ist mir egal, mir ist wichtig, dass ich trotzdem an alle Menschen glaube."

„Wirklich? Auch wenn die Menschen nicht an Sie glauben?"

Der Chef kratzte sich am Hinterkopf, als überlegte er, was er antworten sollte. Dann sagte er: „Ja, ich glaube an alle Menschen, selbst wenn sie an den Osterhasen oder Bigfoot glauben."

Thoralf lachte über den Scherz seines Chefs. „Aber wie können Sie an jemanden glauben, der nicht an Sie glaubt?"

„Nun, ich bin Gott. Ich glaube an alle meine Kinder, unabhängig davon, ob sie an mich glauben oder nicht. Ich habe eine Menge Erfahrung, nicht nur mit rebellischen Teenagern oder aufsässigen Engeln."

Thoralf entging es nicht, dass der Chef mit seinen Worten ihn gemeint hatte. Trotzdem blieb er bei seiner Argumentation. „Aber ich denke, dass es besser ist, an Dinge zu glauben, die beweisbar sind."

„Mein lieber Thoralf, was soll ich dazu sagen? Natürlich kann ich das verstehen. Aber manchmal muss man auch an

Dinge glauben, die nicht beweisbar sind. Wie zum Beispiel an die Existenz von Donald Trumps Haaren."

Wieder musste der Schutzengel Thoralf lachen, ehe er antwortete: „Aber im Ernst, ich denke, dass der Glaube an Gott nicht mehr zeitgemäß ist."

Der Chef sah ein, dass er Thoralf nicht so ohne Weiteres wegschicken konnte. Er war sich im Moment nicht sicher, ob sein Engel ihn nur provozieren wollte oder ob dieser an einer ernsthaften religiösen Diskussion interessiert war. Deshalb beschloss er, ruhig und freundlich zu bleiben, und ließ sich auf Thoralfs Argumente ein. „Aber ich glaube, dass ich ziemlich zeitlos bin. Ich war schon hier, bevor es das Internet gab."

„Das stimmt wohl. Aber ich denke, dass es wichtig ist, sich auf die Wissenschaft zu konzentrieren, um die Welt zu verstehen." Thoralf wollte es dem Chef nicht zu einfach machen.

„Oh, ja! Ich bin ein großer Fan von den Wissenschaften", räumte der Chef ein und fuhr fort. „Aber trotzdem ist es wichtig, sich auf das Herz zu konzentrieren, um die Welt zu verändern. Und wenn das bedeutet, dass du an mich glaubst, dann umso besser."

„Okay, aber darüber muss ich erst noch einmal nachdenken."

„Tue das ruhig, Engel Thoralf. Aber ich verrate dir etwas. Du glaubst bereits an mich, sonst würdest du nicht mit mir solch eine Unterhaltung führen. Außerdem musst du an mich glauben, denn ich bin anwesend und spreche mit dir. Das hier ist kein Traum, denn du bist tatsächlich tot und bist nun ein Engel. Du kannst mich sehen und auch anfassen. Fasse mich an, Thoralf. Wenn du mich spürst, bin ich da, also bei dir."

Plötzlich juchzte der Alte auf. Der Engel hatte ihn hochgehoben und durch die Luft gewirbelt. Er lachte Thoralf an, nachdem dieser ihn wieder auf den Boden gestellt hatte. „Machst du das mit mir noch einmal?"

Thoralf war nun vollends überrascht. Es machte ihm nichts aus, den Gott durch die Luft zu wirbeln, wenn er Spaß daran hatte. „Das muss aber unter uns bleiben. Es gehört sich nicht, den Gott durch die Luft zu wirbeln. Was würde wohl passieren, wenn das einer sieht? Was würde der Papst dazu sagen? Ich kann mir nicht vorstellen, dass ihm das gefällt."

Der Gott lachte. „Was geht uns der Papst an? Außerdem hat der mir nicht Dinge zu erlauben, die mir Spaß machen! Also los, Thoralf, mach schon, nur noch einmal."

Der Engel tat ihm den Gefallen und Gott lachte herzhaft wie ein kleiner Junge. Thoralf fragte sich, ob der Gott jemals solchen Spaß hatte wie jetzt mit ihm. Als er ihn wieder auf den Boden gestellt hatte, fragte er: „Hat es Ihnen gefallen?"

Fröhlich lachte Gott Thoralf an. „Ja, sehr, es hat mir wirklich einen mörderischen Spaß gemacht. Aber Thoralf, um noch einmal auf unser Gespräch zu kommen: Ich finde es gut, dass du dir über alle diese Dinge Gedanken machst. Deine Fragen verlangen nämlich nach Antworten, die dich nicht dümmer, sondern klüger machen."

Thoralf sah seinen Chef an. „Da ist etwas Wahres dran, aber trotzdem denke ich darüber noch mal nach. Gibt es eigentlich einen Grund, warum Sie existieren?"

„Klar, ich habe mich extra für dich erfunden. Was hältst du davon?"

„Nein, das meinte ich nicht! Ich frage mich, ob Sie einfach so als universelles Wesen da waren?"

Nachdenklich sah der alte Mann ihn an, dann gestand er: „Ich weiß es nicht. Ich bin schon so alt, dass ich mich nicht daran erinnern kann."

„Also sind Sie doch nicht allwissend. Aber wenn Sie Gott sind, frage ich mich, warum Sie zulassen, dass sich die Menschheit selbst zerstört. Was sollen die vielen bösen Dinge, die den Menschen auf der Welt sehr viele Leiden bringen? Zum Beispiel die vielen Morde und Kriege, gerade jetzt den Krieg Putins gegen die Ukraine? Die Menschenrechtsverletzungen und Massenmorde, die die Russen dort begehen. Oder der Krieg gegen die Kurden in Syrien, warum lassen Sie das zu? Warum lassen Sie den Terrorismus und die viele Kriminalität auf der Welt zu? Warum tun Sie als Gott nichts gegen alle diese schrecklichen Dinge?"

Der Alte hatte eine Antwort auf diese Frage seines Engels parat. „Ich habe den Menschen die Freiheit gegeben, ihre eigenen Entscheidungen zu treffen. Es liegt an ihnen, wie sie diese Freiheit nutzen. Aber ich arbeite an einer App, die böse Taten automatisch verhindern soll. Willst du Beta-Tester dieser App sein?"

„Sie haben doch gar keine Ahnung von Computern. Das sagen Sie selbst, nicht ich, wie können Sie dann also eine App entwickeln?", fragte Thoralf.

Die Antwort Gottes war kurz. „Leider ist das kein Witz!"

Nun nutzte Thoralf die Gelegenheit und änderte das Thema noch einmal. „Aber ich kenne einen. Warum hat ein Mathematikbuch weinende Augen?"

Der Chef überlegte und sagte dann: „Weiß ich nicht. Warum denn?"

„Ganz einfach: Es fehlen so viele Lösungen darin", erwiderte Thoralf.

Der Chef brach in schallendes Gelächter aus. Dann sagte er: „Also gut. Ich verstehe ja, dass du Zweifel hast. Aber was ist mit dem Universum und der Schönheit der Natur, die ich erschaffen habe? Außerdem gibt es auch Dinge, die jenseits des menschlichen Verständnisses liegen."

„Ich glaube nur an wissenschaftliche Beweise. Und die Natur hat sich doch selbst erschaffen und entwickelt sich von allein weiter", beharrte Thoralf bestimmt auf seine Meinung.

„Aber es gibt auch Dinge, die jenseits der Wissenschaft liegen. Was ist mit Liebe, Moral und Spiritualität?"

„Das sind doch alles menschliche Erfindungen. Sie haben nichts mit einer höheren Macht zu tun."

„Das sind Konzepte, die ich der Menschheit gegeben habe, damit sie das Leben bereichern und die Menschen sich gegenseitig helfen können. Aber ich verstehe natürlich, dass du deine eigene Meinung zu diesem Thema hast."

„Alles gut, wir sind vom Thema abgekommen." Thoralf sah den Gott eindringlich an. War ihm die Beantwortung der Frage etwa peinlich? „Was ist nun mit all den bösen Dingen auf dieser Welt? Warum tun Sie nichts dagegen?"

„Ich sagte doch schon, dass ich den Menschen die Freiheit gegeben habe, ihre eigenen Entscheidungen zu treffen. Es liegt an ihnen, wie sie diese Freiheit nutzen."

Thoralf war entrüstet. „Das ist nicht fair. Sie sollten etwas dagegen tun!"

Der alte Mann mit dem Lichtring um seinen Kopf versuchte, seinen Engel zu beruhigen. „Hey, ich arbeite hart an meiner App, die böse Taten automatisch verhindern soll, also an einem Anti-Leid-Programm. Die App wird bald verfügbar sein, aber es wird ein paar Hundert Jahre dauern, bis sie komplett getestet ist. Du weißt ja, die Bürokratie! Also was ist? Willst du nun Beta-Tester sein?"

Thoralf lachte: „Wollen Sie mich so lange am Leben lassen?"

„Nein, mein Lieber, du bist doch schon tot und ein Engel!" Nun lachte der Chef.

Doch Thoralf unterbrach ihn. „Mein lieber Gott, noch eine letzte Frage bitte. Wenn Sie Gott sind, hören Sie dann auch die vielen Gebete der Menschen?"

„Ich höre alle Gebete, und ich muss zugeben, ich bekomme sehr viele davon. Gebete sind wie mein Posteingang im Computer - voller Anfragen und Bitten."

„Ich verstehe, aber die Menschen beten zu Ihnen, damit Sie ihnen helfen sollen, ein Problem zu lösen."

„Ach Thoralf, deine Antwort beweist nur wieder, dass die Menschen oft nur Träumer sind. Sie wollen immer so realistisch sein und sind doch der Realität sehr fern. Mit den Gebeten ist es genauso wie mit den Radiosendern im Sozialismus. Du hörst sie alle, aber alle zur gleichen Zeit und dann auch noch in vielen verschiedenen Sprachen. Wie soll ich sie da verstehen? Und wie soll ich dann einem Menschen helfen können, der zu mir betet? Das ist unmöglich!"

„Ach, Chef, das ist wirklich nicht fair. Deshalb sage ich immer: Wer sich auf Gott verlässt, der ist verlassen."

„Thoralf, das ist frech von dir, aber ich muss gestehen, du hast Humor."

„Danke, Chef!"

„Kennst du noch einen Witz, den ich nicht kenne?"

„Wenn Sie zugeben, dass sie nicht allwissend sind!"

„Das ist Erpressung!", sagte der Chef lachend.

„Also gut, was ist der Unterschied zwischen einer Pizza und einem Laptop?"

„Weiß ich nicht."

„Die Pizza kann man essen, nachdem sie abgestürzt ist."

Der Chef begann zu lachen und Thoralf sagte: „Einen habe ich noch: Ist Geschlechtsverkehr im Gehen möglich?"

„Aber Thoralf, das wird jetzt aber etwas schlüpfrig!"

„Na und, Chef, was ist nun? Ist es das?"

„Ich glaube, ja."

„Im Prinzip schon, aber Mädchen mit hochgerafften Röcken laufen schneller als Jungs mit runtergelassenen Hosen."

## Noch ein Unfall

München ist eine Stadt mit einem sehr hohen Verkehrsaufkommen. An einer großen vierspurigen Ampelkreuzung schaltete die Ampel von Grün auf Gelb und danach gleich weiter auf Rot. Wie es sich gehörte, fuhren die meisten Fahrzeugführer mit ihren Autos langsam an die Haltelinie heran, um dort stehen zu bleiben. Ein fünfzigjähriger Mann mit dem Namen Joachim Busch hielt ordnungsgemäß an dieser Linie, die mit weißer Farbe dick auf dem Asphalt aufgetragen worden war. Neben ihm saß sein Freund Rolf Schnitzer, den er bereits seit seiner Kindheit kannte. Eine etwa dreißigjährige geschminkte Blondine hielt mit ihrem kleinen zweisitzigen Auto auf der Nebenspur ebenso an. Aber bis zur Haltelinie ließ sie einen Abstand von etwa einer Fahrzeuglänge. Schon von Weitem sah man ihr an, dass sie ihr Gesicht mit einer künstlichen Farbe sehr großzügig und für sie nicht vorteilhaft verschönert hatte.

„Oh, mein Gott", sagte Joachim Busch, der sein Auto vorschriftsmäßig angehalten hatte, zu seinem Beifahrer, „nun gucke dir mal den Tuschkasten dort an. Die Alte ist doch noch nicht einmal in der Lage, mit ihrem Schuhkarton an der Haltelinie stehen zu bleiben. Vor ihr könnte noch ein ganzes Auto stehen. Wenn die Ampel auf Grün schaltet, kommt sie bestimmt wieder nicht vorwärts und wer weiß, wie viele Autos ihretwegen nicht über die Ampel kommen, weil sie zu blöde zum Autofahren ist!"

„Und an ihrem Handy spielt sie auch noch herum", ergänzte der neben ihm sitzende Rolf Schnitzer.

„Klar, es ist ja wichtiger, dass sie auf dem Scheißding herumtippt, als sich auf den Verkehr zu konzentrieren. Unverantwortlich ist das", antwortete Joachim Busch.

„Na, ja, was willst du von einer Frau erwarten, die Mut zur Hässlichkeit hat."

„Du meinst frei nach dem Motto: Es gibt nichts, das einen hässlichen Menschen entstellt?"

Rolf Schnitzer lachte herzhaft, doch beendete er das abrupt, als er wahrnahm, was nun geschah. Plötzlich hörte er mit seinem Freund die Hupe des hinter ihnen stehenden Fahrzeuges. Joachim Busch schaute in den Rückspiegel und sah darin einen etwa zwanzigjährigen jungen Mann, der sich in seinem Auto auf dem Fahrersitz regelrecht herumlümmelte und sich über die Blondine amüsierte. Dieser junge Kerl hatte die Hupe betätigt. Erschrocken ließ die Blondine ihr Handy auf den Beifahrersitz fallen und fuhr los. Schnell erhöhte sie die Geschwindigkeit ihres Autos. Der junge Mann am Steuer des hinteren Fahrzeuges lachte auf und schlug sich vor Vergnügen mit beiden Händen auf die Oberschenkel, als er erlebte, wie die Frau auf sein Hupsignal reagierte.

Fassungslos rief Rolf Schnitzer: „Die Alte ist wohl von allen guten Geistern verlassen?"

Die Männer schauten ihr entsetzt hinterher, denn sie fuhr an, ohne vorher auf die Ampel zu schauen, die immer noch auf Rot stand. Mit hoher Geschwindigkeit versuchte die leichtsinnige Frau über die Kreuzung zu fahren, denn zu mehr als zu einem Versuch konnte es mit ihrem unangemessenen Fahrverhalten nicht kommen. Reifen quietschten. Laut und wütend erklangen auf der Kreuzung mehrere Hupen, die ihre verschiedenartigen Töne zu einem wilden Konzert vereinigten. Sie waren in den anliegenden Straßen noch deutlich zu hören. Der Wind trug sie zu den Menschen, die sich fernab vom Geschehen aufhielten und ahnen konnten, was auf der Kreuzung passierte. Und dann geschah, was niemand mehr aufhalten konnte. Blech krachte auf Blech. Nicht einmal ein Engel hätte dieses Szenario verhindern können.

Das Auto, das der Blondine gehörte, wurde von einem anderen Personenkraftwagen seitlich gerammt. Zum Glück auf der Beifahrerseite, denn der Aufprall war so stark, dass die Tür und

der Kotflügel auf der rechten Seite ihres Autos stark eingedrückt wurden. Dadurch neigte es sich gefährlich zur Seite. Die
Beobachter des Unfalls glaubten schon, dass es sich überschla-
gen würde. Jedoch hatte die Frau Glück und ihr Fahrzeug fiel
zurück auf die Räder. Aber sie hatte die Kontrolle über ihr Fahrzeug verloren, das sich nun um seine eigene Achse drehte und
auf eine am Straßenrand stehende Ampel schleuderte. Die Menschen, die dort standen, stoben von Panik erfasst, hektisch und
kreischend auseinander. Sie hatten Angst, dass sie von dem auf
sie zukommenden Auto verletzt werden könnten. Zu Recht
hatte sie ihre Angst befallen, denn wären sie an ihrem Platz an
der Apel stehen geblieben, wäre das Auto in die wartenden
Menschen hineingeschleudert worden. Jedoch hatten sie aufgrund ihres eigenen Reaktionsvermögens das Glück, davon
verschont zu bleiben. Aber dafür prallte das Auto frontal gegen
die Ampel, die daraufhin wie ein Streichholz umknickte. Dabei
wurde der Motorraum des Autos wie ein Akkordeon zusam-
mengedrückt. Die Motorhaube widerstand dabei dem Druck
länger als der Raum, den sie abdecken sollte und wurde mehrmals eingedellt. Jedoch sprang sie auf und stand beinahe senk-
recht nach oben gerichtet.

Der junge Mann mit dem Namen Kevin Lang, der mit seinem Notsignal die Frau dazu animiert hatte, ihre Fahrt fortzu-
setzen, erschrak heftig und sank von Schuldgefühlen geplagt,
in seinen Sitz hinein. Die beiden Männer vor ihm fluchten über
die Leichtsinnigkeit der beiden Fahrzeugführer. „Wie bescheuert muss man sein, um so etwas zu machen", rief Joachim Busch
erschrocken.

Sein Beifahrer Rolf Schnitzer, dem ebenso der Schreck in den
Gliedern saß, erwiderte: „Die sind doch alle zu bescheuert, um
Autofahren zu können. Es befinden sich nur noch Idioten auf
der Straße! Man kann heut zu Tage jedes Mal immer wieder

froh sein, wenn man heil zu Hause ankommt." Nach einer kurzen Pause fügte er hinzu: „Sieh nur, der Tuschkasten steigt aus dem demolierten Wagen aus."

„Gott sei Dank ist ihr nichts weiter passiert, aber das Auto hat einen Totalschaden. Das kann sie nur noch verschrotten."

„Ich glaube schon, dass sie ein Schleudertrauma davongetragen hat. Dem Bengel hinter uns sollte man den Arsch versohlen. Wie kann man nur so leichtsinnig sein? Aber das trifft auf ihn und den Tuschkasten zu." Rolf Schnitzer war froh, dass die Frau ohne ernsthafte Verletzungen davongekommen war und auch die Fußgänger sich rechtzeitig in Sicherheit bringen konnten.

„Stimmt, aber ich frage mich, wie kann man plötzlich losfahren, ohne vorher auf die Ampel zu sehen und wie eine besängte Sau über die Kreuzung rasen." Joachim Busch schüttelte seinen Kopf.

Nur wenige Minuten später erreichte ein Polizeiauto mit zwei uniformierten Beamten und ein Rettungswagen mit zwei angestellten Rettungssanitätern die Unfallstelle. Die Rettungskräfte kümmerten sich um die Verunfallten. Denn auch der Fahrer, dem die Blondine die Vorfahrt genommen und deshalb ihr Auto gerammt hatte, benötigte ärztliche Hilfe. Nachdem die Polizei den Unfall aufgenommen hatte, fuhr der Krankenwagen mit den beiden Verletzten in ein Krankenhaus, und der Verkehr konnte an dieser Kreuzung wie gewohnt fortgesetzt werden. Nur noch die abgebrochene Ampel erinnerte an den Unfall.

Einige Stunden später fuhr jemand mit seinem Mercedes an dem Auto der Blondine, das noch nicht von der Unfallstelle abgeschleppt worden war und der abgebrochenen Ampel vorbei. Der Fahrer schaute kurz zu seiner Frau hin, die neben ihm saß, und sagte: „Wenn das mal mit der anderen Ampel passieren würde. Dabei hatte die FDP die Chance, die Sozis und Grünen zum Teufel zu jagen. Aber die kleben alle auf ihren Stühlen fest. Ist ja klar, immerhin bekommen sie später für den Mist, den sie verzapft haben, eine dicke Pension. Dafür müsste ein normaler Arbeiter zweihundert Jahre arbeiten. Eine Schande ist das!"

Kevin Lang, der für den Unfall mit seinem Notsignal verantwortlich war, wurde von seinem schlechten Gewissen gequält. Immerhin würde er sich für sein dummes Verhalten verantworten müssen. Das hatte ihm ein Polizist angekündigt, dem mehrere Zeugen ihre Beobachtungen mitgeteilt hatten. Der Polizist erklärte ihm, dass es in seinem Falle eine Gerichtsverhandlung geben könnte, in der der Unfall aufgearbeitet werden würde. Der geschädigte Autofahrer, der den Unfall mit der Blondine nicht mehr verhindern konnte, würde dabei wahrscheinlich als Nebenkläger auftreten. Er selbst, Kevin Lang, würde wahrscheinlich als Zeuge vorgeladen werden. Während der Verhandlung würde sich dann herausstellen, dass er an der Entstehung des Unfalls mitbeteiligt war. Dann würde das Gericht entscheiden, ob er sich in einem weiteren Gerichtsverfahren verantworten müsse oder das Strafmaß vom Staatsanwalt festgelegt werde. Mit einem mulmigen Gefühl in der Magengegend saß er nun in seinem Auto, legte den ersten Gang ein und fuhr an. Sein Ziel lag außerhalb der Stadt. Er wohnte in Großbergen und machte sich dorthin auf den Weg.

*****

Kevin Lang nahm sich vor, wenn er mit seinem Auto unterwegs war, vorsichtiger im Straßenverkehr zu sein als bisher. Der soeben erlebte Unfall hatte ihm im wahrsten Sinne des Wortes gezeigt, was dummes und leichtsinniges Verhalten anrichten konnte. Jetzt hoffte er, unfallfrei nach Hause zu gelangen. Soeben ließ er das Ortsausgangsschild Münchens hinter sich und fuhr auf der Autobahn A95 in Richtung Garmisch-Partenkirchen. Bei Oberau fuhr er von der Autobahn herunter und über die Bundesstraße B2 weiter Richtung Großbergen. Schließlich musste er auf die Landstraße fahren, die bis Großbergen sehr kurvenreich war. Vor ihm fuhr ein Personenkraftwagen der Marke Mini. Er erkannte, dass in dem Auto eine Frau mittleren Alters saß. Statt der erlaubten achtzig Kilometer pro Stunde fuhr sie konsequent fünfzig. Egal, ob sie eine Gemeinde durchquerte, oder außerhalb einer Ortschaft auf der Landstraße fuhr, sie hielt ständig die gleiche Geschwindigkeit bei. Kevin Lang wurde ungeduldig, er wollte endlich zu Hause ankommen und begann zu schimpfen, weil er die Frau in ihrem Mini nicht überholen konnte. Daran hinderte ihn der Gegenverkehr, wenn er auf einer längeren Geraden den Mini überholen könnte, oder die Kurven, die ihn die Straße nicht weit genug einsehen ließen. Also gab er es auf, er würde in wenigen Minuten trotzdem sein Ziel erreichen.

Kevin Lang sah in den Rückspiegel. Hinter ihm befand sich eine lange Schlange, ein regelrechter Stau hatte sich hinter ihm aufgebaut. Durch zu schnelles Auffahren der Fahrzeugführer auf das vor ihnen fahrende Auto, hatte sich tatsächlich ein Bremserstau gebildet. „Ist ja klar", dachte Kevin Lang, „Jemand fährt zu schnell auf und muss bremsen. Der hinter ihm bremst stärker und der danach ebenso, bis irgendwann ein Auto stehen bleibt. Die danach müssen auch stehen bleiben. Und das Anfahren erfolgt genauso verzögert. So bildet sich ein Stau, weil eine Frau glaubt, dreißig Kilometer langsamer fahren zu dürfen, als die Höchstgeschwindigkeit vorsieht."

Kevin Lang erkannte, dass hinter ihm ein Mann in einem VW-Golf fuhr, der sehr nervös war. Schon mehrmals hatte er versucht zu überholen. Doch der Gegenverkehr hatte das nicht zugelassen.

Der Schutzengel Thoralf, der sich wieder in dieser Gegend befand, bemerkte auf der Landstraße nach Großbergen den sich verdichtenden Verkehr. Jemand fuhr in einem Mini außerhalb der Ortschaften viel zu langsam und behinderte damit alle anderen hinter sich fahrenden Verkehrsteilnehmer. Ein Stau bildete sich. Aus Gründen der Sicherheit begab sich der Schutzengel dorthin. Man konnte nie wissen, was noch geschehen würde. Falls es erforderlich sein sollte, dass er eingreifen musste, wollte er an Ort und Stelle sein.

Kaum hatte Thoralf die Fahrzeugkolonne erreicht, als der Golffahrer links herausfuhr und die vor ihm fahrenden Autos zu überholen begann. Der Schutzengel erkannte sofort, dass dieses riskante Manöver in einer Katastrophe enden musste. Er ahnte, dass er diese trotz seiner Kräfte nicht mehr verhindern konnte. Trotzdem mobilisierte Thoralf alle seine Fähigkeiten, um zu vermeiden, dass Menschen zu Schaden kamen.

Um den Mini hinter sich zu lassen, musste der Golf drei Autos überholen. Denn Kevin Lang hatte in einer Ortschaft einen Volvo in die Kolonne hereingelassen. Der Golf-Fahrer sah nicht, dass ihm in einer Kurve ein Lastkraftwagen und hinter diesem zwei Personenkraftwagen entgegenkamen. Thoralf versuchte, diese Autos abzubremsen, indem er sich gegen den Lastkraftwagen stemmte, um seine Geschwindigkeit zu verringern. Tatsächlich schaffte er es, ihn beinahe zum Stehen zu bringen. Doch der Brummi-Fahrer war darüber sehr erstaunt und wollte vorwärtskommen. Wütend und verständnislos drückte er mit seinem Fuß das Gaspedal durch, der Motor heulte auf. Der Mann wunderte sich, schließlich hatte er seinen Laster vor der Fahrt kontrolliert und keine Mängel festgestellt. „Aber in der Technik steckt man nicht drin", dachte er resignierend und gab nochmals Gas.

*****

Der Mann im Golf gab ebenfalls Gas, um an den Autos vor ihm schnell vorbeizufahren. Er hatte keine Zeit und wollte unbedingt seinen Termin einhalten. Es war für ihn wichtig, sogar überlebenswichtig, seinen Geschäftskunden pünktlich zu treffen. Würde er zu spät eintreffen, konnte dieser das Restaurant, in dem sie sich verabredet hatten, bereits wieder verlassen haben. Der Mann war etwas sonderbar, ein Fossil aus vergangenen Zeiten, obwohl er noch nicht einmal fünfunddreißig Jahre alt war. Sein Auftrag entschied darüber, ob er Insolvenz anmelden und damit seine Mitarbeiter entlassen musste. Das wollte er unbedingt verhindern. Schließlich hatte er für seine Angestellten eine Verantwortung, die er wahrnehmen wollte. Außerdem hing auch seine Existenz von diesem Auftrag ab. Auch er wollte seinen Arbeitsplatz und damit seine Firma erhalten.

Plötzlich tauchte wie aus dem Nichts ein Lastkraftwagen vor ihm auf. Dieser kam in der Kurve den Berg hochgefahren, beinahe in Schrittgeschwindigkeit. Trotzdem musste es zwischen ihm und dem Laster zum Zusammenstoß kommen. Er erkannte, dass er nicht mehr in eine Lücke zwischen den Fahrzeugen, die er überholen wollte, reinfahren konnte. Dafür war er viel zu schnell. Die Lücke, die entstanden war, als er sein Überholmanöver begann, konnte er auch nicht mehr erreichen. Nicht einmal mehr dann, wenn er eine Vollbremsung machte.

*****

Thoralf hoffte, dass der Golffahrer es wagte, auf den Lastkraftwagen aufzufahren. Kein Mensch konnte ihn sehen, aber genau deshalb verschloss er die Lücke zwischen dem Asphalt und der Stoßstange des Lastwagens, um zu verhindern, dass der Golf unter den Lastwagen geriet. Solche schrecklichen Unfälle waren in der Vergangenheit schon oft passiert. Dabei starben viele Menschen, weil sie unfreiwillig enthauptet wurden. Genau das wollte Thoralf verhindern.

*****

Es gab für ihn nur noch zwei Möglichkeiten. Entweder eine Vollbremsung riskieren, um somit unter den Lastwagen zu kommen. Dabei konnte er sterben, weil er im wahrsten Sinne des Wortes seinen Kopf verlieren konnte. Oder von der Straße herunterfahren und dabei vielleicht gegen einen Baum prallen, der am Straßenrand stand.

Der Fahrer des Golfs entschied sich für die dritte Möglichkeit und riss das Lenkrad herum und drückte gleichzeitig das Bremspedal mit ganzer Kraft bis auf den Boden herunter. Bevor er mit seinem Auto zum Stehen kam, fuhr er von der Straße herunter, holperte an den Bäumen neben dem Straßenrand vorbei und prallte seitlich gegen einen von diesen Riesen aus Holz. Das hatte zur Folge, dass durch die immer noch zu hohe Geschwindigkeit des Golfes der Baum das Auto aushebelte und es sich seitlich überschlug. Das konnte der Schutzengel nicht mehr verhindern, denn er hatte versucht, diese gefährliche Situation mit anderen Mitteln zu entschärfen. Es polterte laut und gefährlich, als das Auto gegen den Baum fuhr und dadurch in die Höhe geschleudert wurde. Danach prallte es mit ebensolchem Poltern und Krachen gegen den Lastwagen und kam schließlich auf dem Dach liegend zum Stillstand. Am Lastwagen platzte etwas Farbe ab, sonst entstand an ihm kein weiterer Schaden.

Die Frau in ihrem Mini, die viel zu langsam gefahren war, hielt erschrocken an. Thoralf glaubte nicht, dass sie erkannt hatte, dass sie den Unfall provoziert hatte. Denn der Golffahrer war von ihrer Fahrweise so sehr genervt, dass er sein risikoreiches Überholmanöver wagte. Alle anderen Fahrzeuge hinter ihr und auch der Lastwagen auf der Gegenfahrbahn und die Autos hinter ihm hielten an. Die Menschen, die auf dieser Straße unterwegs waren, wollten Erste Hilfe leisten, doch zunächst standen sie ratlos an der Unfallstelle vor dem verunfallten Auto. Kleine Flammen züngelten aus seinen vorderen Radkästen hervor.

Thoralf überlegte, wie er helfen konnte. Der Mann in dem Golf musste gerettet werden. Die Türen des Autos waren eingedrückt und verschlossen. Die Frontscheibe war durch die Erschütterungen des Unfalls gerissen und in ihre Einzelteile zerbröselt, die nun teilweise im Auto und teilweise auf der Straße lagen. Der Engel kroch in das Auto hinein und zerriss den Sicherheitsgurt. Doch konnte er den Mann nicht aus dem Auto herausziehen, weil er eingeklemmt war. Auch die Kräfte, die er als Engel besaß und von denen er als Kind und Jugendlicher nur träumen konnte, halfen ihm nicht.

Die Menschen, die um das Auto herumstanden, holten Feuerlöscher herbei, um den Brand zu löschen. Aber da sie den Brandherd nicht finden konnten, gelang ihnen das nicht. Allmählich breiteten sich die Flammen im Auto aus.

Thoralf wurde heiß. Ihm wurde bewusst, dass er in diesem Auto verbrennen konnte, obwohl er ein Engel war. Was sollte er tun? Sollte er das Risiko eingehen, verbrannt zu werden? Dann würde nicht einmal mehr der Chef dafür sorgen können, dass er als lebender Mensch zu seiner Familie zurückkehren konnte. Dann wäre er tatsächlich für immer tot.

Noch war der Mann bewusstlos. Thoralf versuchte, den Sitz zu lösen, indem er versuchte, an den Hebel heranzukommen, mit dem die Position des Sitzes verstellt werden konnte. Er wollte unbedingt, dass die um das verunfallte Auto herumstehenden Menschen, den verletzten Fahrer dort herausholten. Er selbst durfte das nicht tun, weil niemand erfahren sollte, dass ein Schutzengel geholfen hatte, das Leben des Mannes zu retten. Wenn der Mann erst einmal von innen auf das Dach fallen würde, das auf dem Erdboden lag, würde ihn schon jemand aus dem Auto herausziehen. Thoralf hoffte, dass er den Sitz lösen konnte und dass die Beine des Unfallopfers sich dort befanden, wo sie hingehörten. Er hatte bei ähnlichen Unfällen erlebt, dass die verunglückten Menschen ihre Beine verloren hatten.

Weil er den Hebel nicht erreichen konnte, ergriff er die Rückenlehne des Fahrersitzes und riss sie nach hinten, in der Hoffnung, dass der Sitz nachgab. Das musste er mehrmals wiederholen. Die umherstehenden Leute sahen, dass der Körper des Golffahrers zuckte und bebte. Aber sie führten das darauf zurück, dass ihm das Feuer zusetzte.

Endlich hatte Thoralf es geschafft! Der Sitz gab nach und rutschte ein kleines Stückchen nach hinten. Dabei brach die Rückenlehne. Der Golffahrer rutschte ein Stück zum Dach herunter und hing vom Fußraum in die Fahrerkabine an einem Bein hinein. Die um das verunfallte Auto stehenden Menschen, die das sahen, schrien erschrocken auf. Niemand von ihnen glaubte, dass ein Engel das vollbracht hatte. Aber sie glaubten, dass das Material des Sitzes aufgrund des Unfalls ermüdet und nun gebrochen war. Doch jetzt konnte der Schutzengel in den Fußraum sehen. Ein Pedal hatte sich verbogen und klemmte einen Fuß des Mannes ein. Aber Thoralf sah noch etwas anderes. Flammen! Sie züngelten langsam ins Innere des Wagens hinein. Er musste schnell handeln.

Er kroch in den Fußraum herein. Dabei behielt er das Feuer in einem Auge, mit dem anderen betrachtete er das Pedal, das den Fuß des armen Kerls einklemmte. Dem Mann drohte ein qualvoller Tod durch Verbrennen.

Der Schutzengel umfasste das Pedal und verbrannte sich die Hände. Er musste begreifen, dass das Pedal durch die Flammen erhitzt wurde. Doch darauf konnte er jetzt keine Rücksicht nehmen. Er hoffte, dass seine Hände wieder heilen würden. Er riss das Pedal mit aller Kraft in die Höhe, aber es bewegte sich nicht einen Millimeter. Seine Hände schmerzten so sehr, dass er das Pedal loslassen musste. Er sah sich um und fand einen Lappen, den er sich um eine Hand wickelte und versuchte es noch einmal. Mit der umwickelten Hand ergriff er das Pedal. Dank des Tuches konnte er jetzt die Hitze in dem Metall ertragen. Mit der anderen Hand ergriff er die das Pedal umfassende Hand. Nun zog er noch einmal daran, so kräftig, wie es ihm möglich war. Tatsächlich schaffte er es, das Pedal zu lösen.

Der verunfallte Mann fiel zum Boden herunter. Sofort sprang der Fahrer des Lastwagens, ein kräftiger Mann in Jeans und einem karierten Flanellhemd, zu ihm und zog ihn aus dem verbeulten Golf heraus.

Thoralf verließ das brennende Auto. Er war froh, dass er dem Mann helfen konnte. Nun hatte er bereits neun Menschen das Leben gerettet. Aber vor allem freute er sich, dass er den Mann überhaupt retten konnte. Die umstehenden Leute glaubten, dass der verunfallte und bewusstlose Geschäftsmann wie durch ein Wunder in letzter Sekunde vom Sitz heruntergefallen war.

Thoralfs Chef, der alles mit angesehen hatte, war mit seinem Schutzengel zufrieden. Er rief ihn zu sich. Als dieser vor ihm stand, sagte er: „Das hast du großartig gemacht. Aber denke daran: Auch Engel können schmutzig werden. Du solltest dir den Brandgeruch und den Ruß von deinem Körper waschen. Und denke immer daran, wenn du an einem Feuer arbeiten musst, dass es dich verbrennen kann. Aber dieses Mal ging zum Glück alles gut."

Thoralf nickte mit schmerzverzerrtem Gesicht.

„Gib mir deine Hände!", befahl der Chef.

Thoralf zeigte sie ihm. Der Alte mit dem Lichtschein um seinen Kopf ließ seine rechte Hand über Thoralfs Hände kreisen. Augenblicklich spürte der Schutzengel, dass der Schmerz darin nachließ und schließlich vollständig verebbte. Auch seine durch den Brand verursachten Wunden verschwanden. Seine Hände sahen aus, als wären sie nie einem Feuer ausgesetzt gewesen. Sie waren mit einer weichen glatten Haut überzogen.

## Die Pilze

An einem Sonntag im Juli beschloss die Familie Müller, nach dem Frühstück in den Wald zu gehen, um Pilze zu sammeln. Der Vater Ralf und die Mutter Renate waren begeisterte Sammler dieser wohlschmeckenden Sporenpflanze und hatten ihren Kindern gelehrt, welche sie essen konnten. Und sie kannten auch sie die giftigen Sorten davon. Die Kinder Tim und Lisa waren zwölf und vierzehn Jahre alt und gute Schüler. Mit ihrer Wissbegierde schafften sie es, dass sie schon vor zwei Jahren in nur einem Sommer die heimischen Pilzarten kennenlernten und voneinander unterscheiden konnten. Das hatte niemanden überrascht. Lisa und Tim wurden von ihren Eltern angehalten, die Natur und ihre Ressourcen zu schätzen und zu achten. Deshalb entwickelten sie eine Naturverbundenheit, wie sie bei Kindern nur selten anzutreffen ist. Außerdem war es nicht verwunderlich, dass sich die Begeisterung der Eltern für Pilze nicht nur wegen ihres Geschmacks auf sie übertrug und sie diese gern im Wald sammelten. Mit den von ihnen entdeckten Plätzen, auf denen köstliche Pilze wuchsen, hatten sie schon oft dazu beigetragen, dass die Mutter eine köstliche Mahlzeit zubereiten konnte.

Als die Familie im Wald begann, Pilze zu suchen, ermahnte Renate Müller vorher ihre Kinder: „Wir sammeln nur die Pilze, die wir kennen. Lasst die stehen, die ihr nicht kennt. Wir nehmen keine Pilze mit, von denen wir nicht ganz sicher wissen, dass wir sie auch essen können. Außerdem ist das anderen Pilzsammlern gegenüber nicht fair, wenn wir essbare Pilze wegwerfen, nur weil wir sie nicht kennen, aber trotzdem mitgenommen haben. Denkt bitte daran, dass zurzeit insbesondere Steinpilze, Täublinge und Pfifferlinge wachsen. Die könnt ihr auf jeden Fall sammeln. Habt ihr das verstanden?"

Lisa antwortete sofort mit einem Ja. Aber Tim erwiderte auf die Mahnung seiner Mutter nichts. Mit keiner Geste gab er ihr zu verstehen, dass er sie verstanden hatte. Deshalb fragte sie ihn: „Tim, hast du das auch verstanden?"

„Ja, Mutti." Der Junge zog die Wörter in die Länge, weil er von den Belehrungen seiner Mutter genervt war. Viel lieber wollte er in den Wald gehen und seinen Korb schnell mit den geschmackvollen Sporenpflanzen füllen.

„Gut, dann schnappt euch einen Korb und habt euren Spaß. Und ihr beiden sollt viel Glück haben!" Eine Antwort wartete Renate Müller nicht ab, da ihre Kinder bereits fortgegangen waren und ihre Blicke auf den Boden gerichtet hatten. Aufmerksam suchten sie ihn nach Pilzen ab. Auch Ralf und Renate Müller begannen nun, nach Pilzen zu suchen.

*****

Thoralf schwebte auf einer Wolke und schlief. Nach seinem letzten Einsatz, bei dem er versucht hatte, einen Mann nach einem Verkehrsunfall das Leben zu retten, war er ziemlich erschöpft und durfte sich etwas ausruhen. Deshalb vernahm er nicht gleich die Stimme seines Chefs. Als diese in sein Bewusstsein eindrang, glaubte er zunächst zu träumen. Doch die Stimme wurde allmählich energischer. „Engel Thoralf, wach auf, du musst das Leben einer Familie retten."

Thoralf streckte sich und gähnte herzhaft. Danach fragte er: „Was soll ich? Ich verstehe nicht."

Gutmütig lachte der Chef Thoralf an. „Was bist du nur für ein Schutzengel. Du schläfst tief und fest, beinahe wie ein Mensch. Du sollst aufstehen. Du musst in der Nähe von Großbergen in den Wald gehen. Dort sammelt eine Familie Pilze. Die Kinder kennen zwar für ihr Alter die Pilze sehr gut. Auch ihre Eltern kennen sich damit aus. Aber die Kinder verwechseln Pfifferlinge mit Orangefuchsigen Raukopfs. Und die sind giftig. Pfifferlinge und Orangefuchsige Raukopfs sehen sich so ähnlich, dass sie schnell verwechselt werden können. Auch Erwachsene verwechseln die Sorten schnell. Also gehe und tue endlich etwas, damit sich die vier Menschen später nicht im Krankenhaus wiederfinden."

*****

„Lisa, hier sind schon wieder Pfifferlinge, schau doch nur." Tim freute sich, dass er an diesem schönen Sonntagvormittag so viele Pilze gefunden hatte.

Bewundernd lief seine Schwester zu ihm. „Wie machst du das nur? Das ist schon die dritte Stelle, die du gefunden hast. Und hier gibt es so viele Pilze. Alles Pfifferlinge! Es sind ja noch mehr als vorhin bei der Buche. Das ist ja eine richtige Flut an Pilzen. So bekommen wir unsere Körbe sehr schnell voll."

„Ich weiß nicht, heute habe ich wohl viel Glück." Tim lächelte und seine Stimme klang freudig erregt.

„Das kann man so sagen." Auch Lisa lächelte. Die Kinder hockten sich auf den Boden und begannen, die Pilze mit einem Küchenmesser vorsichtig über dem Boden abzuschneiden, wie sie es von den Eltern gelernt hatten.

Als sie die vermeintlich gut schmeckenden Pfifferlinge in ihre Körbe gelegt hatten, freuten sie sich über ihren Fund und suchten glücklich nach weiteren Pilzen. Dabei scherzten und lachten sie miteinander und erzählten sich gelegentlich auch einen Witz.

*****

Thoralf machte sich auf den Weg. Schnell flog er durch die Wolken der Erde entgegen. Bald erreichte er den Wald, in dem sich die Familie Müller befand. Dann entdeckte er Lisa und Timm. Sie hatten ihre Körbe schon gut gefüllt. Aber noch war

etwas Platz für weitere Pilze darin. Da die Kinder ihren Schutzengel nicht sehen konnten, schlich sich Thoralf an sie heran und
schaute in ihre Körbe. Er stellte fest, dass der Chef sich nicht
geirrt hatte. Die Orangefuchsigen Raukopfs sahen den Pfiffer-
lingen zum Verwechseln ähnlich. Ohne dass die beiden Geschwister es bemerkten, nahm er die giftigen Pilze aus ihren
Körben heraus und warf sie so weit weg, dass Lisa und Tim sie
nicht wieder finden konnten.

Plötzlich rief Lisa: „Schau, Tim, dort vorn an der Eiche sind
einige Pilze. Das sind auch wieder Pfifferlinge!"

„Siehst du, Lisa, jetzt hast du auch Glück." Liebevoll legte
Tim seiner Schwester eine Hand auf ihren Arm. „Ich kann sie
jetzt auch sehen, Lisa, lass uns zu ihnen gehen und sie in unsere
Körbchen legen."

Als sie sich an der Eiche vor den Pilzen hinhockten und ihre
Körbe auf den weichen Waldboden stellten, zog Tim seine Stirn
kraus. Sein Gesicht wurde rot. Lisa kannte ihren Bruder und
wusste, dass er plötzlich sehr wütend geworden war. Aber als
sie in seinen Korb sah, verstand sie, warum er von der einen auf
die andere Sekunde seine gute Stimmung verloren hatte. Tim
fragte enttäuscht: „Wo sind meine ganzen Pilze geblieben? Der
Korb war fast voll und jetzt liegt nur noch ein einziger Pfifferling und ein Steinpilz darin."

„Ach, Timi, das kann doch nicht wahr sein. Die meisten meiner Pilze sind auch weg." Beinahe begann Lisa vor Enttäuschung zu weinen. Auch sie wurde wütend. „Wo sind unsere
schönen Pilze bloß geblieben? Wer hat sie aus unseren Körbchen geklaut?"

„Hier will uns wohl jemand ärgern?", fragte Tim. Ohne
Pause sprach er weiter: „Wenn ich den erwische, dem haue ich
eins aufs Maul!"

Lisa meinte: „Ach Tim, wenn es ein Großer ist, musst du dich
ganz schön strecken. Und wenn es Papa war, weil er uns ärgern
will, dann möchte ich mal sehen, ob du das wirklich machst."

„Warum sollte Papa das tun? Er würde es uns sagen, wenn er unsere Pilze abholt."

Lisa dachte einen Augenblick nach. „Ich glaube, wir haben sie verloren."

„Wie sollen wir sie denn verloren haben? Die Körbe sind heil, Mutti hat sie erst in der letzten Woche gekauft, damit wir, im Wald beim Pilze sammeln, ordentliche Körbe haben."

Thoralf, der bei den Kindern stand, sah dass sich Tim und Lisa vor den Pilzen hinhockten. Einige Trompetenpfifferlinge schauten vor ihnen aus dem Waldboden heraus, aber auch einige Orangefuchsige Raukopfs, die im Alter wie Pfifferlinge aussehen. Diese Pilze sind sehr gefährlich, denn nach ihrem Verzehr dauert es zwei bis siebzehn Tage, bis die ersten Vergiftungserscheinungen auftreten. Meist werden die Symptome dann nicht mehr auf den Verzehr der Pilze zurückgeführt, die mit ihren Giften die Nieren und die Leber schädigen.

Tim legte einen Pfifferling in sein Körbchen. Danach folgte ein Orangefuchsiger Raukopf, den er für einen Pfifferling hielt. Doch Thoralf nahm ihn wieder aus dem Körbchen heraus und warf ihn weg. Tim bemerkte das und schaute dem Pilz überrascht hinterher. Aufgeregt rief er: „Lisa, Lisa, hast du das gesehen? Der Pfifferling will nicht in meinem Korb bleiben."

Das Mädchen lachte über die Worte ihres Bruders. Ungläubig fragte sie: „Was soll ich denn gesehen haben?"

„Ich habe einen Pfifferling in mein Körbchen gelegt und der ist wieder aus ihm herausgesprungen. Sie doch nur, dort liegt er." Voller kindlicher Entrüstung sprudelten ihm die Worte aus seinem Mund heraus. Wütend ging er zu dem giftigen Pilz, hob ihn auf und lief zu seiner Schwester zurück. Lisa beobachtete, wie er ihn in den Korb legte. Kaum hatte er seine Hand zurückgezogen, flog der Pilz wieder heraus. Jetzt verwandelte sich die Wut der Kinder in ein fröhliches Lachen. Ihre Wut war verflogen. Es sah auch zu lustig aus, wenn ein Pilz aus dem Körbchen sprang, ohne dass ihn jemand daraus nahm. Sie konnten nicht wissen, dass der Engel Thoralf dahintersteckte. „Das ist ja ein komischer Pilz. Der will nicht bei den anderen bleiben!“, rief Lisa und lachte wieder herzhaft.

Thoralf wollte sich jetzt einen Spaß daraus machen.

Tim antwortete seiner Schwester: „Siehst du, jetzt hast du es selbst gesehen. Wenn ich dir das erzählt hätte, hättest du es mir nicht geglaubt.“

„Das stimmt! Aber du musst zugeben, dass das hier nicht normal ist.“

„Normal vielleicht nicht, aber lustig. Ach, das ist jetzt egal. Dann lasse ich ihn dort einfach liegen und nehme einen anderen Pilz. Hier gibt es doch noch viel mehr.“ Tim beugte sich zu einem Pfifferling herunter und wollte ihn über dem Boden abschneiden. Plötzlich flog der Pilz in sein Körbchen. Der Junge lachte wieder, Lisa fiel in sein Lachen ein, sie hatte gesehen, was passiert war. Schnell legte Tim einen weiteren Pfifferling in sein Körbchen. Gespannt wartete er darauf, ob auch dieser Pilz aus seinem Körbchen herausflog, aber er blieb dort liegen, wo Tim hingelegt hatte. Nachdem er den nächsten Pilz in den Korb gelegt hatte, flog dieser wieder heraus und blieb einige Meter von ihm entfernt auf dem Waldboden liegen.

„Das ist ja komisch!“, sagten die Kinder wie aus einem Munde. Aber Tim sprach weiter. „Dann lasse ich den jetzt auch liegen und überhaupt alle, die nicht im Körbchen bleiben wollen. Es gibt hier genug andere Pilze.“

Tim und Lisa ließen sich nicht mehr von den aus dem Korb herausfliegenden Pilzen beirren. Sie konnten nicht anders und mussten immer wieder darüber lachen, wenn das geschah. Dafür flogen andere Pilze in ihre Körbe hinein. Fleißig sammelten sie weiter. Als ihre Körbchen endlich voll waren, liefen sie zu ihren Eltern zurück und erzählten ihnen mit Aufregung in der Stimme und unter herzlichem Lachen von den fliegenden Pilzen.

„Ach, das glaube ich euch nicht. So etwas gibts doch gar nicht!" Renate Müller sah ihre Kinder freundlich lächelnd an.

„Dann schau mal zu deinem Körbchen", sagte Lisa lachend. Mit ausgestrecktem Arm wies sie auf den Korb der Mutter und konnte sich vor Lachen kaum auf den Beinen halten.

Renate Müller folgte mit den Augen dem Arm ihrer Tochter. Wortlos sah sie zu, wie drei Pilze aus ihrem Korb herausflogen. Danach wiederholte sich das Schauspiel mit den Pilzen ihres Mannes. Entgeistert rief sie aus: „Das gibt es doch nicht. Will uns hier jemand veralbern?"

Als sie die Pilze in die Körbe zurücklegte, flogen sie wieder aus ihnen heraus, bis sie es aufgab und nach anderen Pilzen suchte, die in den Körben bleiben wollten.

Auch hier warf Thoralf noch einige Pilze in die Körbe von Tims und Lisas Eltern hinein, von deren ungläubigen und staunenden Blicken begleitet. Tim und Lisa lachten über die Gesichter Ihrer Eltern.

Dann waren ihre Körbe voll, also brachten sie die Pilze darin zum Auto. Danach setzte die Familie ihren Spaziergang durch den Wald fort und genoss den Rest des Tages. Thoralf begab sich zurück auf seine Wolke.

Als die Familie Müller am Abend zurück nach Hause kam, bereitete Renate Müller eine wohlschmeckende Pilzpfanne als Abendessen zu. Während des Essens begannen Lisa und Tim plötzlich wieder zu lachen. Sie sahen die Gesichter der Mutter vor sich, als sie bemerkt hatte, dass auch aus ihrem Korb einige Pfifferlinge verschwunden waren.

*****

Der Chef lachte über die überraschten Gesichter, die die Müllers machten, als Thoralf sie neckte. Der Engel sollte sich zwar unauffällig verhalten, aber wie hätte er das anstellen sollen. Er konnte die Familie nur vor den giftigen Pilzen bewahren, wenn er sie aus ihren Körben entfernte. Immerhin sorgte er dafür, dass sie für eine Mahlzeit für die ganze Familie genug Pfifferlinge, Steinpilze und Täublinge finden konnten. Der Chef beschloss, dieses Mal damit zufrieden zu sein, auch wenn die Menschen bemerkt hatten, dass ihnen ein Engel die Pilze stahl. Thoralfs Konto erhöhte sich auf 13 gerettete Menschenleben.

## Die Flut

Und plötzlich regnete es wieder. Die Menschen hatten sich in diesem Jahr damit abgefunden, dass der Sommer verregnet war und es nur sehr wenige sonnige Tage mit sommerlichen Temperaturen gab. Meist war es diesig und regnete oder es war neblig und regnete oder es war bewölkt und die Wolken ließen keinen Sonnenstrahl auf die Erde scheinen. Und dieses Mal hörte es nicht am ersten Tag zu regnen auf, auch nicht am zweiten. Am dritten Tag wurde der Regen stärker, doch es gab einige kürzere Phasen, in denen er etwas nachließ, aber nicht aufhörte. Die Menschen in Großbergen konnten den Regen nicht mehr ertragen und sehnten sich nach einer längeren trockenen Wetterperiode. Die Loisach, ein unter normalen Umständen eher kleiner und schmaler Fluss in dieser Region, schwoll in diesem Jahr bereits zum zweiten Male zu einem reißenden Strom an. Noch hatte der Fluss in dieser Gegend keinen Schaden angerichtet, aber die Menschen ahnten bereits, dass sich das ändern könnte. Längst war er über seine Ufer getreten und die Menschen fürchteten sich vor einer weiteren Flutkatastrophe.

Auch die Familie Strobel hatte Angst davor, die in einem kleinen Häuschen in der Nähe der Loisach wohnte. Karl Strobel beobachtete den Regen bereits seit einigen Stunden. Er wollte einfach nicht aufhören. Es gab kurze Phasen, in denen er leicht, beinahe unmerklich nachließ, um danach noch heftiger zu werden. Emilie Strobel hatte in zwei große Reisetaschen einige Sachen zusammengepackt, die die Familie mitnehmen konnte, falls sie ihr Haus verlassen musste. Schließlich benötigten sie, ihr Mann und ihre Kinder im Notfall Wäsche zum Wechseln, denn täglich sollte man frische Unterwäsche und auch saubere Hemden oder Blusen anziehen. Eine Hose konnte man schon mal eine Woche tragen und in Notsituationen auch mal zwei. Aber dann sollte man sie unbedingt waschen. Das hielt Emilie Strobel schon ihr ganzes Leben so. Sie sagte immer: „Auch ein

Bauer kann sauber und gepflegt sein." Die wichtigsten Papiere und Ausweise hatte sie zusammengesucht und kopiert. Die Originale hatte sie in eine Tasche gelegt und die Kopien in eine andere. Sollte eine der beiden Taschen verloren gehen, hatte sie im schlimmsten Fall immer noch die Kopien, um ihre Ansprüche bei der Bank, den Ämtern und Versicherungen geltend machen und beweisen zu können.

Gemeinsam mit ihrem Mann Karl hatte sie zwei Kinder im Alter von sechzehn und siebzehn Jahren. Die Jugendlichen hatten sich mithilfe ihres Smartphones mit ihren Freunden über ihre Sorgen ausgetauscht, die sie im Moment quälten, aber auch Neuigkeiten zugeschickt, die sie in den Nachrichten erfuhren.

Karl Strobel kam mit Gummistiefeln und für einen Bauern typische Arbeitsbekleidung in die Wohnküche. „Emilie, es sieht nicht gut aus. Dass der Regen nachlässt, ist sehr unwahrscheinlich, dafür müsste sich die Großwetterlage ändern. Aber das Tief wird von den beiden Hochs im Norden und Süden festgehalten und hier regnet es sintflutartig. Die Loisach kommt auch nicht zur Ruhe. Wir sollten alle wichtigen Dokumente und Papiere zusammensuchen. Ich bin davon überzeugt, dass wir noch heute nasse Füße bekommen."

„Was sagst du da?" Emilie Strobel hatte zwar damit gerechnet, das Haus aufgeben zu müssen, wenigstens vorübergehend. Trotzdem sah sie ihren Mann in diesem Moment erschrocken an. „Ist es tatsächlich so schlimm?"

„Das Wasser steht schon bis zu unserer Grundstücksgrenze. Und es steigt immer noch weiter."

„Ich habe schon alles zusammengepackt, hatte aber gehofft, dass wir nicht unser Haus verlassen müssen."

Thomas Strobel, ein siebzehnjähriger, großer und bulliger Teenager, hielt sich in seinem Zimmer auf, dass gegenüber der Wohnküche lag. Er hatte das Gespräch seiner Eltern mit angehört. Auch ihn hatte eine innere Unruhe gepackt, die ihn nicht mehr losließ. Nun ging er zu seinen Eltern hinüber und fragte:

„Vadder, können wir denn gar nichts tun? Können wir keinen Graben ausheben, in dem das Wasser wieder abfließen kann?"

„Das ist zwar eine gute Idee, aber leider ist sie nicht durchführbar", antwortete Karl Strobel seinem Sohn.

Dieser schaute ihn fragend an. „Auch dann nicht, wenn ich meine Freunde bitte, uns zu helfen?"

Karl Strobel schüttelte resigniert den Kopf. „Auch dann nicht, mein Sohn. Wohin soll das Wasser denn abfließen? Der Fluss wird breiter und der Wasserstand steigt."

„Aber wir müssen doch etwas tun können!", rief der junge Mann aus.

„Ja, wir müssen sogar sehr dringend etwas tun. Wir müssen die Tiere weiter nach oben treiben. Das kannst du gemeinsam mit Maria tun."

„Aber das schaffen die beiden doch nicht allein. Den Bullen bekommt der Junge doch nicht in den Griff", warf Emilie Strobel ein.

„Doch, Emilie, das schafft Thomas schon. Er ist ein großer und kräftiger junger Mann. Und den Bullen kennt er auch gut", sagte Karl Strobel, während er langsam zu seinem Sohn ging und ihm eine Hand auf die Schulter legte. Als er zu ihm sprach, klang seine Stimme ruhig und leise. „Treibt sie zur Wiese oben an der alten Mine. Du bleibst mit Maria bei ihnen, dort solltet ihr in Sicherheit sein. Und passt gut auf die Viecher auf, damit keins von denen in seiner Dummheit hier her zurückkommt. Nehmt euch etwas zu essen und trinken mit. Vielleicht auch etwas Wäsche zum Wechseln, damit ihr euch etwas Trockenes anziehen könnt. In den alten Minen könnt ihr euch vor diesen verdammten Regen schützen."

Maria war die Tochter der Strobels, ein äußerst liebevolles und fleißiges Mädchen. „Okay, Vadder, das machen wir", sagte Thomas Strobel und ging zu seiner Schwester, um ihr die letzten Neuigkeiten mitzuteilen.

Nur wenige Minuten später trieben die beiden Teenager zwei Kühe, einen Bullen und zwei Schweine aus ihren Ställen heraus und den Berg hoch.

Emilie Strobel folgte ihren Kindern mit den Augen. Ein Schmunzeln konnte sie sich nicht verkneifen, als sie sah, wie Thomas den Bullen an seine Hörner gepackt hatte und ihn vom Haus fortführte. Das hatte er von seinem Vater gelernt, der das Tier stets auf diese Weise nach Hause geholt hatte, wenn es sich einmal aus seinem Stall befreit und den Ort unsicher gemacht hatte. Schon mehrmals hatten die Nachbarn in der Vergangenheit ihren Karl alarmiert und ihn gebeten, den Bullen nach Hause zu holen, weil dieser dabei gewesen war, ihre Scheune kunstvoll zu zerlegen. Immer wieder hatte Karl Strobel dann den entstandenen Schaden repariert. Aber seinen Bullen gab er nicht weg. Zu diesem Tier hatte er ein besonderes Verhältnis. Es hatte ihm über viele Jahre treu gedient. Als Karl Strobel damals das Haus gebaut hatte, war der Bulle eine große Hilfe gewesen. Das Tier hatte geholfen, das viele Baumaterial zur Baustelle zu transportieren. Jetzt sollte es seinen Lebensabend friedlich beschließen. Zum Abdecker würde der Bauer seinen Bullen nie bringen.

Als Thomas und Maria mit den Tieren im Regen verschwanden, fragte Emilie Strobel ihren Mann liebevoll: „Du willst die Kinder und Tiere in Sicherheit wissen, nicht wahr?"

Er nickte. „Und dich auch. Geh und besorge dir und den Kindern für die nächsten Tage ein Hotelzimmer oder ein Zimmer bei Freunden. Ich glaube, unser Haus können wir nicht mehr retten."

„Dann kommst du mit. Allein gehe ich nicht!", sagte Emilie bestimmt.

Karl sah ihr mit traurigen Augen ins Gesicht. „Doch du gehst. Ich will sehen, was ich hier noch retten kann."

„Dann bleibe ich bei dir!" Emilie war fest entschlossen.

„Mir wäre es aber lieber, wenn ich dich in Sicherheit wüsste", liebevoll schaute Karl Strobel seiner Frau in die Augen und nahm sie in seine Arme.

„Mir wäre es auch lieber, wenn ich dich in Sicherheit wüsste", meinte Emilie Strobel sanft. „Das Haus ist nicht so wichtig, dass du dafür dein Leben aufs Spiel setzt."

„Aber es ist unser Zuhause und beinahe unser ganzes Geld steckt darin. Ich kann doch nicht zusehen, wie dieses verdammte Hochwasser uns alles kaputtmacht!" Karl Strobel war verzweifelt. Plötzlich standen Tränen in seinen Augen.

Emilie löste sich aus den Armen ihres Mannes und streichelte ihm mit einer Hand über die Wange. „Ich weiß, und im Grunde hast du auch recht, aber trotzdem bist du mir lieber als das Haus. Es ist versichert, wir bekommen es ersetzt. Aber du kannst uns nicht ersetzt werden. Also los, komm, wir nehmen die Taschen und gehen zu den Kindern und helfen ihnen mit den Tieren."

Karl Strobel wusste, dass seine Emilie recht hatte. Aber er wollte in keinem anderen Gebäude wohnen als in diesem. Das Haus hatte er damals allein mit seinen eigenen Händen aufgebaut, nur den Dachstuhl hatte er durch einen Zimmermann errichten lassen. Jeden Tag hatte er nach Feierabend daran gearbeitet. Einige Freunde hatten ihm von Zeit zu Zeit dabei geholfen. Als Maria und Thomas im nahe gelegenen Krankenhaus geboren worden waren, waren sie nach ihrer Entlassung in dieses Haus gekommen. Karl Strobel liebte es wie seine Frau und seine Kinder. In seinem Inneren war er mit dem Haus wie mit einem Freund verbunden. „Maria, du gehst jetzt und ich bleibe hier! Das ist mein letztes Wort."

Emilie Strobel ging schweigend zum Fenster. Gegen den Dickkopf ihres Mannes, den er manchmal hatte, war sie machtlos. Sie suchte nach Argumenten, mit denen sie ihn umzustimmen hoffte, aber es fiel ihr keines ein. Verzweifelt, aber auch resignierend schaute sie aus dem Fenster und erschrak. Das Wasser hatte nicht nur die Straße überflutet, sondern auch schon ihren Garten. Es kam immer näher an ihr Haus heran und bald würde es die Veranda überschwemmen. Sie war sehr besorgt, denn das Wasser stieg immer weiter. Emilie Strobel flehte ihren Mann an. „Aber Karl, so komm doch mit. Hier kannst du nichts mehr erreichen, das Wasser steht schon auf der Terrasse und bald kommt es ins Haus! Und es regnet immer noch sintflutartig weiter."

„Geh endlich!", rief Karl Strobel energisch und verschwand. Nach einigen Augenblicken kam er zu ihr zurück. Unter den Armen hielt er alte Handtücher, die er eigentlich als Putzlappen benutzen wollte. Auch sie hatte ihren Dickkopf und würde ohne ihn das Haus nicht verlassen. Emilie nahm ihm einige Handtücher ab und kniete sich vor die Terrassentür, durch die bereits Wasser ins Haus hineinlief. Sie versuchte, diese Tür mit den Tüchern abzudichten. Dabei rief sie: „Das könnte dir so passen. Wenn du nicht gehst, bleibe ich auch."

Das Wasser stieg weiter an. Karl und Emilie Strobel versuchten, es mit Handtüchern und Eimern abzufangen. Als sie eine Tür abgedichtet hatten und sich der nächsten zuwendeten, sprudelte das Wasser durch die Handtücher ins Haus hinein. Wenn sie eine Stelle notdürftig verschlossen hatten, trat woanders eine neue undichte Stelle auf. Sie arbeiteten mehrere Stunden lang und mussten feststellen, dass ihr Kampf gegen das Wasser aussichtslos war. Es stieg immer höher und höher und bald war ihr Haus – und das Ehepaar mit ihm – von den Wassermassen eingeschlossen.

Die beiden mutigen, vielleicht auch etwas leichtsinnigen Menschen gerieten in Panik und wusste nicht, was sie tun sollten. Wenn der Pegel weiter anstieg, würde das Wasser das ganze Haus überfluten und es dabei zerstören. Emilie versuchte, jemanden anzurufen, aber das Telefon funktionierte nicht. Danach versuchte sie es mit dem Handy, doch das hatte kein Netz.

Sie wusste nicht, dass einige Funkmasten durch eine Flutwelle weggespült worden waren.

Plötzlich polterte etwas gegen eine Fensterscheibe. Ein entwurzelter Baum zerbrach sie und ragte weit ins Zimmer hinein. Die Wassermassen stürzten ungehindert ins Haus hinein. Nun war es endgültig verloren. Die Strobels mussten sich retten, aber sie standen wie vom Donner gerührt einfach nur im Wohnzimmer herum.

*****

Thoralf erfuhr von der Flut und dem Ehepaar, dass so tapfer gegen die Wassermassen kämpfte und machte sich, so schnell er konnte, auf den Weg, um ihm zu helfen. Die Flut konnte er nicht beseitigen. Aber er musste einen Weg finden, Karl und Emilie Strobel zu retten.

*****

Schnell stieg das Wasser im Haus an. Karl und Emilie Strobel standen bewegungslos in ihrem Wohnzimmer und konnten es nicht fassen, was in diesen Sekunden geschah. Das Wasser kroch an ihnen hoch und drohte sie zu verschlucken. Ihnen wurde bewusst, dass ihr Haus in diesen Augenblicken nichts mehr wert und unbewohnbar geworden war. Wo sollten sie in Zukunft mit ihren Kindern und den Tieren unterkommen? Sie konnten doch nicht so einfach in einem Hotel wohnen, bis sie das Haus wieder in Ordnung gebracht oder ein neues gebaut hatten. Wahrscheinlich musste dieses Haus abgerissen werden. Und die gesamte Einrichtung war auch verloren und musste ersetzt werden.

Ein großer Fisch, der etwa einen Meter lang war, wurde ins Haus gespült. Es war ein Hecht, der an Emilie Strobels Bein entlang schwamm. Sie spürte die Flossen des Tieres und erschrak.

Als sie aufschrie, fragte Karl Strobel sorgenvoll: „Was ist los E-milie?"

„Schnell, lass uns nach oben gehen, wir müssen aus dem Wasser raus. Im Haus befinden sich Fische."

Das Ehepaar brachte sich zunächst in der oberen Etage ins Trockene und sicherten die Taschen mit ihren wenigen Habseligkeiten, die sie im äußersten Notfall, der nun eingetreten war, mitnehmen wollten. Als sie aus dem Fenster sahen, bemerkten sie, dass es dafür bereits zu spät war. Ihr Gebäude stand in einem frisch entstandenen See. Ein Entkommen war nicht mehr möglich. Nun hofften Karl und Emilie, dass das Wasser nicht noch höher stieg. Aber ihre Hoffnungen wurden nicht erfüllt. Die Nacht brach an. Es sollte die längste und furchtbarste Nacht ihres Lebens werden.

Als sie glaubten, vorläufig in Sicherheit zu sein, wurde auch das Obergeschoss überflutet. Resigniert kletterte das Ehepaar auf das Dach und in den Regen hinaus. Karl Strobel half seiner Emilie dabei. Danach saßen sie auf dem Dach und hielten ihre Taschen fest. Es dauerte nicht lange, bis sie bis auf die Haut durchnässt waren. Nun war das eingetreten, von dem Karl und Emilie Strobel ihr bisheriges Leben gehofft hatten, dass es nie geschehen möge. Endlich hörte es zu regnen auf. Doch der Wasserpegel der Loisach stieg immer noch an. Das Wasser aus den höheren Lagen strömte immer noch in den Fluss hinein. Bis sich der Wasserpegel normalisieren würde, sollten noch viele Stunden vergehen. Für die Familie Strobel zu viele, um noch irgendetwas von ihren Besitztümern retten zu können.

Plötzlich sagte Karl Strobel mit erschrockener Stimme, nachdem er sich umgesehen hatte: „Ach du Scheiße! Die Kinder!"

„Was ist mit den Kindern?", fragte seine Frau sorgenvoll.

„Schau dich um, Emilie. Das Wasser steht so hoch, dass auch die Wiese an der alten Mine überschwemmt sein muss. Hoffentlich haben Thomas und Maria sich in Sicherheit gebracht!"

*****

Thoralf konnte die Wassermassen nicht aufhalten, auch wenn er ein Engel war und ihm Kräfte zur Verfügung standen, die denen eines Menschen bei Weitem übertrafen. Er musste schnell handeln, denn niemand wusste, wie lange das Dach des Einfamilienhauses halten würde. Ins Haus konnte das Ehepaar Strobel nicht mehr zurückkehren, es war vollkommen überflutet worden. Die beiden Menschen waren auf dem Dach ihres Hauses gefangen, bis ihnen jemand helfen konnte oder sie vielleicht ertrinken mussten. Thoralf tat, was in seinen Kräften stand, um Karl und Emilie Strobel zu retten. Er suchte etwas, das schwimmen konnte und groß genug war, um zwei Personen Platz zu bieten, mit dem sie sich selbst retten konnten.

Endlich fand er ein Ruderboot, das sich durch die Flut von seinem Steg losgerissen hatte. Es steckte in der Krone eines Baumes fest. Zwei Frauen saßen darin und hatten sich vorübergehend vor den immer noch ansteigenden Wassermassen gerettet. Ein Mann versuchte, das Boot freizubekommen, um in ihm gemeinsam mit den Frauen an Land zu fahren. Er saß auf einem Ast, der sich vor dem kleinen Wasserfahrzeug befand und zog an einem Seil, das daran befestigt war. Die beiden Riemen fehlten zwar, aber das war nicht weiter tragisch. Mit den Händen konnten die Menschen das Boot auch vorwärtsbewegen, wenn auch nicht so gut wie mit den Riemen. Jedoch gelang es dem Mann nicht, es freizubekommen. Auch diesen drei Menschen drohte der Tod durch Ertrinken. Selbstverständlich wollte Thoralf nun auch sie retten, indem er sie mit den Strobels gemeinsam ans sichere Ufer der Loisach brachte.

Thoralf näherte sich ihnen unbemerkt und half, das Wasserfahrzeug aus der Krone des Baumes zu lösen, in dem auch er an dem Seil kräftig zog. Mit einem kratzenden Geräusch rutschte das Boot ins Wasser und der Mann begab sich zu den beiden Frauen. Danach verließen sie den Baum und paddelten mit den

Händen. Plötzlich sagte der Mann: „Das ist ja komisch. Eigentlich müssten wir doch in die andere Richtung schwimmen. Wir ziehen unsere Hände im Wasser von vorn nach hinten durch. Also muss das Boot vorwärtsfahren. Wir aber fahren rückwärts."

„Vielleicht ist die Strömung hier so stark, dass sie das Boot erfasst hat und uns in die andere Richtung zieht, weil unsere Kraft nicht ausreicht, um gegen die Strömung anzukommen?", fragte eine der beiden Frauen.

Der Mann dachte nach und begann zu sprechen. „Das glaube ich nicht, denn die Strömung…"

Er wurde von der anderen Frau unterbrochen. „Seid mal leise, da ruft doch jemand!"

Der Mann schwieg und schaute sich um. Danach sagte er: „He, dort vorne ist ein Haus, auf dem Dach stehen Leute und rufen uns. Sie winken mit ihren Armen!"

Eine der beiden Frauen erwiderte: „Wir schwimmen genau auf das Haus zu. Paddeln wir dort hin, damit sie in unser Boot steigen können. Wir müssen ihnen helfen."

Nach wenigen Minuten erreichten sie Karl und Emilie Strobel, die vorsichtig ins Boot stiegen. Ihre Reisetaschen nahmen sie mit. Nun brachte Thoralf die Menschen auf dem kürzesten Wege ans Land. Als sie endlich der Loisach entkommen waren, auf trockenem Land standen, fanden ihre Kinder sie. Nach einigen Umarmungen sahen sie auf das sonst so kleine Flüsschen herunter. Thomas und Maria Strobel erzählten ihren Eltern, dass sie rechtzeitig bemerkt hatten, dass das Wasser bis über die alten Minen steigen würde, und deshalb ihre Tiere in weiser Voraussicht noch weiter den Berg hinaufgetrieben hatten. Ein Bauer, mit dem die Familie Strobel befreundet war, hatte die Geschwister dabei gesehen und ihnen angeboten, sie, ihre Eltern und die Tiere aufzunehmen. Er meinte, dass sein Hof dafür groß genug sei und sich für sie immer ein trockenes Plätzchen bei ihm finden würde. Als dieser Bauer Karl und Emilie Strobel antraf, wurden sie von ihm noch einmal eingeladen, die nächsten Wochen und wenn es notwendig werden sollte, sogar die nächsten Monate bei ihm zu wohnen, bis sie entweder ihr Haus saniert oder sich ein neues gebaut hatten. Dankbar nahm die Familie das Angebot dieses freundlichen Mannes an.

## Die Gasexplosion

Hans Hübner stand im Keller seines Hauses vor einem Regal, in dem seine Frau ihr eingewecktes Obst einsortiert hatte. Doch was er suchte, fand er nicht. Er war ein alter Mann, der die Achtzig schon lange hinter sich gelassen hatte. Auf seinem Kopf wuchs das Haar nur noch sehr spärlich, aber dafür hatte er sehr buschige Augenbrauen. Auch wuchsen die Haare in seiner Nase wie verrückt, was ihm immer wieder großen Ärger bereitete. Selbst in und an den Ohren wuchsen sie beinahe büschelartig und sogar auf der Nase musste er regelmäßig einige Haare abrasieren. An seinen Füßen trug er alte Hausschlappen, von denen er sich nicht trennen mochte, weil sie ihm sehr bequem erschienen. Nun schlurfte er mit seinen Leisetretern einige Schritte nach rechts, um nach den Erdbeeren zu suchen, die seine Frau ihn bat, aus dem Keller zu holen. Nach dem verspäteten Mittagessen wollte sie das eingeweckte Obst als Kompott servieren.

Hans Hübner konnte sich nicht daran erinnern, dass er und seine Frau jemals das Mittagessen schon zur Mittagszeit eingenommen hatten. Und wenn es doch einmal geschehen war, war es eine Ausnahme. Das hatten sie schon ihr gesamtes Leben so gehalten, weil sie früher berufstätig und erst am frühen Abend von der Arbeit nach Hause zurückgekehrt waren. Weil sie jetzt ihren Lebensabend verbrachten, mussten sie doch nicht ihre Essgewohnheiten ändern.

„Frieda, ich kann die Erdbeeren nicht finden!", rief er seiner Frau zu.

Diese hielt sich eine Etage höher in der Küche des Hauses auf. Von dort führte eine Treppe direkt in den Keller herunter, sodass Frieda Hübner die Worte ihres Mannes gut verstehen konnte. Sie stand am Herd und hatte ein Streichholz in einer Hand und in der anderen die dazugehörige Schachtel. Sie hatte den Gashahn des Herdes bereits aufgedreht, weil sie Kartoffeln abkochen wollte. Leise murmelte sie einige Worte in ihren nicht vorhandenen Bart. „Das mit dem Suchen wird er wohl in seinem Leben nicht mehr lernen." Dabei legte sie die Streichhölzer auf den Esstisch zurück, der unweit vom Herd stand. Dort lag immer eine Streichholzschachtel parat, die sie brauchte, um eine Flamme auf dem Gasherd anzuzünden. Obwohl Frieda Hübner nicht dement war, hatte sie vergessen, entweder den Gashahn wieder zu zudrehen oder die Flamme zu entzünden. Während sie sich nun langsam der Treppe zum Keller zuwendete, weil sie ihrem Mann bei der Suche nach den Erdbeeren helfen wollte, rief sie ihm laut zu: „Ach Hans, stehst du auch vor dem richtigen Regal?"

„Aber Frieda, ich weiß doch wohl noch, wo du unser eingewecktes Obst hinstellst. Ich selbst helfe dir dabei immer, wenn du kleine Wruke nicht am oberen Regalbrett ankommst." Mit dem Ausdruck Wruke neckte er seine Frau gerne und oft, denn sie war nun einmal sehr klein, aber größer als das Gemüse, mit dem er sie gerne verglich und von dem wohl nur die Menschen aus dem Norden Deutschlands wussten, dass damit eine Steckrübe gemeint war. Aber als sich Frieda Hübner vor über siebzig Jahren noch im Wachstumsalter befand, hörte ihr Körper auf größer zu werden, als er die geringe Größe von nur einem Meter und fünfzig Zentimetern erreicht hatte.

„Warte, ich komme zu dir runter!" Frieda Hübner befand sich bereits auf der Kellertreppe und humpelte mühsam und langsam zu ihrem Mann herunter. Sie litt unter Arthrose und konnte deshalb nur mit Schmerzen in den Knien gehen. Auch jetzt taten ihr die Knie wieder sehr weh. Deshalb konnte sie ein Stöhnen nicht verhindern. Als sie ihren Mann erreicht hatte, sah sie ihn aus braunen Augen ins Gesicht und lächelte ihn an. Ihre Stimme klang leise, aber freundlich, beinahe verschwörerisch, als sie sagte: „Die kleine Wruke hättest du dir auch sparen können." Dann sah sie zum Regal hin. „Siehst du, du stehst rechts.

Und ich sagte, die Gläser mit den Erdbeeren stehen auf der linken Seite."

Hans Hübner folgte mit seinen Augen dem ausgestreckten Arm seiner Ehefrau, die er vor über fünfzig Jahren geheiratet hatte. Auf dem obersten Regalbrett sah er nun mehrere Gläser mit dem von ihr begehrten Obst stehen. Er stellte sich davor und streckte seinen rechten Arm aus, stellte sich auf die Zehenspitzen und reckte seinen Körper, um ein Glas davon herunterzuholen. Jedoch stellte er fest, dass er an keines der Gläser heranreichte. Aber er musste doch ein Glas von dort oben herunterbekommen. Schließlich hatte er es auch dort oben ins Regal gestellt. Nun überlegte er, ob er dabei vielleicht eine Leiter benutzt hatte.

„Na, kommst du nicht an die Gläser heran? Bist du auch solch eine kleine Wruke wie ich?", neckte Frieda Hübner ihren Mann.

„Ach was du immer hast, Frieda. Vielleicht bin ich geschrumpft? In unserem Alter passiert das manchmal."

„Dann hole doch die kleine Leiter, die reicht dafür aus."

Hans Hübner ging sie holen. Als er wieder zu seiner Frieda zurückkehrte, stupste sie ihn an und fragte: „Sage mal, Hans, riechst du das auch?"

„Was soll ich riechen?" Neugierig sah er sie an und stellte die Leiter ans Regal.

„Ich glaube, es riecht nach Gas!"

„Ach meine Liebe, du weißt doch, dass ich nicht sehr viel riechen kann. Ich bin froh, dass ich überhaupt noch etwas schmecken kann, wenn ich was esse." Während er sprach, holte er ein Glas Erdbeeren vom Regal herunter.

„Ja, ich weiß das, aber es hätte trotzdem sein können, dass du es riechst."

Die beiden gingen zur Treppe zurück. Als sie einen alten Küchenschrank erreichten, den sie sich vor über fünfzig Jahren nach ihrer Eheschließung gekauft hatten und der jetzt als Werkzeugschrank diente, griff Hans Hübner zum Lichtschalter, der sich daneben befand. Als er das Licht ausschaltete, geschah das Unfassbare.

*****

Dieses Mal meldete sich der Chef nicht, nachdem Thoralf die fünf Leute aus der Loisach gerettet hatte. Der Engel wusste, dass er dabei nicht alles richtig gemacht hatte. Die Menschen wunderten sich zwar darüber, dass das Boot in die falsche Richtung gefahren war, aber sie maßen dem keine Bedeutung zu. Hätten sie genauer darüber nachgedacht, hätte ihnen auffallen müssen, dass etwas nicht mit rechten Dingen zugegangen sein konnte. Aber so bemerkten sie zum Glück nicht, dass der Schutzengel Thoralf ihnen geholfen hatte. Vielleicht war der Chef deshalb trotzdem mit ihm zufrieden. Jedenfalls hatte er ihn nicht auf seine Fehler angesprochen. In diesem Augenblick musste Thoralf daran denken, dass er nur noch zwei Menschen das Leben zu retten brauchte, bis er vielleicht wieder nach Hause zurückkehren durfte. Immerhin hatte er nicht nur die beiden Strobels gerettet, sondern auch den Mann und die beiden Frauen aus dem Boot. Aber diesen Gedanken schob er schnell wieder von sich fort.

Aber dann erschien der Alte doch noch vor Thoralfs geistigem Auge. Für einen Gott war er sehr aufgeregt. „Schnell, Thoralf, du musst schnell handeln. Es wird eine Gasexplosion geben. Freilich weiß das noch niemand. Eine alte Frau will ihren Herd in der Küche anmachen. Als sie den Gashahn von einer Kochstelle aufdrehte, wird sie von ihrem Mann abgelenkt, der sich im Keller aufhält. Deshalb hat sie vergessen, die Flamme zu entzünden. Und nun strömt das Gas in der Küche aus. Du musst den beiden alten Leuten, die in diesem Haus wohnen, das Leben retten."

Kaum hatte der allwissende Chef diese Worte ausgesprochen, gab es eine gewaltige Explosion. Für einen kurzen Moment bebte die Erde unter Thoralfs Füßen. Die Luft vibrierte. Ein sich in seiner Nähe befindliches Haus stand plötzlich in Flammen. Fensterscheiben klirrten und flogen aus den Wänden des Hauses heraus. Eine Stichflamme folgte ihnen. Thoralf sah eine Wand einstürzen. Entsetzt von der Heftigkeit der Detonation stand er für einen Augenblick auf der Stelle, unfähig sich zu bewegen. Ihm wurde bewusst, dass diese Explosion wahrscheinlich niemand überlebt haben konnte.

Dann erinnerte er sich an die mahnenden Worte seines Vorgesetzten. Er hatte einen Auftrag bekommen. Den wollte er nun erfüllen, aber er erinnerte sich daran, dass Feuer ihn vernichten konnte. Also musste er eine entsprechende Vorsicht walten lassen, um sich nicht selbst zu gefährden. Schließlich wollte er die alten Leute retten. Aber er wollte auch wieder zu seiner Familie als lebender Mensch zurückkehren. Thoralf stürmte zu dem brennenden und teilweise eingestürzten Haus hin. Als er sich darin befand, erblickte er ein Bild der Verwüstung. Brennende Möbelstücke lagen zwischen den Resten der eingestürzten Wand. Rauch stieg aus den Flammen empor.

Wo sollte er nach den beiden Menschen suchen? Ob sie wirklich noch lebten? Konnten sie diese heftige Gasexplosion, die das halbe Haus zum Einsturz gebracht hatte, tatsächlich überlebt haben? Was noch von dem Haus vorhanden war, brannte lichterloh. Aber der Chef sagte doch, dass sich zwei Leute darin befanden. Aber er hatte auch gesagt, dass diese noch leben sollten. Thoralf dachte: „Wenn er das behauptet, dann muss es auch so sein. Schließlich kann der Chef in die Zukunft blicken und ist allwissend. Beinahe jedenfalls. Na ja, ein bisschen vielleicht. Das aber auch nur, wenn er sich anstrengt."

Thoralf lauschte so angestrengt nach menschlichen Lauten, wie er es eben noch dem Chef zugetraut hatte. Nach solch einer Detonation war es möglich, dass sich die im Haus befindlichen

Personen nicht mehr artikulieren konnten. Deshalb achtete er auf Geräusche, die die alten Leute in diesen Augenblicken verursacht haben konnten. Vielleicht stöhnte jemand oder schlug einen Stein gegen eine Wand oder auf den Boden.

Da er davon überzeugt war, dass im Erdgeschoss sowieso niemand die Explosion lebend überstanden haben konnte, begab er sich in den Keller. Auch hier hatte sich Rauch gebildet, der dafür sorgte, dass die Luft mehr und mehr zum Atmen nicht mehr zu gebrauchen war. Irgendwo musste noch ein Schwelbrand sein Unwesen treiben. Der Engel nahm den Brandgeruch sehr intensiv wahr. Er glaubte, dass er nur noch wenig Zeit hatte, die beiden Bewohner des zerstörten Hauses zu finden. Wenn sie nicht an einer Rauchgasvergiftung sterben sollten, musste das schnell geschehen. In diesem Moment stöhnte irgendwo im Kellergeschoß jemand leise auf. Thoralf orientierte sich und ging in die Richtung, aus der er das Stöhnen vernahm. Ein alter Mann lag auf dem Boden, ein noch älterer zweckentfremdeter Küchenschrank lag auf ihm drauf. Der alte Mann versuchte, den Schrank von sich wegzustoßen. Jedoch ohne Erfolg! In den vielen Lebensjahren hatte er seine Kräfte aufgebraucht. Thoralf zögerte nicht und half ihm, den Schrank von sich fortzustoßen. Er zog mit großer Kraft an ihm. Auch der alte Mann mobilisierte alle seine Kräfte, zu denen er noch fähig war und drückte gegen den Schrank. Dabei erlebte etwas, das er kaum glauben konnte. Der alte schwere Schrank flog plötzlich in die Höhe und krachte mit einem lauten Knall gegen eine Wand. Holz splitterte. Der Putz fiel von der Wand. Das Gesicht des alten Mannes drückte zunächst Überraschung aus. Er glaubte, das große schwere Möbelstück allein von sich weggestoßen zu haben, und bekam ein Gefühl von großer körperlicher Macht. Das spiegelte sich in seinem Gesicht wider, denn er verzog seinen Mund zu einem breiten Grinsen.

Thoralf jedoch zog vor Schreck den Kopf ein und wedelte mit beiden Händen in der Luft. Er hatte viel zu kräftig an dem

Schrank gerissen. Aber dann dachte er: „Nun, gut, soll der alte Mann ruhig glauben, dass er den Schrank allein gegen die Wand geschleudert hat."

Dann sah der Engel, dass eine kleine zierliche Frau neben dem Hausherrn lag. Er glaubte, dass sie wahrscheinlich genauso alt war wie der Mann. Sie stöhnte auf, sah zu ihrem Mann hin und sagte mit dünner Stimme: „Hans, ich wusste, dass du immer noch ein starker Mann bist. Das hast du gut gemacht."

Hans Hübner quälte sich ächzend vom Boden hoch und half danach seiner Frau auf die Beine. „Wohin sollen wir nur gehen?", fragte er.

Diese Frage veranlasste Thoralf, eine Tür aufzuschlagen, von der er glaubte, dass das alte Ehepaar durch sie ins Freie gelangen konnte. Mit lautem Knall öffnete sich die Tür. Wind wehte herein. Hans und Frieda Hübner sahen sich gegenseitig zufrieden ins Gesicht. Der alte Mann lächelte, als er sagte: „Oh, das hat aber gut geklappt. Da haben wir noch einmal Glück gehabt."

Seine Frau sah ihn an, als sei sie immer noch in ihn verliebt wie vor fünfzig Jahren. „Dank deiner Kraft, mein Lieber. Aber jetzt lass uns schnell von hier fortgehen. Bevor uns noch etwas passiert."

„Das Schlimmste, was uns passieren konnte, haben wir überlebt." In diesem Augenblick wurde der alte Mann traurig. „Unser schönes Haus ist explodiert. Wo sollen wir jetzt bloß hin?"

Seine Frau streichelte ihm über den Arm. Sie lächelte ihn an. „Ach, mein Lieber, es wird auch dafür eine Lösung geben. Wir sind alt und sind sowieso auf fremde Hilfe angewiesen. Das Wichtigste ist, dass wir leben und noch etwas Freude daran haben. Jetzt haben wir einen Grund, ins Pflegeheim zu gehen."

## Der politische Gott

Der Schutzengel Thoralf freute sich, dass es ihm geglückt war, den beiden alten Menschen das Leben zu retten. Sie waren ihm sehr sympathisch gewesen, als er sah, wie sie beide vor den Trümmern ihres Hauses von zwei Rettungssanitätern in Empfang genommen wurden, um von ihnen zu ihrem Auto begleitet zu werden. Die beiden Alten lächelten sich gegenseitig an und waren glücklich, am Leben zu sein. Sie vertrauten darauf, dass es liebevolle Menschen gab, die ihnen in ihrer Situation helfen würden.

Doch wusste er auch, dass er es wieder einmal übertrieben hatte, als er den Schrank von ihnen herunterriss. Der Chef hatte ihm zwar einmal gesagt, dass er mit seinen Kräften nicht haushalten sollte, sondern zu jeder Zeit aus dem Vollen schöpfen könnte. Doch dieses Mal hatte er zu viel Kraft aufgewandt. Trotzdem musste er lachen, als er die Gesichter des Ehepaares sah. Der alte Mann war zunächst völlig überrascht. Der Schutzengel sah ihm an, dass er glaubte, immer noch die Kräfte aus seinen jungen Jahren zu besitzen. Doch gleich danach stellte sich in seinem Gesicht seine Freude und Genugtuung darüber ein. Sein übermütiges Grinsen und ein Augenzwinkern legten Zeugnis davon ab. Außerdem bemerkte Thoralf, dass ihn seine Frau verliebt angesehen hatte, wie sie es bestimmt schon seit vielen Jahren nicht mehr getan hatte. Dabei hatte sie ihn dümmlich angegrinst, weil sie, wie ihr Mann auch, an seine noch jugendliche Kraft glaubte, die – wie es ihr erschien – zu ihm zurückgekehrt sei. Und das imponierte der alten Dame sehr.

Thoralf lachte sich darüber beinahe kringelig wie ein pubertierender Junge, als er die Gesichtsausdrücke der beiden alten Menschen sah. Plötzlich vernahm er in seinen Ohren ein Räuspern. Genauso plötzlich erstarb sein Lachen, denn der Chef fragte ihn: „Worüber amüsierst du dich denn so königlich?"

Wieder musste Thoralf lachen. „Ach, Chef, ich will nicht respektlos sein, aber die Gesichter der beiden Alten waren trotz der für sie traurigen Umstände einfach nur lustig."

„Lustig mögen sie tatsächlich gewesen sein. Aber hast du einmal darüber nachgedacht, was du getan hast?" Die Stimme des Chefs hatte einen strengen Ton.

Das Gesicht des jungen Engels wurde ernst. „Wenn ich ehrlich sein soll, muss ich zugeben, dass ich es nicht getan habe."

„Das erscheint mir auch so."

Thoralf war über die letzten Worte seines Chefs nicht überrascht. Auch nicht über den Umstand, dass sich seine Umgebung veränderte. Das Haus der alten Menschen, der Fluss sowie die Blumen und Bäume, die Wiesen und Felder, die er bis zu diesem Augenblick noch gesehen hatte, verschwanden allmählich und machten einem neblig weißen Raum Platz, der immer deutlicher sichtbar wurde. Dann erschien der alles Wissende, der selbst zugab, nicht alles zu wissen. Er saß an seinem Schreibtisch, der mit ihm in diesem nebligen Weiß erschien. Der alte Mann mit seiner Harfe um den Kopf, wie der Lichtschein in Engelskreisen genannt wurde, sah seinen Engel mit ernsten Augen an. „Du bist manchmal sehr impulsiv, wie mir scheint. Du denkst nicht über deine Handlungen nach. Das Richtige, was du tust, führst du manchmal falsch aus. Wie mir scheint aus Unbesonnenheit und manchmal auch aus Übermut, aber auf keinen Fall aus Böswilligkeit. Und das will ich dir zugutehalten." Interessiert hörte Thoralf seinem Chef zu, der in gutmütigem Ton weitersprach. „Stell dir vor, der alte Mann kommt noch einmal in eine ähnliche Situation, in der du ihm nicht helfen kannst. Gott bewahre ihn davor." Der Chef schwieg plötzlich und sah Thoralf wie vom Blitz getroffen an. Dann begann er zu lachen. „Solch eine blöde Redewendung. Ich bin doch selbst Gott." Er schwieg nochmals für einen Moment und sagte dann: „Also gut. Kommt er also noch einmal in solch eine Situation, dann glaubt er, sich auf seine Stärke verlassen zu können, und muss stattdessen feststellen, dass seine vielen Lebensjahre ihm seine Kraft genommen haben. Dann wird er scheitern, weil du ihn glauben lässt, dass er immer noch stark sei wie ein junger Mann. Und dann geht das unter Umständen für ihn tödlich aus. Und das willst du bestimmt nicht."

Betreten sah Thoralf zu seinem Chef. Er wusste nicht, was er darauf sagen sollte. Weil der Alte nicht weitersprach, erwiderte er: „Sie haben recht. Daran hatte ich nicht gedacht. Es tut mir leid. Können wir jetzt noch etwas tun, damit dieser Fall nicht eintritt?"

„Na, mir wird schon noch etwas einfallen", antwortete der Alte. Dann schwieg er für einige Augenblicke und richtete erneut das Wort mit einem anerkennenden Blick an seinen Engel. Dabei hörte sich seine Stimme freundlich an. „Thoralf, trotz deiner kleinen Unüberlegtheiten bist du ein einfallsreicher Engel, der schnell und sicher arbeitet. Auch wenn dir, wie gesagt, immer wieder deine kleinen Kapriolen unterlaufen. Vielleicht bist du auch deshalb ein recht zuverlässiger Schutzengel. Du weißt, dass auch wir hier oben Fachkräftemangel haben. Und das liegt nicht nur daran, dass wir keine Löhne zahlen. Wenigstens gibt es bei uns auch keine Streiks wie bei euch bei der Bahn zum Beispiel, die jedes Jahr mehrmals streiken. Erst sind es die Lokführer, danach sind es die anderen Bahnangestellten, und wenn es regnet oder stürmt, fahren die Züge auch nicht. Hinzu kommt bei eurer Bahn, dass viele Brücken marode sind und gesprengt werden müssen, wie es in Schleswig-Holstein geschehen ist. Eine ganze Region wurde dort von der Bahn abgeschnitten, weil es nur ein Gleis zwischen Hamburg und Kiel gibt, das wegen Brückenbauarbeiten gesperrt worden ist.

Außerdem wollen die Politiker bei euch, dass die Menschen auf das Auto verzichten sollen. Es wird eine haarsträubende und autofeindliche Politik betrieben und in den Städten werden Hauptverkehrswege absichtlich vernichtet und sinnlose Baustellen eingerichtet. Die Folge davon sind stundenlange Staus in den Innenstädten, die dabei sterben. Keine Straßen, keine Parkplätze, kein Handel. Das ist doch klar. Aber die Bahn fährt trotzdem nicht. Überhaupt wird der öffentliche Personen- und Nahverkehr nicht ausgebaut.

Mit solch einer Politik zerstören die verantwortlichen Politiker und Ämter sinnlos die Umwelt. Solche dummen und sinnlosen Dinge, die es zurzeit in Deutschland gibt, hat es noch nicht gegeben. Die Industrie wird vernichtet und vertrieben. Die Firmen, die nicht in die Insolvenz gehen müssen, wandern in andere Länder ab. Und die Mehrheit der Menschen wird von einer Minderheit terrorisiert. Eine grüne Minderheit will den Menschen vorschreiben, wie sie zu leben haben. Ihr Wohlstand wird von denen vernichtet. Sozialleistungen werden abgeschafft, die Ehe und Familien werden mit der grünen Politik zerstört. Das verstehe ich nicht. Und dann wird auch noch behauptet, dass so etwas gottgewollt sei. Sage mir bitte, was hätte ich daran für ein Interesse, dass dumme Politiker die Welt zerstören?"

Thoralf wusste, dass der Alte recht hatte, aber dass er sich so sehr echauffieren konnte, hätte der Engel nicht geglaubt. Belustigt schaute er seinem Chef ins Gesicht. „Kommen wir wieder vom Hundertsten ins Tausendstel, Chef?"

„Ja, du hast recht. Ich wollte mit dir eigentlich über etwas anderes reden. Aber manchmal packt es mich eben doch. Ich bin eben auch nur wie ein Mensch, schließlich habe ich euch nach meinem Vorbild geschaffen. Aber so viel Dummheit regt mich einfach auf."

„Aber von wem haben die Menschen diese Dummheit? Darüber sollten Sie mal nachdenken, Chef."

„Thoralf, sei nicht so frech und respektlos!", ermahnte ihn der Chef, „Verdummt wurden die Menschen nicht von mir, sondern von den Politikern und den Kirchen!"

„Aber Chef, ich kann dagegen nichts tun. Jedenfalls nicht von hier oben. Außerdem konnte ich damals, als ich noch lebte, nur an den Wahlen teilnehmen. Aber vor den Wahlen lügen die

Politiker aller Parteien sowieso alles Mögliche vom Himmel herunter, alles das, was ihnen einen Wahlerfolg verspricht." Plötzlich hielt Thoralf inne. Nach einer kurzen Pause sprach er weiter. „Entschuldigung, Chef. Die lügen natürlich auf der Erde! Und nach der Wahl ist ihnen ihre falsche Ideologie wichtiger als eine vernünftige Politik. Es wird immer behauptet, dass wir eine Demokratie hätten. Aber in Wirklichkeit haben wir nur ein Parteiensystem. In einer Demokratie sollen doch die Besten in den Parlamenten sitzen und nach ihrem besten Wissen und Gewissen abstimmen. Doch bei uns sitzen wenigstens einige der Dümmsten im Parlament, weil die Parteien bestimmen, wer dort einen Sitz bekommt und nur die Direktkandidaten in ihren Wahlkreisen direkt ins Parlament gewählt werden. Außerdem stimmen die Abgeordneten nicht nach bestem Wissen und Gewissen ab, sondern danach wie ihre Partei ihnen das vorschreibt."

Traurig sah der Chef seinen Engel an. „Manchmal juckt es mich in den Fingern, etwas dagegen zu tun. Gerade deshalb, weil die Grünen, Roten, Gelben und Schwarzen mit ihrer Politik oder was sie dafürhalten, die Menschen den rechten Extremisten in die Arme treiben. Aber ich habe auch diesen dummen Menschen ihren freien Willen gegeben. Sie sollen jetzt aus dem Schlamassel, den sie angerichtet haben, selbst wieder herauskommen. Also gut, lassen wir das." Der Chef schwieg und schaute vor sich hin. Nach einigen Augenblicken sah er Thoralf an und sagte: „Es ist gut, Thoralf, du kannst gehen. Für heute kannst du Feierabend machen."

# Der Orkan

Melanie Dragost weckte ihre Kinder, die in einem gemeinsamen Kinderzimmer schlafen mussten. Dann gab es noch das Wohnzimmer, dass nachts auch als Melanies Schlafzimmer diente. Ein drittes Zimmer gab es nicht, nur noch ein Bad mit Dusche und eine kleine Küche, außerdem einen ebenso kleinen Abstellraum und einen sogenannten Keller, den man mit solch einem Raum nicht vergleichen konnte. Aber er befand sich außerhalb der Wohnung. „Guten Morgen, ihr beiden, ihr müsst aufstehen, es wird Zeit, dass ihr ins Bad kommt und danach frühstückt. Ihr müsst doch wieder zur Schule gehen."

Die Kinder Julia und Frank waren acht und elf Jahre alt. Melanie Dragost lebte mit ihren Kindern allein in einer alten ausgebauten Baracke, die nicht nur einen Baumangel aufzuweisen hatte. Diese Barackenwohnung mietete sie für vierhundert Euro pro Monat. Ihr Mann hatte sie vor fünf Jahren wegen einer jüngeren Frau verlassen und seitdem musste sie zusehen, wie sie ihre Kinder großzog. Dabei konnte sie sich noch glücklich schätzen, weil ihre Kinder für ihr Alter überaus verantwortungsbewusst waren, besonders traf das auf ihren Sohn zu.

Melanie war eine Frau von Anfang vierzig und liebte ihre Kinder sehr. Für Julia und Frank würde sie alles geben, wenn sie nur glücklich waren. Das hatten sie verdient, denn Frank und Julia machten es ihr sehr leicht, wenn es um ihre Erziehung ging. Sie waren sehr liebe und folgsame Kinder und vertrugen sich sehr gut. Nur selten stritten sich die beiden, aber wenn das einmal geschah, blieb es in der Regel in einem gewissen Rahmen, von dem man behaupten konnte, dass es etwas mit gegenseitiger Achtung und Respekt zu tun hatte.

Melanie war eine arme Frau, die sich keine ordentliche Wohnung in einem ordentlichen Mietshaus leisten konnte. Der Vater der Kinder war eines Tages wie durch ein Wunder verschwunden. Weder sein Arbeitgeber noch sein Vermieter hatten gewusst, wo er sich befand. Auch seine Freunde und Kollegen kannten seinen Aufenthaltsort nicht. Wenigstens hatten sie das Melanie so gesagt. Doch sie glaubte ihnen nicht. Aber was sollte sie machen? Sie schaltete das Jugendamt ein, aber die suchten ihn auch nicht. Die Hilfe der Ämter, die Melanie in Anspruch nehmen konnte, ersetzten die Unterhaltszahlungen des Kindesvaters nicht. Mit ihm zusammen war auch seine junge Freundin verschwunden. Und natürlich blieben seit diesem Tag die Unterhaltszahlungen für Julia und Frank aus. Seitdem musste Melanie ihre Kinder allein durchbringen.

Melanie arbeitete fleißig in drei Schichten, auch an den Wochenenden und Feiertagen. Besonders machte ihr die Arbeit an den Feiertagen und in der Nacht zu schaffen. Obwohl sie eine anspruchsvolle Tätigkeit hatte, verdiente sie viel zu wenig Geld, denn die Arbeit am Menschen war in Deutschland nichts wert. Sie bekam als Pflegehelferin in der Altenpflege gerade einmal 1100 Euro netto für eine Vollzeitstelle. Die Arbeit war anstrengend und körperlich sehr schwer. Immer wieder kamen Kollegen nicht zum Dienst, weil sie sich kurzfristig krankmeldeten. Und wer das in ihrem Team tat, konnte tatsächlich nicht arbeiten, weil die Frauen ständig hart am Limit schufteten. Das traf insbesondere auf den körperlichen Einsatz zu, aber auch auf den Stress, den die Frauen in Melanies Team ausgesetzt waren. Es kam nicht selten vor, dass sie zur Arbeit erschien und eine Kollegin von einem auf den anderen Tag nicht arbeiten konnte. Wenn das passierte, fand die Pflegedienstleiterin, oft keinen Ersatz. Dann musste Melanie während ihrer Schicht bis zu fünfundzwanzig alte Menschen betreuen. Dazu gehörte die komplette Körperpflege. Dann sollte sie die Bewohner waschen, einige davon in ihrem Bett und geduscht werden sollten auch noch drei oder vier von ihnen. Die im Bett gewaschen wurden, sollten danach auch noch für einige Stunden in einen Rollstuhl gesetzt werden. Und noch mehr Aufgaben kamen dazu.

Essenreichen, Frühstück und Mittag oder Kaffee und Abendbrot organisieren, und die Leute auch wieder ins Bett bringen. Außerdem musste Melanie organisatorische Aufgaben ausführen und die Dokumentation erledigen. Dabei sollte sie über jeden Bewohner, den sie betreut hatte, einen Bericht schreiben. Das alles konnte sie nie in ihrem Dienst schaffen und deshalb musste sie zusätzlich täglich nach ihrem Feierabend länger bleiben. Kurz gesagt, Melanie hatte einen mies bezahlten Knochenjob. Der Heimleiter war zugleich der Besitzer des Pflegeheimes und hatte kein Interesse daran, das Dilemma seiner Arbeitskräfte zu beseitigen, denn jeden Cent, den er für sein Personal ausgeben musste, fehlte ihm am Monatsende auf seinem Konto. Und solange die Arbeit als erledigt dokumentiert worden war, solange gab es für den Heimleiter keinen Handlungsbedarf. Dabei war es egal, ob die Dokumentation der Wahrheit entsprach.

Während Julia und Frank sich im Bad ihrer Körperhygiene widmeten, bereitete Melanie in der Küche das Frühstück vor. Danach machte sie den Kindern ihr Lunchpaket für die große Pause in der Schule fertig. Dafür schnitt sie eine Paprika auf, legte ihnen einen Apfel dazu und belegte danach für beide Kinder eine Doppelschnitte mit Butter und Wurst und Käse.

Als die Kinder zu ihr in die Küche kamen, nahmen sie am Esstisch Platz und begannen zu frühstücken. Melanie setzte sich zu ihnen. „Kinder, ich habe heute Spätdienst. Also müsst ihr allein Abendbrot essen und auch eure Hausaufgaben für die Schule allein erledigen. Aber morgen habe ich frei. Dann können wir alles gemeinsam machen und ich verspreche euch, dass wir danach in den Tierpark gehen, aber nur, wenn ihr auch wirklich lieb seid und eure Aufgaben erledigt."

Die Kinder versprachen ihrer Mutter, zu tun, was sie ihnen auftrug. Melanie hatte ihrer Kinder wegen ein schlechtes Gewissen. Insbesondere Frank hatte es nicht leicht, denn auch er war noch ein Kind. Trotzdem passte er auf seine Schwester auf. Wenn Melanie arbeiten musste, sorgte er dafür, dass Julia ihre

Schularbeiten erledigte, und außerdem kümmerte er sich um das Abendessen. Aber auch Frank musste lernen und wollte ab und zu mit seinen Freunden spielen. Aber leider konnte Melanie sich keinen Babysitter leisten, weil ihre Finanzen das nicht erlaubten. Am Ende des Geldes war immer noch so viel Monat übrig.

Melanie hatte sich schon nach einem anderen Job umgesehen, aber leider bisher ohne Erfolg. Entweder war sie schon zu alt oder auch nicht schön genug. Jedenfalls hatte sie bei den meisten Arbeitgebern das Gefühl, dass sie so dachten. Selbstverständlich sagte das keiner, denn sonst hätte sie diese wegen Diskriminierung anzeigen können.

Nachdem die Kinder zur Schule gegangen waren, erledigte sie die Hausarbeit. Sie versuchte, möglichst viel davon zu schaffen. Irgendetwas blieb aber immer liegen. Auch sie war nur ein Mensch. Gegen elf Uhr ging sie ins Bad, um zu duschen. Um zwölf Uhr befand sie sich im Pflegeheim auf ihrem Arbeitsplatz. Heute sollte die Teamsitzung ihres Wohnbereiches stattfinden.

Das Pflegeheim befand sich fünf Minuten zu Fuß von der Baracke entfernt, in der sie wohnte. Als die Kinder morgens zur Schule gegangen waren, war der Himmel zwar bewölkt, aber es wehte nur eine leichte Brise. Doch als sie gegen Mittag zur Arbeit ging, wehte schon ein sehr kräftiger Wind. Sie machte sich Sorgen um die Kinder. Konnten sie bei diesem Wetter ohne Probleme von der Schule nach Hause kommen? Obwohl ihr Arbeitgeber verboten hatte, private Handys während des Dienstes mit sich zu führen, befand sich ihres am heutigen Tage in der Tasche ihrer Arbeitshose. Sie wollte auf jeden Fall nach dem Ende des Unterrichts mit Frank telefonieren, weil sie wissen wollte, ob mit ihren Kindern alles in Ordnung war. Außerdem wollte sie für die Kinder wenigstens telefonisch erreichbar sein, wenn sie Frank und Julia nicht selbst betreuen konnte.

Ihre Wohnbereichsleiterin erschien im Schwesternzimmer und begrüßte sie. „Die Teamsitzung müssen wir heute leider ausfallen lassen. Der Wind ist schon jetzt beinahe ein Sturm, aber er soll heute noch zu einem ausgewachsenen Orkan heranwachsen. Wir müssen die Fenster und aus den Außenbereichen alle Gegenstände sichern oder ins Haus bringen, die draußen umherfliegen und Schaden anrichten können."

„Holt deshalb der Hausmeister die Flaggen ein?", fragte Melanie.

„Ja, die könnten doch sonst zerreißen!" Die Wohnbereichsleiterin verteilte sogleich die Aufgaben. Die Frauen begannen, die Station sturmfest zu machen. Melanie hatte die Aufgabe erhalten, in den Bewohnerzimmern die Fenster zu kontrollieren und sie gegebenenfalls zu schließen. Als sie am Aufenthaltsraum der Bewohner vorbeikam, sah sie, dass der Fernsehapparat eingeschaltet war, damit sich das Personal über die Entwicklung des Wetters auf dem Laufenden halten konnte. Der Deutsche Wetterdienst gab in den Nachrichten gerade eine Orkanwarnung für die Alpen heraus. Melanie ging weiter in das Zimmer einer alten dementen Dame, um die Fenster zu schließen. Es war das letzte Zimmer, dass sie zu kontrollieren hatte. Erleichtert stellte sie fest, dass alles in Ordnung war. Aber sie spürte, dass der Sturm draußen an Stärke zunahm.

Die alte Dame hatte sich in ihr Bett gelegt und schlief. Melanie nutzte die Gelegenheit und wollte mit Frank telefonieren. Voller Sorge zog sie ihr Handy aus der Hosentasche und wählte seine Nummer. Der Junge meldete sich recht schnell. „Hallo, mein Junge, seid ihr schon zu Hause?"

Am anderen Ende der Leitung antwortete ihr Sohn: „Ja, Mutti, es ist alles in Ordnung. Die letzten beiden Stunden fielen aus und die Großen mussten uns nach Hause bringen. Ich habe alle Fenster kontrolliert und die Klappläden zugemacht. Der Junge, der uns nach Hause gebracht hatte, hatte mir gesagt, dass ich das tun soll. Julia macht jetzt Hausaufgaben und ich auch.

Aber wir mussten jetzt das Licht einschalten, weil es dunkel im Zimmer ist."

„Da bin ich aber froh, mein Großer. Auch das du die Klappläden vor den Fenstern geschlossen hast. Das war von dem Jungen sehr umsichtig und nett von ihm, dich darauf hinzuweisen. Bedanke dich morgen bei ihm in meinem Namen dafür. Und das Licht muss dann eben an bleiben. Das ist immer noch besser, als wenn wir neue Fensterscheiben bräuchten. Bleibt heute zu Hause und wenn etwas passieren sollte, rufe mich sofort an, hörst du?"

„Ja, Mutti, das mache ich."

„Vergiss morgen nicht, dich bei dem Jungen zu bedanken, der euch heute nach Hause gebracht hat. Gut, Frank, ich muss arbeiten und jetzt auflegen."

„Ich weiß, Mutti. Sei vorsichtig, wenn du nachher bei diesem Sturm nach Hause kommst."

„Das bin ich, mein Großer." Sie verabschiedete sich von ihm und war erleichtert, dass alles in Ordnung war. Die Kinder befanden sich zu Hause in Sicherheit. Dann dachte sie daran, dass in diesem Jahr das Wetter total verrücktspielte. Der Sommer war verregnet, es hatte schon Überschwemmungen gegeben. Und nun war der Sommer so schnell vorbei und am heutigen Tage tobte nicht nur der erste Herbststurm. Nein, ein ausgewachsener Orkan trieb in den Alpen sein Unwesen. Er entwurzelte Bäume, deckte Dächer ab, und Fensterscheiben gingen zu Bruch, weil der Sturm Gegenstände durch die Gegend fliegen ließ. Im Fernsehen wurden über große Schäden berichtet, die der Orkan angerichtet hatte.

Auch im Pflegeheim war es zu spüren, dass es draußen unheimlich stürmisch war. Man konnte hören, wie der Sturm an den Türen und Fenstern rüttelte und durch die Straßen tobte. Melanie machte sich Sorgen, wie sie wohl nach Hause kommen sollte. Seit im Fernsehen von den vielen Schäden berichtet worden war, die der Orkan verursacht hatte, hatte sie Angst nach

Hause zu gehen. Später sollte sie erfahren, dass ihre Sorge berechtigt war.

Nachdem sie endlich abgelöst wurde, machte sich Melanie voller Angst auf den Weg nach Hause und war vor umherfliegenden Dachziegeln, Ästen oder anderen Dingen auf der Hut. Ständig musste sie gegen den Sturm ankämpfen, der erbarmungslos durch die Straßen Großbergens tobte und zu dem sich ein schlimmer Regen gesellt hatte, der sich ohne Gnade aus den tief liegenden Wolken ergoss. Schmerzhaft traf er in Melanies Gesicht und ihre Augen, die ihr schon heftig schmerzten. Sie war bereits seit zehn Minuten unterwegs, aber ihr Zuhause war längst noch nicht in Sicht. So sehr hinderte der Sturm die arme Frau, nach Hause zu kommen. Die Böen schlugen gegen die Häuser, als wollten sie diese von ihren Fundamenten reißen. Der Lärm, der dabei entstand, jagte ihr Angst ein.

*****

Selbst der Engel Thoralf konnte sich kaum auf der Straße halten. Aber den Menschen gegenüber hatte er trotzdem einen Vorteil. Er konnte von keinen herabfallenden Gegenständen getroffen und verletzt werden. Sollte ihn trotzdem etwas treffen, würde es durch ihn hindurchgehen. Wenn er einen Gegenstand berühren wollte, musste er Materie in den Körperteil leiten, mit dem er das tun wollte. Die dafür notwendige Materie konnte er aus seiner Umgebung aufnehmen. Wenn er seinen Körper nicht materialisierte, konnte ihm nichts Schlimmes geschehen. Aber er wusste, dass bei solch einem Unwetter immer etwas passieren konnte, deshalb war er unterwegs, um Menschen vor einen möglichen Schaden bewahren zu können. Dafür hatte er sicherheitshalber seine Hände materialisiert.

Er blickte sich um, niemand schien sich auf der Straße zu befinden. Er bog in eine Seitenstraße ein und erblickte wenige Meter vor sich eine Frau. Es war Melanie. Die Ärmste stemmte sich gegen die sich immer wieder verdichteten Luftmassen, als würde sie mit ihnen in einem Ringkampf stehen. Plötzlich stürzte sie und fiel auf ihre Knie und schlug der Länge nach hin. Sie mühte sich gegen die an sie wütend zerrenden und rüttelnden Böen ab und kroch zum Eingang eines Hauses, das sich drei Meter neben ihr befand. Dort versuchte sie, wieder auf die Beine zu kommen, indem sie sich an der windgeschützten Seite des Einganges abstützte und sich so Zentimeter für Zentimeter in die Höhe zog. Als ihr das gelungen war, schaute sie auf ihre blutenden Knie. Erst jetzt bemerkte sie ein furchtbares Brennen darin. Kaum verließ sie den schützenden Eingang, wurde sie vom Sturm erneut umgerissen. Sie lag auf der Straße, weinte und klagte: „Was soll das denn? Ich muss doch zu den Kindern! Lieber Gott, mir darf nichts Böses geschehen, was soll dann aus meinen Kindern werden? Sie wären ohne mich doch allein!"

Melanie tat dem Schutzengel unsäglich leid. Sollte er jetzt dabei zusehen, wie sie sich gegen diesen unmenschlichen Orkan abmühte, vielleicht sogar dabei starb, nur weil jemand bemerken könnte, dass er ihr half? „Nein, Chef, das mache ich nicht. Und wenn ich dafür nicht zu meiner Familie zurückkehren darf, werde ich der armen Frau jetzt trotzdem helfen und dafür sorgen, dass sie nach Hause kommt."

„Tu das Thoralf, meinen Segen hast du dafür!", antwortete der alte Mann im Himmel.

Thoralf eilte zu Melanie, fasste ihr unter die Achseln und half ihr auf die Beine. Dann sah er, dass sich einige Dachziegel von einem Haus gelöst hatten.

*****

Plötzlich schlugen neben ihr mehrere Dachziegel auf der Straße auf. Vor Schreck blieb der armen Melanie beinahe das Herz in ihrer Brust stehen. Vor Angst ging ihr Atem keuchend. Für einen Augenblick konnte sie nicht weitergehen. Sie schaute sich um. Niemand war in ihrer Nähe. Komisch, sie hatte das Gefühl, als würde sie jemand stützen. Doch war jetzt nicht der richtige Zeitpunkt, darüber nachzudenken. Sie kämpfte wieder gegen den Sturm an, denn sie wollte endlich nach Hause kommen und sich in Sicherheit bringen. Die nächste Böe traf sie. Aber dieses Mal gelang es ihr, nicht zu stürzen. Aber wieder hatte sie dieses Gefühl, von jemandem beschützt zu werden. Endlich erreichte sie die Straße, in der sie wohnte.

Thoralf brachte sie bis zur Tür ihrer Baracke. Als sie den Schlüssel im Schloss umgedreht hatte, schaute sie sich noch einmal um. Sie blickte dorthin, wo Thoralf stand, obwohl sie ihn nicht sehen konnte, weil er für sich unsichtbar war. Er hatte das Gefühl, als blickte Melanie ihn direkt an. „Danke", sagte sie, „vielen Dank für deine Hilfe, mein lieber Schutzengel." Dann lächelte sie und drehte sich um. Thoralf half ihr beim Öffnen der Tür. Der Sturm sollte sie ihr nicht aus der Hand reißen.

*****

„Thoralf, du kannst zurückkommen, der Sturm lässt nach", hörte der Engel den Chef in seinem Kopf. Nach einer kurzen Pause sagte er weiter: „Thoralf, das hast du gut gemacht. Du hast der Frau das Leben gerettet. Sie war die Einundzwanzigste. Bitte komme zu mir."

Nur wenige Augenblicke später saß Thoralf beim Chef auf dem Stuhl, der vor seinem Schreibtisch stand. Der Alte sah ihn an und lächelte. „Nun, Thoralf, weißt du, worüber ich mit dir reden wollte?"

„Nein, leider nicht."

„Weißt du noch, worüber wir während deines Aufnahmegesprächs gesprochen hatten?" Freundlich lächelte der Gott ihn an.

„Wenn Sie unser erstes Gespräch meinen, dann waren es viele Dinge, über die wir damals gesprochen haben."

„Du hast in kurzer Zeit einundzwanzig Menschen das Leben gerettet. Ich hatte dir versprochen, weil du irrtümlich zu uns geholt wurdest, dass du zurück auf die Erde darfst, wenn du als Schutzengel diese Aufgabe erfüllst."

Leise, fast tonlos fragte Thoralf, der den Worten seines Chefs nicht trauen konnte: „Heißt das, ich darf wieder zu meiner Familie zurückkehren?"

Der alte Mann wurde ernst. „Na, ja, so einfach geht es nun auch wieder nicht. Das wäre schon mit einigen Schwierigkeiten verbunden."

„Und welche sind das?", wollte Thoralf wissen.

„Weißt du, wie du gestorben bist?"

„Ja, in der Höllentalklamm wurde die Brücke, auf der ich stand von einer Flutwelle weggespült. Dabei ertrank ich."

„Genau. Und dein Körper wurde bis heute nicht gefunden", antwortete der Chef, der in diesen Dingen allwissend war.

„Wollen Sie mir etwa sagen, dass ich deshalb nicht zu meiner Familie zurückkehren kann?" Thoralf ahnte Schlimmes.

„Nein!" Noch einmal wiederholte der Chef dieses Wort. „Nein, nein. Das ist es nicht. Aber dein Körper befindet sich in einem miserablen Zustand. Mehrere Rippen und ein Bein sind gebrochen. Außerdem bist du sehr abgemagert, weil du lange Zeit nichts gegessen hast. Wenn du zurückgehst, wirst du unter starken Schmerzen leiden. Aber ich sorge dafür, dass du gefunden wirst, damit du nicht gleich wieder stirbst und ärztlich behandelt werden kannst. Aber, ob du jemals wieder richtig gesund wirst, kann ich dir nicht versprechen. Das hängt davon ab, wie gut die medizinischen Kenntnisse und Fertigkeiten deines Arztes sind."

„Was ist mit meinem Kopf? Werde ich einen klaren Verstand haben?" Gespannt schaute Thoralf den Gott an.

„Ja, dein Verstand wird sein, wie jetzt auch."

„Das ist gut, Chef. Das ist sehr viel Wert. Bitte, lassen Sie mich zu meiner Familie zurück. Ich will alle Widrigkeiten, die mich erwarten, gerne in Kauf nehmen, wenn ich zu meiner Familie zurückkehren darf. Bitte, Chef!", rief ein aufgeregter und hoffnungsvoller Thoralf, der noch ein Engel war, seinem Chef zu.

Dieser sah ihn ernst an. „Ich lasse dich nur ungern gehen. Als Engel bist du für mich und die Menschen wertvoller als ein Mensch. Aber du arbeitest in der Bergrettung und wirst den Menschen auch dort gute Dienste leisten. Also dann, Thoralf, ich wünsche dir alles Gute!"

„Danke, Chef, aber eine letzte Bitte habe ich noch", sagte Thoralf schnell. Er hoffte, dass der Chef ihm diese Bitte erfüllte. Lebenswichtig war ihm die Erfüllung seiner Bitte nicht, aber doch würde es sein Leben bereichern.

Der Alte mit dem Lichtkreis um seinen Kopf sah seinen scheidenden Engel mit einem ernsten Gesicht an. „Du wirst mir noch viele Wünsche zutragen. Aber du weißt, dass ich nicht einen davon erfüllen werde. Ich höre sie alle in verschiedenen Sprachen und außerdem zur gleichen Zeit." Sein Gesicht wurde freundlicher. „Also welchen Wunsch soll ich dir jetzt erfüllen?"

„Bitte, Chef, Sie wissen, dass ich meine Söhne begleitet habe, als sie zu meinem Andenken eine Wanderung durch die Bergwelt gemacht haben. Das Wissen, das ich dabei über sie erworben habe, auch das über meine restliche Familie, möchte ich gerne, dass es mir erhalten bleibt."

Der Chef sah Thoralf wohlwollend mit einem Lächeln an. „So sei es!"

\*\*\*\*\*

Plötzlich verschwamm der Chef vor Thoralfs Augen. Auch der weiße, neblige Raum löste sich auf und es wurde dunkel. Schwärze breitete sich um Thoralf herum aus. Er fühlte sich in einen schlafähnlichen Zustand versetzt. Plötzlich erreichte ihn ein ungeheurer Lärm und sein Körper wurde von unerträglichen Schmerzen gequält. Seine Bekleidung war vollkommen durchnässt und zerrissen. Wind kam auf, der sich zu einem Sturm entwickelte. Das Stampfen von großen Dieselmotoren drang an die Ohren des jungen Bergretters. Das Drehen von Rotorblättern in der Luft verursachte ein schlagendes Geräusch. Thoralf registrierte das in seinem Unterbewusstsein und plötzlich wusste er, was das bedeutete. Der Vater von drei prächtigen Söhnen wusste, dass wenige Meter von ihm entfernt ein Hubschrauber gelandet war. Und tatsächlich nahm er wahr, dass die Geräusche stetig leiser wurden und schließlich ganz aufhörten. Auch den Wind spürte er nicht mehr. Der Motor des Hubschraubers war abgeschaltet worden. Und endlich hörte Thoralf die Worte, die auch er schon oft benutzt hatte. „Bleiben Sie ganz ruhig. Sie sind verletzt, aber jetzt kümmern wir uns um Sie. Alles wird wieder gut."

Thoralf schlug die Augen auf. Er kannte den Mann, der zu ihm gesprochen hatte. Es war sein Kollege Armin Hans, mit dem er schon viele Einsätze während seiner Dienste bestritten hatte. Armin Hans war ein erfahrener Arzt und Bergretter, der wusste, was er tat. Thoralf war froh, dass sie das Schicksal in diesem Moment wieder zusammengeführt hatte. Nun wusste er, dass wirklich alles wieder gut werden würde.

„Haben Sie Schmerzen?", fragte ihn Armin Hans.

Mit leiser Stimme quälte er sich krächzend eine Antwort heraus. „Ja, meine Brust, auch der Bauch und die Beine. Einfach alles!" Thoralf fiel es schwer, seine Augen aufzuhalten. Also schloss er sie wieder.

„Bitte halten Sie die Augen auf. Reden Sie mit mir, damit ich weiß, dass Sie bei mir sind."

Der Verletzte tat dem Arzt gern diesen Gefallen. „Ich weiß, Hans, danke für deine Hilfe. Ich bin froh, dass du mich gefunden hast." Die Worte kamen nur sehr leise über seine Lippen, denn Thoralfs Körper war dem Tode näher als dem Leben.

Erstaunt sah Armin Hans zu seinem Patienten hin. Er wollte ihn fragen, woher er ihn kannte. Doch dann kam dem Mann die Erkenntnis, die ihm bis ins Mark drang. Überrascht, aber auch freudig erregt sah er Thoralf an und fragte etwas dümmlich: „Thoralf, du." Nach einer kurzen Pause setzte er hinzu: „Mann, Junge, dass du noch lebst! Du siehst zwar schlimm aus, aber du lebst. Niemand hätte noch geglaubt, dass du noch gefunden wirst. Junge, ich freue mich, dass du endlich wieder da bist."

„Ich mich auch, das kannst du mir glauben!" Thoralfs Stimme, die ohnehin schon schwach war, wurde noch schwächer.

„Warte, ich gebe dir gleich eine Spritze. Danach wird es dir etwas besser gehen und du wirst schlafen. Wir bringen dich ins Krankenhaus nach Großbergen."

*****

Später wachte Thoralf in einem Bett auf, dessen Decke in einem blau-weiß karierten Bezug steckte. Wie lange er geschlafen hatte, wusste er nicht. Er stellte fest, dass er an Apparate angeschlossen worden war. Sein Herzschlag und andere Körperfunktionen wurden überwacht. Er litt an starken Schmerzen, die er kaum ertragen konnte. Sein Blick wanderte weiter durch das Zimmer. Er erkannte, dass er auf der Intensivstation lag und an einem Tropf angeschlossen war.

Und dann sah er sie, seine Anneliese, die er über alles liebte. Sie saß an seinem Bett auf einem Stuhl. „Anneliese!" Seine Stimme war sehr leise und heiser.

Als sie ihn hörte, drehte Anneliese Gruber ihren Kopf sofort zu ihm. Tränen standen in ihren Augen, aber auch ein strahlendes Lächeln entwickelte sich in ihrem Gesicht. „Endlich. Thoralf, ich bin ja so froh, dass du endlich wieder bei uns bist."

„Ich weiß, mein Schatz. Das hat mir Hans auch schon gesagt." Er lächelte Anneliese glücklich ins Gesicht. Dann verzerrte sich für einen Augenblick sein Gesicht. „Oh, was habe ich doch für Schmerzen!", brachte er mühsam heraus.

„Soll ich den Arzt rufen?"

„Nein, ich ertrage das, bis er von allein kommt." Thoralf wollte den Arzt nicht unnötig stören. Nach einem Moment fragte er: „Wo sind die Kinder?"

„Sie sind hier. Sie warten draußen. Soll ich sie holen?"

„Natürlich sollst du das. Ich will sie sehen!" Thoralf freute sich auf seine drei Jungen.

Anneliese ging zur Tür, öffnete sie und steckte ihren Kopf durch den Spalt. Sie lächelte, als sie sagte: „Kinder, euer Vater ist aufgewacht. Ihr dürft jetzt zu ihm. Aber denkt an meine Worte."

Weiter kam sie nicht, denn nun wurde die Tür weit aufgestoßen. Tobias stürmte an seiner Mutter vorbei und auf das Bett zu, in dem sein Vater lag. „Papa, endlich bist du wieder da! Ich habe dich so sehr vermisst, Papa! Sage, wie geht es dir, Papa?"

Der Junge flog mit einem strahlenden Lächeln auf Thoralf zu, aber im letzten Augenblick blieb er doch noch vor ihm stehen, als er sich an die Ermahnung der Mutter erinnerte, dass der Vater mehrere Knochenbrüche erlitten und starke Schmerzen hatte. Vorsichtig, aber glücklich umarmte er ihn. Dann sagte er: „Man, Papa, du siehst richtig scheiße aus."

„Ich freue mich auch, dich zu sehen, mein Großer!" Thoralf musste lachen. Aber er konnte es nicht. Dafür wurde er sofort mit Schmerzen bestraft und stöhnte auf. Anneliese wollte ihren Ältesten zurechtweisen, aber Thoralf kam ihr zuvor. „Nein, Lieschen, er kann nichts dafür, ich darf nur nicht lachen. Tobias war sehr vorsichtig, er hat mich kaum berührt, als er mich umarmt hat."

Auch Finn und Luca standen vor ihrem Vater. „Hallo, Papa", sagten sie wie aus einem Munde. Als trauten sie sich nicht zu ihrem Vater, standen sie mit hängenden Schultern, aber freudig lächelnd vor ihm.

Thoralf lächelte zurück und mit leiser Stimme forderte er seine Zwillinge auf: „Na los, kommt schon zu mir, ihr zwei."

Bevor die Jungen Thoralf erreichten, schaute dieser kurz zur Decke und flüsterte glücklich: „Danke Chef!" Dann kam ihm die Erinnerung an die Bergtour seiner Kinder und wie sie ein Kreuz neben ein Gipfelkreuz zu seinem ehrenden Gedenken aufgestellt hatten.

ENDE

# Nachwort

In diesem Roman gehe ich unter anderem auf die aktuellen politischen Probleme in Deutschland ein. Ich weise darauf hin, dass die Worte und Ansichten meiner Protagonisten nicht in allen Punkten meinen Überzeugungen entsprechen. Aber ich bin davon überzeugt, dass unsere aktuelle Regierung aus SPD, FDP und Grünen in vielen Punkten ihrer Politik an den Interessen der Menschen vorbeigeht. Viele Menschen haben das Vertrauen in die sogenannte Ampel verloren.

Ich persönlich hatte dieser Regierung schon vor ihrer Wahl nicht vertraut. Mir war bewusst, dass das Leben teurer wird, wenn SPD und Grüne regieren werden. Ich hatte leider umsonst gehofft, dass die FDP viele Probleme für Arbeitnehmer, Rentner und dem Mittelstand abmildern würde. Doch dass es so schlimm wird, wie es gekommen ist, dass diese Regierung ein Inflationstreiber in großem Stil wird und dabei ist, wichtige Stützen unserer Gesellschaft zu vernichten, damit habe auch ich nicht gerechnet.

Ein großer Teil der Grünen, so scheint es mir, sind der Ehe und der klassischen Familie feindlich gesonnen. Ich frage mich, warum sonst sie Dinge abschaffen wollen, die der Grund dafür sind, dass sich viele junge Leute zur Gründung einer Familie entschließen. Ich denke dabei insbesondere an die geplante Abschaffung des Ehegattensplittings und der Lohnsteuerklassen 3 und 5. Das bedeutet eine Steuererhöhung in noch nie da gewesenem Ausmaß für viele verheiratete Paare. Und wollte die FDP sich nicht dafür einsetzen, dass Steuererhöhungen ausbleiben? Haben die Grünen und die Ampelregierung aus der Geschichte nicht gelernt und nicht begriffen, dass zufriedene Familien eine der wichtigsten Stützen unserer Gesellschaft sind?

Aber die Ampel sorgt mit ihrer wirtschafts- und familienfeindlichen Politik und die durch sie forcierte Inflation dafür, dass es in unserer Gesellschaft so viele unzufriedene Menschen gibt wie noch nie nach 1945. Solch eine realitätsferne Regierung hat es in Deutschland noch nicht gegeben. Das wundert mich nicht, denn gerade viele führende Politiker der Grünen wie zum Beispiel Frau Lang oder Frau Rot haben keine abgeschlossene Ausbildung. Ich frage mich in diesem Zusammenhang, warum diese Partei noch nicht die Schulen und Universitäten abgeschafft hat, denn offensichtlich sind nicht nur sie in vielen Dingen unwissend. Das scheint mir ein Trend zu sein, der auch auf Politiker der anderen Parteien zutrifft.

Ich bin davon überzeugt, dass Herr Habeck mit seiner Politik für den Niedergang der Wirtschaft Deutschlands verantwortlich ist. Er opfert den Mittelstand zum Wohle einer Klimapolitik, die zum Scheitern verurteilt ist. Mit seinem an religiös grenzendes und fanatisches politisches Handeln schadet er nicht nur unsere Wirtschaft, sondern auch unserer Demokratie. Aber das Klima und die Umwelt rettet er damit nicht. Aus Deutschland wird keine Klimaoase! Solange in China, den USA, Indien und vielen anderen Staaten weiterhin ohne Rücksicht auf das Klima Kohlendioxid, Feinstaub und andere klimaschädliche Substanzen produziert und in die Atmosphäre geblasen werden, sind unsere Anstrengungen, das Klima zu retten, schlicht und einfach nutzlos. Und das auch noch vor dem Hintergrund der weltweiten Aktivität der Vulkane, die täglich Tausende Tonnen Kohlendioxid ausstoßen. Was nützt uns die Elektromobilität – die beinahe kein Verbraucher will – wenn bei der Produktion der Akkus der dabei produzierte schädliche Abfall nicht in Deutschland in die Atmosphäre gelangt, sondern in China? Das trifft auch auf die Produktion und den Transport von Fracking-Gas zu, das wir aus den USA importieren, weil Herr Habeck das so will. Aber er verschweigt uns, dass die produzierten klimaschädlichen Substanzen in den USA entstehen und dort in die Atmosphäre entweichen. Da frage ich Herrn Habeck doch, ob das Klima in Deutschland deshalb besser wird als in den USA.

Leider wird diese unsinnige Politik von der FDP und der SPD mitgetragen. Der Griff in die Rentenkasse und überhaupt die verfehlte Finanzpolitik der Ampel ist gefährlich. Überhaupt ist ihre Politik mitverantwortlich für das Erstarken der AFD. Aber auch die derzeitige schwache Opposition trägt dafür eine Verantwortung. Die politische Auseinandersetzung mit der AFD in inhaltlichen Dingen hatte es in der letzten Zeit von den Ampelparteien und der Union kaum gegeben. Aber eben eine unsägliche Wirtschafts- und Klimapolitik, für die auch der Kanzler Olaf Scholz mitverantwortlich ist. Dass die AFD zurzeit etwas schwächelt, ist kein Erfolg der sogenannten Volksparteien, im Gegenteil ist der Grund dafür, in der Gründung der Partei BSW zu finden. Die Partei Sarah Wagenknechts jagt der AFD viele Stimmen ab. Es wird sich zeigen, wie das in der Zukunft bewertet wird.

Ich bin davon überzeugt, dass der Umwelt- und Klimaschutz dringend notwendig ist. Wir stehen an einigen Kipppunkten, wenn es ums Klima geht. Das Schelfeis in der Antarktis schmilzt zum Beispiel. Andere Kipppunkte sind erreicht oder vielleicht sogar schon überschritten. Es ist meine feste Überzeugung, dass wir nicht nur in den Umwelt- und Klimaschutz investieren müssen, sondern auch dringend in den Küstenschutz. Was passiert wohl, wenn überall das Eis schmilzt? Dabei ist es egal, ob es das Schelfeis, Gletschereis oder anderes Eis ist. Wenn der Meeresspiegel steigt, benötigen wir Deiche! Und die sind nicht überall in ausreichender Höhe vorhanden, wo wir sie in einigen Jahren vielleicht benötigen werden.

Was der Gott über zänkische Frauen sagt, ist selbstverständlich nicht meine Meinung. Aber leider bin ich nicht der einzige Mensch, der festgestellt hat, dass in den letzten Jahren die dummen Menschen zahlenmäßig zunehmen. PISA ist dafür ein eindeutiger Beweis.

Abschließend danke ich meinen Testlesern Olaf Unterschemman und Sabine und Wolfgang Ernst für ihre Hilfe und

Unterstützung, die sie mir auch dieses Mal gewährten, als ich das Manuskript zu diesem vorliegenden Roman schrieb. Ihre Ratschläge und Hinweise waren mir sehr wichtig und eine große Hilfe.

Lutterbek, 13.02.2024    Michael Rusch

**Der Autor**

Michael Rusch, 1959 in Rostock geboren, war von Beruf Rettungsassistent, heute ist er Rentner. Von 2013 bis 2017 lebte er in Hamburg, wo die ersten Bände der Fantasy-Reihe „Die Legende von Wasgo" entstanden. Heute lebt er in Lutterbek, in der Nähe von Kiel. Nach einer kreativen Schreibpause veröffentlichte er 2012 seinen autobiografischen Roman „Ein falsches Leben" beim Selfmade-Verlag Lulu.

Danach wandte sich Rusch dem Genre Fantasy zu. „Die ewige Nacht" aus der Reihe „Die Legende von Wasgo" erschien im Januar 2014. Im September desselben Jahres folgte die Fortsetzung „Luzifers Krieg". Es folgten „Angriff aus dem Himmel" (2015) und „Bossus' Rache" (2017). Mit dem fünften Band „Wasgos Großvater" endete 2018 „Die Legende von Wasgo".

2014 veröffentlichte Rusch beim AAVAA Verlag eine überarbeitete Version seines Romans „Ein falsches Leben" in zwei Bänden, den er im Juli 2020 nochmals überarbeitet mit BoD mit dem Titel „Das Leben des Thomas Schneider" herausgab.

Im Jahre 2015 gründete er seinen eigenen Verlag „Die Blindschleiche". Mit ihm veröffentlichte Rusch 2015 seinen Roman „Die drei Freunde". Im Sommer 2019 entschloss er sich, aus gesundheitlichen Gründen den Verlag aufzulösen und diesen Roman zu überarbeiten und ihn als Selfmade-Autor mit BoD neu zu veröffentlichen.

Im gleichen Jahr beendete Rusch die Zusammenarbeit mit dem AAVAA Verlag und überarbeitete „Die Legende von Wasgo", die er bereits im Januar 2020 mit BoD in zwei Bänden erneut veröffentlichte. Band 1 enthält die ersten drei und Band 2 die beiden Letzten der ehemaligen 5 Bände.

2020 veröffentlichte er seinen ersten Horror-Roman „Das Hochhaus", 2022 folgte Band 2.

Doch zuvor erschien 2021 sein dystopischer Roman „Der Wegbereiter" und zwei Jahre später sein Fantasy-Roman „Der Sohn des Abtes".

Zurzeit arbeitet Rusch an einem Kriminalroman, zu dem er durch kommunalpolitische Ereignisse inspiriert wurde.

# Inhalt